La Grande Rivière

Du même auteur

La Fourche à loup, Mazarine 1985, Fayard, 1991.
La Foire aux mules, Mazarine, 1986, Fayard, 1991.
Les Sabots de la liberté, Payot, 1989.
L'Empreinte des sabots, Fayard, 1991.

Michelle Clément-Mainard

La Grande Rivière

roman

Fayard

A l'amie québécoise, Denise Moineau, de Montréal, descendante de Michel...

A l'amie poitevine, Marguerite Morisson, d'Augé...

A l'une et l'autre, toute ma reconnaissance pour leurs patientes recherches, sans lesquelles je n'aurais pu écrire ce roman.

Chapitre premier

Michel Jamonneau, dit « La Liberté »

« 26 avril 1687
Départ des rades de La Rochelle
pour le Canada

À deux heures du matin, nous étant mis au Nord-Nord-Est, bon frais, le Commandant fit tirer le coup de partance... »

(Extrait du Journal de bord de l'*Arc-en-Ciel.*)

Michel craignait que la côte soit toujours visible, à la pointe du jour. Que les tours de La Rochelle se dressent encore au loin, massives, menaçantes murailles refermées sur leurs cachots et leurs chaînes. Qu'un canot, à force de rames, ait rejoint l'*Arc-en-Ciel* et qu'au matin une voix s'élève : « Ordre du Roi ! Ordre du Roi ! Qu'on débarque et nous livre Michel Jamonneau ! »

Que lui arrivait-il ? Lui qui avait, de pleine volonté, mené depuis deux ans une vie de danger dont il mesurait les risques sans jamais s'en inquiéter, lui qui n'avait jamais eu peur durant la longue traque de ses poursuivants, c'était après leur avoir échappé qu'il connaissait les mauvaises sueurs d'angoisse, les cognements de cœur !

Et pourtant, quelle chance insensée il avait eue lorsque, près d'être rejoint, il avait déboulé devant cette taverne de Rochefort où battait le tambour d'un sergent-recruteur ! Il s'était coulé dans le groupe, une trentaine d'hommes, et, sans la moindre émotion, il avait attendu son tour — soulagé cependant que le sergent semblât pressé de réunir son contingent de soldats pour la Nouvelle-France. Si pressé que la nuit tombante ne l'avait pas même interrompu : il avait fait allumer un fanal, pour lire les actes de baptême.

— Toi, le vieux, déguerpis avant que je t'assomme ! À cinquante ans passés, tu prétends servir dans la Franche-Marine ? T'es un farceur, pépé !

Le vieux était parti sans protester. Résigné. On avait entendu le raclement inégal de ses sabots sur les pierres du quai. Le recruteur avait pris ses aides à témoin :

— Non mais, écoutez donc, ça me semble qu'il clope, en plus ? Un farceur, je vous dis !

Oui, il boitait, le vieil homme. Mais ce que Michel entendait, lui, se rapprochant des quais, c'était le rythme d'une course, un bruit de bottes qu'il connaissait trop bien ! Et la peur le submergeait, pour la première fois. « Bonne-Vierge, protégez-moi, et vous, dame Aubina, vous qui savez pourquoi je... »

— Tu rêves, toi ? Oui, toi, le grand. Ton acte, vite ! Vingt-neuf ans, bon, le bel âge : c'est le mien. Montre tes dents. Eh non, je te demande pas de me faire risette : ouvre tout grand le bec, faut que je tâte, y en a un, hier au soir, qui m'a fait le coup de se coller deux dents en mie de pain* !

Michel s'était ressenti à l'état de bête sur le foirail, il avait eu l'envie de mordre les doigts qui lui fouillaient la

---

* Il fallait déchirer la cartouche avec les dents pour verser une partie de la poudre dans le bassinet du fusil.

bouche. Il s'était contenu, cependant : son unique chance de survie tenait dans son engagement !

— Bien. Parfait. Avec des crochets pareils, c'est pas les cartouches que tu pourras ouvrir, c'est les boulets de canon ! Michel Jamonneau, vingt-neuf ans, engagé ! Tu mets une croix, là. Et tu passes derrière les drisses.

La main de Michel avait tremblé, une barre de la croix faisait comme un tortillement de ver. On l'avait poussé dans un enclos, comme il en avait vu pour les moutons. Avait-on crainte qu'ils se sauvent sitôt qu'engagés, les nouveaux venus dans la Franche-Marine ? Lui, il avait ri de soulagement, à se trouver quasiment en prison : c'était la liberté, derrière ces cordages épais comme le bras !

La joie avait été de courte durée. Un des derniers à se présenter devant le sergent, un jeune colosse édenté, avait été refoulé avec des moqueries grossières : qu'il aille donc téter sa mère, ou sa catin ! Le garçon avait supplié et pleuré, ses gencives, assurait-il, étaient dures comme pierre...

— Vous allez voir, sergent !

Et il avait enfourné des noix dans sa bouche, et il postillonnait du sang et des débris de coque en criant qu'il pouvait... il pouvait...

Le sergent s'était torché la figure d'un revers de manche, et il avait repoussé le jeune homme d'une bourrade. Pas méchante, ni violente. Et même, il avait dit en riant :

— Fous le camp avant que je me fâche, gros poupard ! Tu pourras revenir quand tes quenottes auront poussé.

Le garçon avait alors hurlé des menaces en levant un poing énorme. Et Michel avait vu entrer, dans le cercle de lumière brumeuse, ses poursuivants : ils avançaient, main à la garde de l'épée. Peur. Sueur gluante de la peur.

Et tout s'était dénoué très vite : la crosse d'un fusil avait semblé jaillir des mains du sergent et s'était abattue. Cela avait fait le même bruit, sur le bras du jeune homme, que les coques de noix brisées par ses gencives nues. Le recruteur avait crié en direction des trois hommes arrêtés à quelques pas :

— Pas besoin de votre aide, Messieurs les argousins ! Dans la Franche-Marine, on règle les comptes entre nous. Mais si vous tenez à lui mettre le grappin dessus, faudra que vous appeliez du renfort : parce que je vous préviens, il peut vous saigner à blanc rien que d'un coup de dents !

« Messieurs les argousins » s'étaient éloignés, poursuivis de horions et de ricanements. Michel en avait ressenti plus que du soulagement, de l'allégresse : cette fois, il était pour toujours hors de leur portée ! Dieu soit loué, qui faisait vivre en deux mondes l'un à l'autre hostiles, les gens de terre et les gens de marine ! Même les gémissements du garçon qui soutenait son bras fracassé — en d'autres circonstances, Michel en aurait eu grand'pitié —, même cette douleur et ces pleurs n'émoussaient pas sa joie : après tout, c'était cet imbécile qui avait failli le faire pincer ! Le sergent avait débouché une gourde :

— Tiens, mon gars, un coup de tafia, ça te remontera avant de mettre cap à ton village. Espèce de couillon, fallait pas me forcer de te péter le bras en jeu d'osselets ! Bah ! T'es jeune et costaud, ça se refait, les os, c'est pas comme les dents. Hé-là ! Doucement !

Le sergent avait retiré le bidon de la bouche du jeune homme et il le secouait, goulot en bas : il n'en tombait plus la moindre goutte !

— Merde, je me suis trompé : c'est pas un poupon qui tétait, c'est un veau, et la vache est tarie !

Il y avait eu dans l'enclos des engagés une énorme vague d'hilarité, on n'allait pas se faire de bile, on allait rigoler dans la Franche-Marine ! Même le blessé riait en s'éloignant, point trop solide sur ses jambes après sa rasade d'eau-de-vie. Oui, du bon temps qu'on allait se payer, à la vie militaire.

« Du bon temps », ils n'en avaient pas connu durant les trois semaines d'instruction qui avaient précédé l'embarquement ! Si peu de jours pour apprendre à manier le fusil, à grimper aux cordages, à escalader des mâts vertigineux... Si dure qu'eût été cette période, si humiliante avec sa ration journalière de coups de pied au cul et de brimades, Michel s'était senti délivré et heureux : lui qui, depuis quinze ans, avait rêvé de la Nouvelle-France, tout en sachant irréalisable une telle aventure puisque sa place, son devoir étaient auprès des siens, en Poitou, il se disait que le destin avait choisi pour lui : obligé au départ, il partait sans remords.

C'était peu de jours avant l'appareillage qu'il avait de nouveau connu la peur d'être repris. Pour la première fois, on avait fait monter les nouveaux engagés sur l'*Arc-en-Ciel.*

Un bas-officier les avait fait aligner, en file par deux, le long du bastingage. La colonne avançait, avec des arrêts, des bousculades. Progressait quand même vers une invisible gueule qui aboyait trop fort pour que des mots fussent perceptibles dans cette canonnade de paroles.

Michel n'était plus qu'à quelques pas lorsqu'il avait pu voir d'où montait ce tonnerre propre à couvrir les plus fortes tempêtes. Cette voix de géant, d'ogre monstre, était celle d'un très petit homme au visage tanné de sel, qui se tenait assis sur un rouleau de cordages. Une écritoire était suspendue à son cou. Le marin et les drisses semblaient façonnés du même chanvre âpre et bruni. L'homme pointait la plume comme une arme en direction d'un engagé, et il hurlait :

— Venant de Poitou, paroisse Notre-Dame de Fontenay, Jean Perrocheau, vingt-six ans, manouvrier-tanneur. Jean Perrocheau, dit... ?

— La Franchise.

La main de sel et de chanvre avait écrit avec une application de notaire ; la corne de tempête avait grondé que sacrebleu ! la franchise s'accordait mal avec le museau sournois de cet écorcheur de charogne ! Puis, sans changer de ton, avec la même hargne, l'homme avait continué :

— Venant de Poitou, paroisse Saint-Nicolas de Civray, Pierre Bretaudeau, laboureur à bras. Pierre Bretaudeau, dit... ?

Un silence. Un silence habité par les bruits nouveaux de la mer. Cela grondait depuis la quille jusqu'au sommet des mâts, un bateau, cela s'ébranlait de chocs lourds, de craquements, et quoique l'on fût ancré dans les eaux tranquilles de la rade, cela balançait à la houle, roulait, tanguait, et le nommé Bretaudeau avait fait entendre un hoquet, un haut-le-cœur en guise de réponse.

— Vas-tu te déhaler, croquant ? Pierre Bretaudeau dit... ? dit... ?

— Eh mâ din, Monsieur, je sais point quoi vous dire. D'être secoué de même, tout d'un coup, ça me vient comme... comme de la fatigue... et...

— Suffit ! Pierre Bretaudeau, dit La Fatigue. Au suivant. Venant d'Aunis, paroisse de...

Il ne restait plus que six hommes devant Michel. Il avait poussé son voisin du coude :

— Qui c'est, ce vieux ? Et qu'est-ce qu'il demande ?

— Cause moins fort. Ce vieux, comme tu dis, il a guère plus d'années que toi, et c'est le maître d'équipage. Pas commode, à ce qu'on m'a dit, vaut mieux pas lui rebrousser le poil.

— Mais ça veut dire quoi, de lui répondre franchise, ou fatigue ? Et maintenant écoute : celui-là, il dit quoi ? Bonne nouvelle ?

— De quel trou que tu sors, tu savais donc pas, en t'engageant ? Faut avoir un surnom. C'est d'usage à l'armée. Et si t'as rien à proposer, on a vite fait de te baptiser à la n'importe comme ! Ce pauvre gars, par exemple, il va traîner son « La Fatigue » comme un boulet... Moi, j'ai décidé depuis longtemps : Vive-l'Amour. Attention, dames et demoiselles de la Nouvelle-France, Vive-l'Amour arrive ! Alors, tu savais pas ? T'as rien choisi ?

— Eh non ! Mais toi, ça sonne bien, et...

— Halte-là ! Je te préviens, au cas que tu passes avant moi : t'as une belle gueule à plaire aux femmes, mais si tu t'avises de me faucher mon nom, moi je m'appellerai « Frappe-d'Abord », et on s'expliquera sitôt que débarqués !

— Sois tranquille. Comment c'est, déjà ? Vire... Vire-l'Amour ? C'est vrai que la nature ne t'a guère avantagé, et les femmes, rien qu'à t'envisager, elles doivent virer les talons. Frappe-d'abord, dis-tu ? Si le nom ne te convient pas, tu pourras toujours choisir autre chose, quand t'auras essayé sur moi. Par exemple : « Trente-six chandelles », ou bien...

La querelle fut interrompue : c'était pour Michel que la corne hurlait.

— Venant de Poitou, paroisse Saint-Grégoire d'Augé, Michel Jamonneau, vingt-neuf ans, meunier. Michel Jamonneau, dit... ?

Il n'avait pas eu le temps de réfléchir, cela avait jailli comme pierre de fronde, il s'était entendu hurler aussi fort que le maître d'équipage :

— Dit « La Liberté » !

— Eh ! Pourquoi gueules-tu à briser le tympan ? La Liberté ? La Liberté ? Serais-tu pas un peu fêlé de cervelle, pour choisir un nom pareil en t'engageant dans la vie militaire ? Non, à te regarder, je te vois sain d'esprit, et même je te trouve mine de finesse plutôt que de balourdise. Mais alors... mais alors... Tu n'aurais pas... ?

La plume était restée en suspens au-dessus du registre. Michel s'était planté plus ferme devant le maître d'équipage, il n'avait pas baissé les yeux, alors même qu'il connaissait pour la seconde fois cette déroute intérieure de la peur. « Seigneur, quoi donc m'a pris de me baptiser de même ? Je suis perdu ! » Au terme de ce qui lui avait semblé une éternité, la plume avait grincé sur le papier.

— ... dit La Liberté. Après tout, ça n'est pas mes oignons, de savoir ce qui te jappe aux trousses. Moi, je suis marin de la Royale, je vas pas servir leur fricot tout cuit à ces foutus incapables de la maréchaussée ! Au suivant ! Venant de Saintonge...

Michel n'avait repris ses esprits qu'en entendant le maître d'équipage ordonner de faire silence : il allait relire. Lui se sentait délivré à jamais d'inquiétude et d'alarme, il se trouvait à l'unisson de la joie exprimée à travers les sobriquets que ses compagnons avaient choisis. Michel Jamonneau, dit La Liberté, avait alors pensé que, désormais, « Sans-Peur » lui irait aussi bien : les balles des Anglais, les flèches des Iroquois ne sauraient lui flanquer autant d'effroi que la plume d'oie du maître d'équipage en suspens au-dessus du registre.

Et voilà que la panique l'avait ressaisi, alors que la nuit s'éclaircissait faiblement vers l'est et qu'il ne pouvait distinguer rien d'autre qu'un frisottis argenté dans le sillage de l'*Arc-en-Ciel.*

On avait massé les nouveaux engagés sur l'entrepont arrière du vaisseau, en leur intimant de ne bouger pied ni patte avant d'en avoir reçu ordre : sinon, c'était la traversée à fond de cale, eau et pain sec, pour ces « foutus marins d'eau douce », au moindre mouvement qui risquait de gêner les vrais matelots !

Et certes, ils se tenaient tranquilles et silencieux. Michel croyait percevoir une tension douloureuse dans leur groupe, qui ajoutait encore à son angoisse : eux aussi, ils craignaient que l'aube ne marquât la fin de l'échappée... eux aussi, ils appréhendaient l'approche silencieuse d'un bateau... eux aussi on allait les débarquer, ligotés, condamnés... Michel entendait des soupirs, des reniflements de larmes.

Lorsque, enfin, les premiers rayons du soleil rasèrent l'océan, il poussa un hurlement de joie : il n'y avait plus qu'un horizon d'eau du côté de la France. Et nulle embarcation en vue, pas même le *Fourgon*, ni la *Perle*, ni la *Bretonne* qui faisaient partie de l'escadre. Le vaisseau naviguait, superbe, toutes voiles dehors, et solitaire, au centre d'un infini de mer et de ciel.

Il fallut un moment à Michel pour s'apercevoir qu'il était seul à éprouver ce sentiment de délivrance. Les joyeux compagnons qui s'étaient proclamés Sans-Chagrin, Sans-Regret, Sans-Rémission..., les bons lurons qui s'étaient baptisés Vive-l'Amour, Avale-tout, Boit-sans-soif..., à présent leurs regards, leurs attitudes exprimaient le désarroi devant l'irrémédiable, le définitif arrachement. Ce n'était pas la peur qui leur avait tiré des soupirs et des larmes dans la nuit finissante, c'était le déchirement du départ. Ce soleil qu'ils voyaient pour la première fois se lever sur la mer leur disait : jamais plus le Poitou, l'Aunis ou la Saintonge...

Et lui, Michel Jamonneau, enfin libre et non plus menacé de galères ou de potence, il se sentait gagné d'une semblable nostalgie. Il en avait tellement rêvé, de ce pays canadien dont Maurillon lui avait raconté les immensités vertigineuses ! Et ce qu'il revoyait, en quittant le Vieux-Monde, c'était son étroit vallon de la Bêchée. Il s'en allait vers le Saint-Laurent à l'inépuisable flot, et il y emportait pour toujours le minuscule courant de son ruisseau de Cathelogne. Son ruisseau qui s'était tari, deux ans auparavant : comme si les forces de la nature avaient, elles aussi, obéi aux ordres du Grand Roi, Louis le Quatorzième, et s'étaient jointes à lui pour écraser de malheurs le Poitou en cette terrible année de 1685...

Première partie

Le ruisseau de Cathelogne

Chapitre 2

Rien qu'un bruit de pierres...

C'était le deuxième été d'ardente sécheresse et l'année 1685 poignait davantage encore que la précédente. Même les plus anciens des anciens, ceux qui étaient nés aux heureux temps du roi Henri, assuraient n'avoir jamais connu pareille catastrophe. On arrivait à la mi-septembre et il n'avait pas plu depuis le mois d'avril. Pas la moindre ondée, la plus menue mouillasserie ! Le bon saint Grégoire, porté en procession, n'y avait pu rien changer. Depuis deux mois, la statue restait d'ailleurs au frais dans sa niche de l'église, le curé Bruslon ayant failli périr de congestion lors de la dernière sortie du saint-patron de la paroisse.

Michel Jamonneau s'arrêta en haut du coteau de la Bêchée : il avait cru percevoir un lointain roulement vers le sud. Cependant, il ne remarquait nul signe annonciateur d'orage. Le soleil plombait dans la force de midi, et aucun nuage ne venait adoucir l'éclat brutal du ciel : c'était bleu infiniment pâle, bleu cruel, immobile, sans même une brume de chaleur pour adoucir les lointains de l'horizon. L'air était sec, brûlant, Michel n'y décelait pas cette touffeur pesante qui précède l'éclair et le tonnerre.

D'ailleurs, il n'entendait plus rien. À force de scruter le temps, de se tenir aux aguets, à l'écoute, il lui venait sans doute des dérangements de cervelle, semblables à ceux qui traversaient ses nuits ! Combien de fois avait-il sauté du lit, persuadé d'avoir entendu un clapotis dans le ruisseau : vite, vite, il devait lever la vanne du bief de la Bêchée ! Ou encore, c'était le vent qui l'éveillait, un bon souffle de nord, une ventée d'hiver : vite, vite, il fallait monter au Défens tendre la toile !

Il ne reprenait ses esprits qu'une fois sorti dans la nuit silencieuse, figée de chaleur. Il revenait se coucher et retombait dans un sommeil hanté de cauchemars : les aubes desséchées du moulin de la Bêchée craquaient, se fendaient, s'effritaient en poussière... les ailes immobiles du moulin du Défens se détachaient de l'arbre de couche, comme des feuilles mortes*...

Comme s'il ne suffisait pas de déraisonner en ses rêves, voilà qu'à grand jour il avait la berlue ! Un charroi de cailloux avait dû verser dans la montée de Champmargou... ou, plus probable encore, un pan de mur s'était effondré au vieux château d'Augé, ruinant un peu plus l'antique bâtisse que l'on appelait toujours « Château-Gaillard », malgré son délabrement. Égaré par cette tension d'attente dans laquelle il vivait, lui, le meunier sans eau et sans vent, il avait eu un délire d'espoir : dans un écroulement de pierrailles ou de vieilles tuiles, il avait cru reconnaître l'approche de l'orage, et de l'eau, et du vent.

Il se traita d'imbécile, se reprocha ces fragilités de pucelle, alors même qu'il se tenait sur le coteau de Dame Aubina. Pourvu qu'elle ait été occupée à autre chose, en Paradis : à sermonner saint Grégoire sur son incapacité d'arroser sa paroisse..., à secouer saint Blaise, patron des meuniers, pour l'abandon dans lequel il laissait ses protégés..., et qu'elle ait eu ainsi son attention détournée des

---

* Les meuniers étaient généralement en charge de deux moulins : l'un à eau, dit « moulin-bas », l'autre à vent, sur une hauteur, dit « moulin-haut ».

faiblesses de son benêt de petit-fils ! « Et si, je t'ai vu, et j'ai eu grand-honte de toi ! »

Michel sourit. Bien sûr, il ne croyait pas à revenants ni fantômes. Les âmes des morts, il en était certain, demeuraient pour l'éternité silencieuses et invisibles aux vivants. Et cependant, en pleine conscience d'être l'unique voix du dialogue, il conversait souvent avec deux défunts trop chéris pour accepter qu'il n'en restât sur terre qu'ossements et poussière. À travers lui, et jusqu'au moment de les retrouver là-haut, un très jeune homme et une vieille femme vivaient toujours : son ami Maurillon et sa grand'mère, Dame Aubina Jamonneau — née Griffier, comme elle aimait le rappeler avec hauteur. Et, en cet instant, elle venait de lui secouer les puces, Dame Aubina !

— Soyez rassurée, je les tirerai encore d'affaire cette année, les Jamonneau. Et sans demander aide à votre parentèle, ils en seraient trop revanchés !

— J'y compte bien. D'autant que, pour deux sols prêtés, ils en tirent vingt par usure. Mais garde prudence et mesure dans tes... promenades, comme dit ton frère Jacquet !

— C'est beau, Dame Aubina, que vous me parliez sagesse et modération. Auriez-vous oublié vos jeunes temps ?

— Tête caboche ! Arrogant mauvais drôle !

Michel prit conscience qu'il devait se maîtriser : pour la première fois, depuis dix ans qu'elle était morte, il venait de parler tout haut avec Dame Aubina ! Sans doute le soleil ardait-il trop fort sur sa tête nue. Il s'adossa au tronc d'un orme : l'ombre en était courte, et guère plus fraîche que l'herbe roussie du coteau ; il en éprouva pourtant un apaisement.

Il entendit un nouveau roulement de pierres. Cette fois, il haussa les épaules : ce n'était rien d'autre qu'une pauvre muraille qui s'éboulait, très loin, et le bruit lui en parvenait amplifié dans le silence de la campagne désertée, écrasée sous la brûlure de midi.

Dans cette désolation de terres calcinées, les bords du ruisseau de Cathelogne conservaient un semblant de fraîcheur. L'eau ne coulait plus, elle stagnait en mares dans les fonds argileux, et cela suffisait encore pour arroser à la chichette les légumes de l'enclos, le carré de choux, la chénevière. Les brebis et les chèvres trouvaient à brouter une végétation coriace dans le pré de l'Ileau, inondé chaque hiver. Les volailles, qu'on ne pouvait nourrir en grain, gobaient des insectes, des vers, des alevins morts dans les flaques de vase.

De tous les malheurs apportés par la sécheresse, c'était cette impossibilité d'agrener la volaille qui désespérait le plus la mère et avait fait encore, ce matin même, occasion de vive dispute entre elle et Jehanne, la fille dernière.

— Et misère, les chapons de Noël vont prendre goût de fraîchin ! Pareil pour les poules de la Toussaint, c'est point en se gougeant de poisson crevé qu'elles feront un bon bouillon !

— Mère, ça n'est pas chez nous qu'on trouvera la différence ! Pourquoi vous tracasser sur les rôtis et la soupe des maîtres de Vieux-Viré ? Ils auront qu'à recracher, si le goût ne leur convient pas, Lauzon et sa Lauzonne !

La mère s'était mise à gémir : pour quel péché avait-elle mérité de mettre au monde cette effrontée de drôlesse qui, pour sûr, ne tenait rien d'elle, ni de son pauvre Louis ! Tout le portrait de la vieille !

Marie Jamonneau, ayant alors aperçu Michel dans les parages, s'était vivement reprise :

— De la vieille... Dame Aubina !

Et Nanette, assurée que la présence de son frère lui éviterait une calotte, avait haussé les épaules en riant, ce qui avait fait repartir la mère à s'encolérer. Ah, ils faisaient la paire, tous les deux !...

— Mais voyez-vous pas ce qui arriverait, si le bruit en était promené jusqu'aux oreilles de la Dame de Lauzon, que Jehanne Jamonneau l'appelle « la Lauzonne » ? Toute la famille jetée aux chemins, comme ils en ont le droit !

— Hé ! soyez donc tranquillisée, mère ! Qui voulez-vous qui m'entende ? Quand le moulin tourne, il faut s'épirailler* pour se faire comprendre ! Et quand il est arrêté, personne n'y vient. Ça me donne au moins l'avantage de causer à ma fantaisie, d'être ensauvagée au fond de ce vallon. Écoute donc, la Lauzonne : tes chapons et tes poules de redevance, cette année, auront sente de poisson, ça fait gros tracas à ma mère. Tu devrais les échanger contre le pain que nous autres on va entamer ce tantôt, ça la lèverait de souci, ma pauvre mère ! Parce que notre pain, lui, il a seulement goût de merde !

Paf ! La gifle était partie, malgré la présence de Michel — et malgré le sifflotement de merle qu'il faisait entendre depuis un moment : l'alerte convenue entre Nanette et lui lorsqu'ils braconnaient ensemble dans le bois ou le ruisseau, le signal d'un danger proche. Elle l'avait pourtant saisi, la mignonne bougresse, puisqu'elle lui avait répondu d'un signe irrité de la main qui signifiait : « Laisse-moi donc tranquille ! »

Nanette n'avait rien fait pour parer à la claque, alors que de coutume elle se montrait rapide à l'esquive. Tout au contraire s'était plantée plus ferme devant la mère :

— Rien qu'une, mère ? Grand merci ! Ça n'est pas trop cher payé, pour le soulagement que j'ai eu en causant à la vieille Lauzonne sur ses poules et ses chapons. Vous

* *S'épirailler :* crier à se déchirer la gorge.

êtes certaine, rien qu'une petite tape ? Songez-y, c'est peut-être la dernière ! Non, vraiment ?

La pauvre Marie Jamonneau s'était caché le visage dans les mains, hé-là-là, cette drôlesse la ferait tourner folle, et l'autre, là-bas, qui subiait* pour moquer sa malheureuse mère... Nanette avait ri et l'avait embrassée.

— Lui, Michel ? C'est point pour moquer de vous, mère, c'est... enfin, c'est de moi qu'il raille.

Dieu merci qu'elle s'était reprise à temps : il n'aurait plus manqué, à cet esclandre, que la révélation des talents de Jehanne à faire le guet pour la braconne !

— Oui, c'est de moi ! Allez, maintenant que je me suis dégorgée de bile, je vais à ma laverie, c'est plus que temps. Parce que j'en ai pour la grande matinée, depuis qu'il faut descendre jusqu'à l'Yeure d'Augé pour trouver un restant d'eau claire. D'un autre côté, ça me plaît mieux qu'à notre ruisseau, je rencontre là-bas les femmes et les filles du bourg : on jase, on apprend des nouvelles... Non, petite mère, ne frognez pas le nez ! « La Lauzonne », je la laisse dans notre fond perdu de la Bêchée. Faisez-moi un sourire, mère, je préfère mieux ça qu'une deuxième calotte...

Elle était ainsi, Nanette, ardente à la colère, insolente, et l'instant d'après enjôleuse, câline... Imprévisible et fantasque Nanette, c'était à son image que Michel imaginait la Dame Aubina, dans sa prime jeunesse.

Jehanne était partie en chantonnant : « La Lauzonne... La Lauzonne... », et la mère avait soupiré :

— Elle aura donc jamais l'âge de raison, cette folasse ! À vingt ans passés ! On n'est pas si mal tombés, quand même, dans le fief de Vieux-Viré : le Sieur de Lauzon et la Dame, Dieu les bénisse, ils ne sont point à compter l'œuf au cul de la poule, ne venant que deux fois

---

* *Subier :* siffler.

l'an au château ! Et chaque Noël, la Dame offre une chandelle de cire à tous ses tenanciers, avec de douces paroles...

— Bien sûr, mère, de douces paroles... Et le restant de l'année, Pastureau, leur fermier-général, nous cause sur le même ton, vous avez dû le remarquer !

La mère était repartie à ses geignements. Hé, doux Jésus, quoi donc elle avait enfanté, avec ces deux-là ? Des créatures de Dieu, ou des bêtes-pharamines ? Lui qui la dédisait sans jamais lever la voix, avec son sourire de coin, son air à moquer le monde, il était plus pire encore à endurer que cette diablesse de Nanette !

La « diablesse », pour l'instant, elle était occupée à étendre son linge aux basses branches des arbres qui bordaient la berge, en bas du coteau.

C'était une vision paisible qui s'offrait à lui : cette jeune fille allant-venant, avec des gestes minutieux de bonne ménagère... ce linge qui brasillait de blancheur sous le soleil... ce petit domaine qui conservait une allure de prospérité : apparences qu'il savait trompeuses, et cependant, pour un instant, Michel s'évada de ses obsessions ; pour un instant, le meunier de la Bêchée oublia le terrible silence des meules immobiles.

Derrière un rideau d'ormes et de saules-têtards, les toits de tuile du moulin, de la maison, des dépendances, donnaient l'illusion d'un îlot tranquille, éloigné des misères et des calamités de l'époque. Le bois de chênes et de fayards qui s'étageait derrière les bâtiments ajoutait encore à cette impression de sécurité, de vie protégée. Les arbres de lisière, ainsi vus d'en haut, semblaient jaillir des murs de la Bêchée tant ils en étaient proches, tout juste séparés du moulin par l'unique chemin d'accès qui venait du Plessis et qui finissait là, chemin perdu, chemin de bout du monde... Le plus proche voisinage, c'était celui de la Vieille-Bêchée, une borderie dont le nom disait le grand âge, et elle se trouvait vide d'occupants depuis deux ans.

L'isolement total du moulin, encaissé au profond du val de Cathelogne, paraissait le mettre hors d'atteinte des calamités de la nature comme des scélératesses humaines.

Michel se laissait aller parfois, même parvenu à l'âge d'homme, à ces mirages d'une vie délivrée d'oppression et d'injustice. C'était l'écho, assourdi mais toujours présent, des rêves d'aventure en pays de Cocagne que Maurillon et lui avaient partagés, durant leur très secret compagnonnage d'amitié, si vite fracassé par la mort. Maurillon, qui tirait de son pourpoint le livre qu'il nommait son Livre des Merveilles, et qui lisait si bien : « Écoute, jeune manant !... » Une bourrade le jetait à terre, un simulacre de combat — si frêle et fragile Maurillon, face à la haute stature de Michel... Dieu, qu'ils riaient ! « Je t'écoute, jeune seigneur ! »

> *« En Nouvelle-France, les paysans ne paient ni sel ni taille. Ils chassent et pêchent librement : en un mot, ils sont riches. Combien de gentilshommes, dans notre noblesse délabrée de France, jetteraient à ce prix leurs vieux parchemins dans le feu ? »*

Michel secoua la tête, comme faisait son mulet Têtard pour chasser les mouches. D'évoquer Maurillon, en cet instant, et les espérances de leurs quinze ans, cela ne faisait que donner de plus sombres couleurs au présent, de plus cruelles incertitudes pour l'avenir : la taille* avait

* Impôt royal, qu'il fallait payer en argent « trébuchant et sonnant ». Elle était la plus lourde et la plus injuste de toutes les impositions, frappant presque uniquement les paysans, artisans et « manouvriers ».

triplé cette année, pour « Jamonneau et consorts » — selon les termes des collecteurs. Jamonneau Louis, cordier : 30 livres ! Son fils Michel, meunier, 60 livres ! Son fils Jacques, tissier, 20 livres ! Michel, malgré l'optimisme naturel qu'il tenait de Dame Aubina, se demandait si ses... promenades suffiraient pour trouver 110 livres, avant la Saint-André !

— Oui ! Je t'ai entendue, je descends.

Nanette venait de l'appeler. Semblait de nouveau en vent de travers, la sœurette. Criait encore, en rentrant dans la maison, qu'il pouvait bien prendre racine là-haut, s'il voulait, ça ferait toujours ça d'épargné sur le fricot !

Il dévala le coteau. Cette belle coulée verte où la Dame Aubina aimait à garder les chèvres, elle était devenue une pelade de chaumes piquants, de terre poudreuse : il en ressentait la brûlure et la blessure sous ses pieds nus. Il ne ralentit sa course qu'en arrivant près de la berge, où le sol conservait un peu de fraîcheur. Il évita de franchir la passerelle : à cette heure, les vieux madriers chauffaient comme fer en forge. Il pataugea avec soulagement dans le lit du ruisseau, s'attarda dans le moelleux de la vase. Ses pas y faisaient naître des bulles épaisses qui crevaient en surface, libérant une haleine de pourriture.

> *« La Nouvelle-France est un très grand pays qui est coupé en deux par un grand fleuve nommé le Saint-Laurent. À Gaspé, son embouchure a cinquante lieues de large... »*

Michel sourit — son sourire de coin, son sourire à moquer le monde, comme disait sa mère —, mais il ne raillait que lui-même, en cet instant : dans la puanteur de son ruisseau à sec, dans l'odeur de poissonnaille crevée, lui, il évoquait le Saint-Laurent généreux, aux intarissables eaux...

> *« Il se fait une pêche d'anguilles, en automne, qui est si abondante que cela est incroyable à ceux qui ne l'ont pas vue. Il y a tel homme qui en a pris plus de cinquante milliers pour sa part... »*

Sur cette pêche miraculeuse, les deux amis en arrivaient à des disputes forcenées, voire aux injures !

— Faut être né avec une cuillère d'argent dans le bec, comme Môôôsieur de Sainte-Maure, pour croire à ça ! Ça se voit que t'as jamais essayé d'attraper une anguille, pauvre petit couillon !

— Il n'y a qu'un prétentieux croquant comme Jamonneau pour mettre en doute ce qui est écrit dans l'*Histoire Véritable et Naturelle du Canada* ! Il s'agit de pêche, grand benêt, et non de tes misérables braconnages !

— Et alors ? Faut vraiment être un jean-foutre qu'a jamais travaillé de ses mains, comme le baron de Sainte-Maure de Montauzier de Gobe-la-Lune, pour accroire qu'un particulier peut pêcher à lui tout seul cinquante fois une mille d'anguilles !

— Une mille ! Ce crotteux ignorant qui ne sait même pas compter jusqu'au bout de ses doigts, et qui ose insulter à la parole du Sieur Pierre Boucher ! Niquedouille de la Bêchée !

— Baron de la Raie de mes Fesses !

L'excès même de leurs affrontements et de leurs paroles finissait par les calmer. Et ils décidaient, après chaque chamaille au sujet des pêches prodigieuses dans le Grand Fleuve, que leur premier questionnement, en posant le pied sur le sol de la Nouvelle-France, concernerait la véracité des affirmations du Sieur Boucher, quant au nombre d'anguilles que *« tel homme avait prises, pour sa part... »*

La mort avait emporté Maurillon à seize ans, et fermé le Livre des Merveilles. Prisonnier d'une dalle scellée dans l'église d'Augé, le gentil Maurillon, Môôôsieur de Sainte-Maure, baron de Gobe-la-Lune ! Et Michel Jamonneau, le prétentieux croquant, le niquedouille de la Bêchée, il se trouvait captif d'une exigence plus lourde encore à ébranler qu'une pierre tombale : il devait demeurer auprès des siens. Ce dont il avait rêvé dans l'insouciance de ses quinze ans, au fil des années lui était apparu comme une inexcusable fuite, un égoïste détachement. « Jamonneau et consorts... » avaient trop besoin de lui. Il en éprouvait de rares révoltes, et de fréquentes nostalgies, durant lesquelles il se récitait certains passages des écrits du Sieur Pierre Boucher, qu'il connaissait par cœur :

> *« On se promène partout sur les neiges par le moyen de... »*

— Tu vas te grouiller, oui ? Seigneur, dans quelle nature tu t'es mis ! Regarde-moi ces chausses de foigne* que tu t'es faites en marchant dans cette saloperie de ruisseau ! Torche-moi ça avant d'entrer, je te prie, tu pues à lever le cœur.

Nanette referma la porte avec violence. Michel ne s'était pas trompé sur ses humeurs, tout à l'heure : la petite était de nouveau en furie, mieux valait ne pas ajouter à sa rage. Il se frottait les pieds et les mollets avec des feuilles de nappe** lorsqu'il entendit de nouveau une dégringolade de pierres : un bruit plus fort, plus longuement répercuté que les brefs roulements qui lui avaient d'abord fait croire à l'orage. « Maurillon, Maurillon,

---

* La boue, la fange.
** La bardane, plante à très larges feuilles.

m'est avis que le glorieux Château-Gaillard de tes ancêtres, comme tu disais en rigolant, eh bien, le peu qui en restait debout est en train de s'ébouiller comme une taupinière !

Il poussa la porte de la maison, s'attarda un instant avant de la refermer, avec une impression diffuse d'inquiétude : il n'avait rien trouvé en réponse à sa plaisanterie ; la voix de Maurillon était restée muette, en lui.

— Tu y as mis le temps, et asteure, qu'attends-tu pour taper* cette porte, les mouches à charogne vont rentrer et...

— Tais-toi un peu, Nanette... Non, c'est fini, plus rien. D'où ça peut-il venir ? N'avez-vous pas entendu, ce matin, comme des... ?

Il s'arrêta : Nanette continuant de piailler sur cette porte ouverte, personne n'avait saisi ce qu'il disait. D'ailleurs, cela lui parut préférable. Il se sentait vaguement ridicule d'éprouver une telle sensation de malaise : ce n'était rien qu'un bruit de pierres, pas de quoi s'en ronger les foies ! Il y avait suffisance de tracas, bien réels et taraudants, sans qu'il soit besoin de s'en inventer !

Il repoussa le battant de la porte — ah, quand même, tu te décides ! gronda Nanette — et resta un instant aveuglé. En contraste avec la lumière crue du dehors, la maison lui semblait un trou de ténèbres, il n'y distinguait rien, sinon le clignotement des braises dans l'âtre, et les traits de soleil qui filtraient autour des volets.

Le noir profond céda peu à peu, s'ouvrit en apaisante pénombre. C'étaient le calme et le frais, après la fournaise. Seule l'agitation de Nanette, qui fourrageait à

* Fermer.

grand bruit dans la maie, au fond de la pièce, troublait cette sérénité.

Michel s'avisa qu'il avait grand-soif, but coup sur coup trois coussottes* d'eau, et s'adossa au mur, goûtant le froid de la pierre à travers sa chemise trempée de sueur.

Le père et Jacques étaient déjà assis à la table. La mère, aidée de Belle-Marie, la sœur aînée, décrochait le pot de la crémaillère. « Belle-Marie ! » Michel se rappelait combien ce surnom lui convenait, autrefois. Plus jolie fille qu'elle n'existait pas dans toute la paroisse, aux temps de sa jeunesse. À présent, elle ne montrait plus qu'une longue face jaunâtre, parcheminée, et paraissait, à trente-deux ans, le double de son âge. Nanette l'appelait « Vieille-Marie » lors de leurs fréquentes disputes.

La mère souleva le couvercle de la marmite, et Michel reconnut l'odeur du fricot : une bouilliture d'anguilles. Il en conclut que Pastureau était venu, ce matin. La braconne comportant un double danger, être pris sur le fait ou être « pris au pot », la mère ne cuisinait les gibiers d'eau ou de garenne qu'après la visite du fermier-général. En hiver, il suffisait d'une bonne cache pour faire attendre lapins ou anguilles — et il existait suffisamment de rabicoins, dans un moulin, pour que Pastureau le fouineur n'eût jamais rien trouvé ! L'été, il en allait tout autrement, il fallait sacrifier du sel pour éviter que les chairs ne se gâtent, sans jamais y parvenir vraiment, pour le poisson. Il eût été dommage de manger à demi corrompues ces trois vieilles anguilles qui avaient survécu à l'assèchement du ruisseau en se rencoignant dans un trou d'eau, entre les racines d'un saule. Cela avait été une rude bataille pour les crocher, cette nuit !

« Tel homme a pris, *pour sa part,* les trois dernières anguilles du ruisseau de Cathelogne... »

---

* Récipient à long manche creux, pour puiser l'eau dans le seau.

Michel sourit : il avait retrouvé la voix de Maurillon.

Ce sourire mit Nanette en fureur.

— Mais voyez-le, celui-là, qui rit tout seul, qui rit de songe, comme à son habitude ! Qui reste piqué contre la muraille tandis que nous autres, on l'attend depuis...

Le père — qui ne se fâchait quasiment jamais — interrompit les récriminations de la petite. Lui, ce qu'il attendait, et depuis un bon bout de temps, c'était le pain ! Il attendait qu'elle porte la miche sur la table, au lieu de rabater dans cette maie ! Et surtout, surtout, il attendait qu'elle taise enfin sa goule ! Cette enragée drôlesse n'était qu'un son, et il était crevé-vassé de l'entendre japper de même ! Qu'elle apporte le pain et ferme son clapet !

Il y eut chez Nanette un court instant de flottement, c'était si rare, les fâcheries du père, surtout contre elle... et puis elle se remit à crier :

— Hé, n'attendez plus, père, le voilà ! On mangera ça, à présent, chez les Jamonneau : les balayures des moulins. Du moins tant qu'il en restera, parce qu'on en verra vite le bout, de nos trois méchantes pochetées. Moitié son, moitié poussière, j'espère avoir trié toutes les crottes de souris, mais possible qu'il en reste, régalez-vous donc de ça !

« Ça... », elle l'avait jeté sur la table, et non posé. « Ça »... avait sonné comme bois contre bois, et était retombé à l'envers, montrant la croûte plus pâle du dessous, d'une couleur malsaine, comme un ventre de crapaud mort. La mère avait poussé un cri d'horreur et s'était signée trois fois, aussitôt imitée par Belle-Marie, qui ne perdait jamais une occasion de souligner les écarts de Nanette.

Michel, se rappelant la scène du matin, ce pain « à goût de merde » qui avait déjà valu une calotte à la petite, tendit le bras pour retourner la miche. Le père l'arrêta :

— Laisse, mon gars. Qui a fait le mal doit conjurer le

mal. Deviens-tu folle, mauvaise drôlesse ? Le pain d'envers sur une table, c'est le diable qui entre dans la maison. Et c'est toujours pour le malheur qu'il vient. Retourne-moi cette miche, tout de suite !

— Bien sûr, père, je ne l'ai point fait exprès, je vous demande excuse.

Nanette avait pris le pain, Nanette parlait d'une douce gentille voix :

— Pour le malheur, vous avez raison, il en viendra cette année bien assez... et cette... cette...

Elle faisait mine de chercher le mot, prenait l'air contrit et soumis. Michel la connaissait trop bien pour s'y laisser prendre : Nanette allait exploser de colère. Et la gifle de ce matin ne serait pas la dernière... Chère terrible petite sœur, combien il l'aimait, combien il se sentait proche d'elle dans ses révoltes — l'unique différence tenant dans la façon qu'ils avaient de les exprimer. Lui « qui jamais ne levait la voix... », comme disait la mère. Et elle qui, à présent, hurlait comme une furie :

— ... cette... bouse de vache, cette miche de ma dernière fournée, qu'elle soit d'envers ou d'endroit, c'est le même malheur, et pour moi la même honte de vous présenter ça ! Pour ce qui est du diable, je vous acertaine qu'il n'est point ici : de ce temps, il se trouve moins achalé en enfer que sur terre. Mais puisque vous êtes d'avis contraire...

Prenant bien son temps, redevenue aimable et souriante jeune fille, elle reposa le pain avec précautions, mais toujours sens dessus dessous, en disant :

— Bon appétit au diable, c'est juste le manger qui lui convient, je crois !

La mère se précipita, la main haut-levée, et cette fois elle tenait la cuillère à pot. Nanette n'esquissa pas le moindre mouvement de recul. Elle attendait, les yeux brillants de rage, que retombe la cuillère...

— Mère, je vous en prie...

— Laisse-la tranquille, ma pauvre Marie...

Les voix de Michel et du père s'étaient croisées, mais seul le père continua de parler, sans lâcher la main de sa femme. Ce n'était pas un geste d'autorité, juste une main posée sur une main...

— Ma pauvre Marie, je sais bien qu'elle va trop loin en paroles, la petiote. Ça n'est point une raison pour la taler de coups. Parce qu'elle est dans le vrai, en se plaignant, crois-tu pas ? Moi, j'ai le poumon rongé par la poussière de farine, d'être resté trente ans à la meunerie. Depuis dix ans, j'ai laissé à Michel, et un jour lui aussi il crachera le sang. À nous deux, ça fait quarante ans de travail aux moulins. Et guère de répit, jamais personne n'a pu nous chanter *« Meunier tu dors ! »* Parce que les Jamonneau, ils sont acharnés à l'ouvrage, si loin qu'on se souvienne. Quarante ans à suer, à peiner, et suffit de deux mauvaises saisons pour qu'on soit réduits à manger ça : les issues pour les bestiaux ! Quarante ans à moudre et bluter ; et rien d'avance de farine*... et rien d'argent pour en acheter... C'est trop d'injuste, la drôlesse a raison, et...

Sa voix montait, il criait presque, mais fut interrompu par une quinte de toux. Cela raclait, crépitait dans sa poitrine, c'était douleur et déchirement à entendre. Il se leva pour cracher dans les cendres.

— Mais qui te prend, Louis, de lever si fort la voix ? Tu vas attraper une crise d'étouffement... Et à quoi que ça sert, de rebrasser nos misères ? Ça n'y changera rien de rien. Je te reconnais plus, toi toujours si patientant, voilà que tu te montes, tu te montes...

Michel non plus ne le reconnaissait pas, ce père « si patientant » : pour la première fois, il l'entendait se

* Les meuniers étaient payés en nature, généralement un seizième de la mouture. Cette part étant amputée de redevances, tant seigneuriales qu'ecclésiastiques, il ne leur en restait qu'une infime partie à vendre, une fois assurée la consommation familiale.

plaindre d'injustice, pour la première fois il retrouvait en Louis Jamonneau le fils de Dame Aubina.

Fugitive ressemblance, vite effacée. Le père revint s'asseoir à la table et, la respiration encore sifflante, il soupira que non, ça servait de rien, ça changerait rien...

— D'hasard que c'est le temps qui porte aux nerfs. Moi, ce matin, j'ai cassé trois fois ma corde, tellement que le chanvre est sec. Eh bien, à chaque coup, j'en ai juré le nom sacré de Dieu, et ça n'est point dans mes manières d'habitude.

Le rire de Jacquet ! C'était revivifiant, bienfaisant comme une coulée d'eau fraîche, le rire de Jacquet l'insouciant, après cette pénible scène.

— Vous, père, vous avez juré ? Ah, j'en tombe de cul ! Vous qui me reprochez si fort le moindre bordeau de Dieu que j'échappe — excusez, là je n'ai point juré, c'était juste pour explication —, vous me comprendrez peut-être à présent. Parce que, sur le métier à tisser, ce putain de merde de fil, c'est pas trois fois, c'est trente fois le jour qu'il casse ! Pour le moins...

Seule Belle-Marie ne se dérida pas à la sortie de Jacquet. Elle fit remarquer d'un ton acide que le bouillon refroidissait, durant qu'ils menaient ce chastafrain, et faute à qui, toujours la même...

Le père fit mine de n'avoir rien entendu. Il retourna lui-même la miche, façon de faire comprendre que c'était fini, pardonné, oublié, le « pain du diable » de Nanette. Il y traça la croix en disant le *Benedicite*, et Nanette répondit *« Amen »*, comme tout le monde — juste un peu en retard, en tortillant un coin de son devantier, et affichant cet air de sainte-nitouche qui la faisait si charmante. Belle-Marie la fusillait du regard, cependant elle n'osa rien dire. Toute son attitude exprimait désapprobation et jalousie. Elle devait penser : « Elle, on lui passe tout... Elle, on la laissera se marier à sa guise... » Pauvre Belle-

Marie ! Michel n'aimait guère cette sœur aigrie et revêche, il lui arrivait pourtant de la plaindre.

Le père coupa le pain, la lame de son couteau crissait comme sur une pierre à chaque taille qu'il faisait. Lorsque les six écuelles furent garnies d'une tranche, la mère servit la bouilliture. Heureusement, les tronçons des grasses mères-anguilles cachaient le pain qui, au lieu de gonfler dans le bouillon, s'était vite délayé en pâte brune et gluante. « Bon meunier mange toujours bon pain », assurait un vieux dicton. Sans doute datait-il du temps du roi Henri, comme cette poule au pot du dimanche dont parlait si souvent Dame Aubina : Louis Quatorze régnant, un bon meunier et sa famille trempaient la cuillère dans une bouillie de son — encore heureux de n'y point trouver de crottes de souris...

On se taisait habituellement durant les repas. Les paroles, cela gâchait la nourriture... cela empêchait de retourner et retenir en bouche chaque goulée, d'en profiter longuement avant que le plaisir s'en perde dans les intérieurs des boyaux. Causer en mangeant, c'était un luxe que seuls pouvaient se permettre ceux qui voyaient arriver les ragoûts après la soupe, et les rôts après les ragoûts ! Une fois l'an, lorsqu'on tuait le cochon, on se laissait aller à une telle dissipation... Cette année, d'ailleurs, on ne la connaîtrait point : il faudrait vendre le cochon, pour réussir à payer le terme de Saint-Michel.

Lorsque l'écuelle était torchée, et alors seulement, on échangeait quelques mots. Selon la saison, arrivaient sur la table une poignée de noix ou de noisettes à casser... des châtaignes à peler... des pommes mal-venues — on vendait le meilleur des cueillettes aux bourgeois de Saint-Maixent —, ou des poirillons dont il fallait gratter le pourri et le véreux à la pointe du couteau : il s'agissait de ne pas perdre la moindre bribe du « bon à manger », et ce minutieux épluchage laissait loisir de parler.

Or, ce jour-là, sans doute en raison de cette bernée* qu'il valait mieux gloutir sans y penser, le père entama la conversation dès le début du repas :

— T'as monté au Défens, à matin, mon gars ?

— Oui, père. J'ai graissé l'arbre de couche, renforcé les toiles aux endroits que...

Le père secoua la tête, l'air de dire « Non, non... », et interrompit Michel :

— Ça, je me doute, tu tiens tout à l'ordre, comme je t'ai appris, et ça manque jamais un rollon à tes échelles. Ça n'est pas là-dessus que je voulais savoir. Aurais-tu pas entendu quelque chose, là-haut ?

— Si fait. Un moment, j'ai cru à la châline. À force d'attendre, on se monte des idées. Parce qu'à mieux écouter, ça n'était rien qu'un bruit de pierres.

Eh bien, ce bruit, à la Bêchée, tous l'avaient entendu. La mère jugeait que ça venait de Sorcq.

— Te rappelles-tu pas, Louis, quand on y a resté**, aux débuts de notre ménage, ça ne tenait déjà pas pierre sur pierre, dans ce pauvre endroit.

Pour Jacquet, ça tirait de plus loin. À son avis, et vu le bruit qui en arrivait jusqu'au fond du vallon, ça pouvait être à Beauregard. C'était vieux comme les chemins, Beauregard, une putain de chouette à s'envoler, saloperie d'oiseau de malheur, et bardaboum, tout le château s'effrimait comme une merde sèche !

Belle-Marie se fâcha fort. Ce Jacquet, il ne pouvait pas dire deux mots sans sortir une saleté !

— ... et moi, sûr et certain, je dis que ça venait de plus près. Je suis restée longtemps à remplir mes seaux, à la

* La *bernée* : la pâtée pour les cochons.
** *Rester* : habiter.

Vieille-Bêchée, vu que la source coule si menu, à présent. Et le bruit, ça faisait l'effet, comment dire... non pas que les pierres tombaient, mais qu'elles étaient garrochées... Et des tuiles, aussi, qui se cassaient. Oui-oui, tu peux ricasser de moi, Jacquet, je sais ce que je dis. Mais, dans cette maison, pas vrai, on cherche tout le temps à me rabattre et me contrarier. Vous prétendez que non, père ? Tenez, voyez-la donc, l'autre, qui baisse le museau et qui tord le bec pour se retenir de pouffigner !

L'« autre », c'était évidemment Nanette.

— Paix, paix, mes drôlesses ! Qu'on mange tranquilles, à présent. Ça semble à quoi, de se disputer pour si peu : un bruit de pierres...

Le père semblait navré d'avoir provoqué une telle agitation. Il se remit à enfourner cuillerée sur cuillerée du brouet, signifiant par là qu'à présent on revenait à d'honnêtes façons de pauvre monde : on se taisait en mangeant.

Nanette releva la tête. Qu'allait-elle sortir encore ? Michel, à ce moment, n'était pas loin de partager les avis de la mère sur cette « diablesse de Nanette » !

Les yeux de la diablesse, ils brillaient de larmes en se levant sur Belle-Marie :

— Je voulais pas le dire, pour point te remuer le chagrin, Belle-Marie. Moi, je sais d'où il vient, le bruit : de La Cour d'Augé. Et tu es dans le vrai : les pierres et les tuiles, elles ne tombaient point toutes seules, chez... chez...

— Ah ! Pour une fois, vous admettrez peut-être que j'ai raison, puisque votre Nanette l'assure. Le chagrin d'avoir raison, qu'elle voulait m'éviter, cette punaise !

— Non, non, Belle-Marie. Je voulais rien dire à cause... à cause que ça se passe... chez... Samuel Rouvreau et...

— Nanette !

Le père, cette fois, avait tapé sur la table. « Rouvreau », c'était un nom que l'on ne devait plus prononcer chez les Jamonneau. Belle-Marie soupira :

— Père, laissez-la dire. Raconte, Nanette...

Lorsque Nanette était arrivée à quelques pas de l'Yeure, elle avait aperçu quatre laveuses agenouillées devant les pierres plates sur lesquelles on frottait le linge. Quatre femmes qu'elle n'avait pas à l'abord reconnues, n'en voyant que les derrières haut-levés : il fallait se pencher fort pour atteindre l'eau. Quatre femmes, et pas un rire, pas un mot. Nanette jugea qu'elle avait mal choisi son jour de laverie : elle n'allait avoir pour compagnie que des vieilles percluses, trop tracassées de leurs douleurs d'échine pour avoir le cœur à rire et à causer.

Elle ne comprit les véritables raisons de ce silence qu'en arrivant auprès d'elles. Il n'y avait qu'une seule vieillarde au bord de l'Yeure — mais c'était la servante du curé Bruslon.

— La Cul-Pointuche ? Ah, celle-là, que le diable l'essarte, cette garce qu'elle est ! Et tu l'avais point reconnue, à la formance de ses fesses ?

Belle-Marie, cette fois, ne releva pas la grossièreté de Jacquet. Elle ne semblait pas pressée que Nanette arrivât au terme de son récit. Elle dit seulement :

— Continue, Nanette. Et les autres ?

Nanette avait salué Benoîte Lambon en premier, comme le voulaient les bonnes manières envers les personnes d'âge. Et puis, avec un sourire, elle avait souhaité le bonjour à Sara Guilbot... et Rébecca Fleury... et Judith

Martin... Les pauvrettes lui avaient répondu d'un petit signe de tête, sans arrêter de frotter leur linge.

La vieille avait grommelé un vague salut, puis s'était mise à parler toute seule, prenant le Bon-Dieu à témoin... C'était-y pas grand-honte, Seigneur ! Une catholique, une vraie, baptisée de naissance, qui faisait des sourires et des bonjours à trois religionnaires* qu'on savait fausses-converties ?

— Et tu lui as rien retourné ? Toi, que la goule te pète avant qu'on t'ai piquée ?

— Attends, Jacquet, attends !

La servante du curé avait continué sur sa lancée. Les Jamonneau, c'était point que du bon chrétien ! Au moins, moitié-moitié de la *Erpéère* ! Y avait leurs cousins du Breuil... ceux de Coutan... Et, du côté de la mère, côté Gaulthier, y avait...

— Quand même, Dame Lambon, je vous fais remarquer qu'ils ont tous abjuré, voilà presque dix ans !

— Abjuré sur le bout du bec, oui-bien ! Mais ça n'entre à l'église que d'un pied d'un genou, comme ces trois fausses-converties que tu devrais même pas faire mine de les voir ! Ça continue de suivre les prêches au Désert**, vous êtes bien placés pour le savoir, à la Bêchée : Monsieur le Curé a doute sur les bois de Cathelogne, et les sermons du diable qu'on y entend à de certaines nuits !

— Oh ! Vous savez, à la Bêchée, on dort, la nuit. C'est

---

* *Les religionnaires* : les protestants. On les disait aussi de la R.P.R. : « Religion Prétendue Réformée ». Les persécutions contre les protestants ont commencé, en Poitou, bien avant la révocation de l'Édit de Nantes, en particulier avec les dragonnades de Marillac.

** Les protestants se réunissaient la nuit en des endroits secrets pour célébrer leurs services religieux.

qu'on travaille dur, dans la journée, et pof, sitôt sur la paillasse, faudrait les trompettes du Jugement pour nous réveiller, tant qu'on est harassés ! Je le dis toujours : si seulement, dans mon vieil âge, je pouvais être chambrère de curé ! Parce que c'est une bonne place, où on est bien traitée. Voyez, Dame Lambon, comme vous avez gardé une mine fraîche et une belle tournure, à soixante passés. Mais, pas vrai, pour être servante à la cure, faut des capacités que j'ai point...

> — Comme ça, tout cru, tu as sorti que le curé et la Cul-Pointuche ils...
>
> — Enfin, Jacquet ! Tu penses toujours à mal ! J'ai rien dit de pareil. Mais probable qu'elle aura compris tout de travers, comme toi...

Et pareillement Sara, Rebecca et Judith, qui n'avaient pu contenir leurs rires ! Elles essayaient en vain d'en masquer les éclats en frappant plus fort avec leur battoir, en agitant l'eau à grand bruit : peine perdue, cela faisait un joyeux tapage, les battoirs et les rires des trois « fausses-converties » et les claquements du linge dans l'Yeure ! Dame Lambon était demeurée muette de rage impuissante, cherchant visiblement réponse aux insinuations doucereuses et perfides de Nanette, et ne trouvant rien d'autre qu'à bégayer : « Quoi ? Quoi ? »

C'est alors qu'un bruit de pierres, de tuiles fracassées, et des cris, aussi, tout proches, avaient couvert les rires des trois jeunes filles et fait se redresser la vieille Lambon, un rictus de joie mauvaise tordant sa vilaine face. Elles allaient moins s'esclaffer, les filles du diable, qu'elles écoutent bien... Monsieur le Curé Bruslon, il n'avait pas besoin des dragons de Marillac pour venir à bout des enragés religionnaires ! Monsieur le Curé Bruslon, il était en train de convertir Samuel Rouvreau, à La Cour d'Augé ! Pas besoin des dragons, non, pour démolir toits et murailles, jusqu'à ce que Rouvreau consente de vivre en la foi catholique ! Une chance qu'il soit propriétaire de son bien, Samuel Rouvreau : il céderait avant que sa maison soit à bas ! Une chance pour la paroisse, que Monsieur le Curé Bruslon ait de la poigne !

— Vous voulez dire que c'est lui tout seul qui mène cette ruine ? Avec le vicaire Hennequin ?

— Hennequin ? Cette chiffe molle ? Il fera pas long feu à Augé, celui-là, ça n'a que pardon et charité chrétienne à la bouche, les religionnaires peuvent prêcher tranquilles avec lui !

— Mais alors, qui ? Ça me semble qu'ils sont beaucoup...

Elle avait pris son temps, la vieille, pour répondre. Tordu longuement une nappe d'autel. Soupiré si c'était pas un grand malheur, ce temps de sécheresse : en venir à tremper dans la même eau les linges du Bon-Dieu et la crasse du diable !

— Beaucoup ? Pas plus d'une dizaine, mais dans la force de l'âge. Je crois m'en rappeler, il n'y a que des religionnaires, à cette tâche. Des faux-convertis, et un endurci à l'hérésie. Comme dit Monsieur Bruslon, tout ça est du pareil au même, c'est vaut-guère avec vaut-rien ! Il y a donc là-bas... vos pères à toutes les trois : oui, Guilbot... Martin... Fleury et ses deux gars... Écoutez-moi ça, s'ils en mettent du cœur à l'ouvrage ! Ah, vous ricassez moins, à présent, pas vrai ? Et toi, la Jamonnelle, ça va t'intéresser aussi, puisqu'il a manqué d'être ton beau-frère : l'Isaac Rouvreau est de la partie ! Tu peux remercier le Bon-Dieu que...

— ... que les Jamonneau, pas plus que les Rouvreau, n'aient voulu de ce mariage. C'est ça qu'elle t'a dit, la vieille guenuche ?

— Oui, Belle-Marie. C'est la raison pour quoi je ne voulais pas te...

— Oh, ça n'a plus guère d'importance, à présent. Depuis neuf ans, je me suis fait une raison. Lui aussi, puisqu'il a abjuré pour se marier avec la Gerbière ! Son neveu, Isaac le Jeune, est-il là-bas ? Oui ? Le malheureux ! Lui, jamais il ne cédera. Lui, il finira aux galères... Non, Michel ! N'y va pas ! N'y va pas !

Ils avaient tous crié en même temps que Belle-Marie lorsqu'il s'était levé, ou plutôt qu'il avait bondi, renversant l'escabelle sur laquelle il était assis. « N'y va pas, Michel ! » Tous, sauf Nanette. Le père avait même ajouté sur un ton d'autorité qui ne lui était point coutumier :

— Tu te rasseois ! Et tu te mêles point à ces histoires qui nous regardent pas, nous autres, depuis toujours bons catholiques.

Garder son calme. Montrer son visage habituel de pondération. Ne pas céder à cette violence des paroles qui bouillonnaient en lui.

— Justement, père. C'est parce que je suis bon catholique que j'y vas. Et j'ai confiance que je ne serai pas le seul de la paroisse à essayer d'empêcher cette... cette grand-honte pour notre religion...

Il ne put contrôler sa voix jusqu'au bout : Jacquet se tenait ferme devant la porte, lui barrant le passage.

— Vire de là, Jacquet, ou je te...

Il réussit à se reprendre, et même à sourire :

— ... ou je te porte sur mon échine jusqu'à La Cour ! Tu sais que ça me fait pas peur, les ballots de cent quatre-vingts livres ? Mais non, tout réfléchi, vaut mieux que tu demeures ici : tes chapelets de jurons ne seraient pas la meilleure façon de s'expliquer avec le curé, je pense.

Jacquet s'esclaffa... Jacquet tête-légère, qui ne vivait que dans l'instant présent...

— Ah ça, c'est bougrement vrai ! Ni avec les religionnaires : ils sont encore plus âcres que les curés, là-dessus. Té, le cousin Joseph, par exemple : si ça échappe devant lui de dire « merde », ce qui n'est point une offense au Bon-Dieu, eh bien, lui, il t'en chie tout un sermon ! Prends bien garde de point lâcher des gros mots, à La Cour : Rouvreau serait capable de te garrocher sur la tête les pierres de sa propre maison, ha-ha-ha !

— Suffit, Jacquet ! On ne peut pas gausser sur le malheur des autres, tu causes sans réfléchir.

— Mais... père, j'ai dit ça sans malice et, j'admets, sans réfléchir. Pourtant, vous...

— Oui, moi aussi, tout à l'heure, j'ai causé trop vite. Et j'en ai regret, Michel. Durant que Jacquet faisait le pantin, j'ai pensé à ma mère. Nous en a-t-elle assez raconté, sur les guerres entre les religions ! Faut plus jamais qu'on revoie ça. Et t'as raison, Michel : les Jamonneau — ceux de la branche catholique —, ils ont suffisance de bonne réputation dans la paroisse pour qu'on fasse cas de leur avis. D'autant qu'on a des cousins hautplacés, par ma mère, côté Griffier, ça nous donne du poids, même qu'on se fréquente pas, et...

— Mon pauvre homme ! Que vas-tu te monter la tête, avec le cousinage Griffier ? Tant qu'il en restera de ce nom, jamais ils ne tiendront ta mère quitte de ce qu'elle...

— Oui-oui, t'as raison, Marie. Point la peine de revenir là-dessus. Va, mon gars. J'aurais pas pu te retenir, de toutes façons.

— Pour sûr !

Michel eut conscience d'avoir parlé trop sec, et ajouta, avant de refermer la porte :

— Mais je préfère vous en trouver d'accord. Merci, père.

Il partit en courant. Juste un regard vers le coteau avant que le chemin du Plessis ne s'enfonce dans l'épaisseur du bois... « Dame Aubina, ce n'est point sur l'aide de votre parenté que je compte ! — Et tu as grandement raison, mon petit. — C'est en vous, Dame Aubina, que j'espère : de là-haut, intercédez pour ces malheureux ! »

Le coteau avait disparu. Et il savait pourquoi Dame Aubina se taisait, en lui. De son vivant, elle lui avait appris que le Bon-Dieu n'était pour rien dans l'horreur des guerres de religion, dans les fureurs de l'intolérance : l'unique responsabilité se trouvait dans la bassesse humaine, et Dieu détournait la face devant l'indignité de Sa créature.

Michel se sentit seul, et faible, et désarmé pour affronter Bruslon. Il doutait à présent de trouver d'autres catholiques en rescousse à La Cour : le curé tenait ses ouailles dans une main de fer. Cependant, il accéléra encore sa course.

Seul, désespérément ! Au Plessis, il avait toqué et appelé, en vain, chez son beau-frère Goumy. Et pareillement à Augé, chez son beau-frère Juin : la maisonnée était restée silencieuse derrière la porte barrée. Il ne lui restait plus qu'un espoir, son frère Pierre. Sa belle-sœur avait entrebâillé l'huis : non, son homme n'était point au logis... non, elle savait rien où il se trouvait... et non, elle pouvait pas qu'il rentre, lui, Michel : même pour un beau-frère, les mondes étaient si mauvais, ils risquaient voir à mal si elle le recevait toute seule à l'heure de mérienne*... surtout qu'on le connaissait pour bon coq, Michel...

Il avait lui-même claqué la porte sur cette face chafouine et ces insinuations que son propre frère entendait, il en avait la certitude !

---

* La sieste.

Même les plus proches voisins des Rouvreau, amis pour eux de longue date, ne s'étaient pas portés à leur secours : leur demeure était close, aveugle et sourde, morte, refermée sur la peur inspirée par Bruslon.

Et la vision était pire encore qu'il ne l'avait imaginée. Il resta un instant frappé de stupeur, dut s'accoter à l'un des piliers de pierre qui avaient soutenu la barrière d'entrée, à présent réduite en menu bois.

Les étables, les granges, les hangars, dont l'ampleur marquait la prospérité — on appelait Samuel Rouvreau « Rouvreau-le-Riche » —, toutes les dépendances béaient à ciel ouvert, montrant leur poutrage auquel pendaient quelques lambeaux de solives. Entre les corbeaux* de charpente, les murs étaient creusés de profondes échancrures ; les pierres et les tuiles fracassées s'entassaient à leur pied en un amas qui fumait de poussière. Les portes avaient été arrachées, et l'on n'entendait pas meugler, hennir, bêler : toutes les bêtes avaient dû s'échapper.

— C'est toujours non, Rouvreau Samuel ?

En entendant la voix de Bruslon, Michel émergea de l'effarement où l'avait plongé la vue d'une pareille destruction. Regarda les gens, et non plus les décombres...

Le curé était assis sur une selle à traire, à l'ombre d'un tilleul. En retrait, et debout, se tenait le vicaire Hennequin.

— Toujours non.

Des cris et des lamentations s'élevèrent : Je t'en supplie, Samuel... Père, soyez raisonnable...

— Tu devrais écouter ta femme et tes garçons, Rouvreau. Eux, ils ont abjuré voilà quatre ans déjà. Mais c'est toi, époux indigne, mauvais père, qui les empêche de

* Pierres en saillie soutenant les poutres.

suivre les offices de notre Sainte-Mère l'Église. Il va falloir continuer, vous autres : il reste la maison. Je te laisse un moment de réflexion. Et du repos, pour eux : ils me paraissent, les malheureux, en grand épuisement, ils en versent des larmes. N'as-tu point pitié de tes compagnons d'hérésie ? Ils ont tant travaillé sous la rage du soleil...

— Pas moi, maudit Bruslon ! Moi, tu n'as pu me réduire à merci ! Moi, je n'ai que faire de tes menaces, n'ayant rien d'autre à perdre que ma foi. Refusez, mes amis, refusez, comme je vous en conjure depuis qu'est commencée cette infamie !

Au premier rang du pitoyable groupe des hommes qui pleuraient, tête baissée, se tenait Isaac Rouvreau : Isaac-le-Jeune, meunier à Marcusson. Lui, il avait les bras croisés, il regardait Bruslon en face, et il le défiait.

Michel s'avança. Le vicaire Hennequin tenta de le retenir. Lui souffla à voix basse :

— Va-t-en vite, mon gars, avant qu'il ne t'ait vu. Tu ne sais pas ce qu'il...

Michel dégagea son bras. S'arrêta devant le curé qui le dévisagea avec un méchant sourire :

— Tiens donc ! Un meunier hérétique renâclant à l'ouvrage, un meunier catholique s'en vient le remplacer... Je n'en espérais pas autant de toi, Jamonneau. Tu ne vas à confesse qu'aux oreilles de mon vicaire, mais je croyais cependant te bien connaître. Je me serai donc trompé sur toi : merci de l'aide !

Un si évident persiflage... et dans de telles circonstances !... Michel dut se contenir pour ne point lui jeter à la face : « Maudit Bruslon ! », comme venait de le faire Isaac-le-Jeune !

— Monsieur le Curé, cette moquerie n'est point digne de votre état de ministre du Bon-Dieu. Je suis venu pour vous dire, moi, catholique : vous n'avez pas le droit. Êtes-vous Intendant de province, ou capitaine de dragons pour donner de tels ordres ! Je sais qu'il est inutile de vous demander clémence. Alors je vous répète : vous n'avez pas le droit.

Le curé se leva, terrible stature, face tordue de haine :

— Pas le droit ? Qu'oses-tu prétendre, Jamonneau ? Je te l'apprends, pauvre vermine, et à vous tous aussi, les religionnaires : sur notre grand Roi sont enfin descendues les lumières du Seigneur. Avant un mois, Louis le Quatorzième, qu'il en soit à jamais béni, va révoquer l'abominable Édit de Nantes par lequel Henri IV...

Le curé cracha par-terre à ce moment et continua plus fort :

— ... avait eu l'égarement de donner la liberté de culte à votre prétendue religion ! Déjà vos temples ont été détruits, et vos pasteurs se cachent. Moi, Bruslon, dans la ferveur de ma foi, je ne fais que forcer, d'une poignée de jours, le destin qui sera le vôtre désormais ! J'ai le droit de Dieu depuis toujours, et voilà que s'y ajoute enfin le droit de Sa Majesté Elle-même. Que tout ici soit jeté bas, à présent, ou vous en subirez un châtiment plus dur encore que celui dont j'ai dû vous menacer ! Que de cette demeure il ne reste que ruines fumantes, car j'y porterai moi-même le feu de la colère divine !

Il tonnait, à la manière de ses prêches du dimanche ; sa voix enflait, comme amplifiée par la voûte de l'église Saint-Grégoire... Lorsqu'enfin il se tut, Marie Rouvreau poussa un grand cri et tomba, aussi blanche que morte, les yeux révulsés.

— Marie ! Ma pauvre femme ! Je renonce, Marie, je renonce...

— Ce n'est pas auprès d'elle que tu dois t'agenouiller, Rouvreau, c'est devant cette croix. Répète : *ab renuntio**...

* Je renonce...

Samuel Rouvreau pencha la tête et, sans un regard vers la croix, il prononça d'une voix déchirée :

— *Ab renuntio...*

— Bien. Tu y es venu, enfin ! Et tu es seul responsable du ravage de ton bien, pour avoir tant tardé. Tu me suis à l'église pour signer l'acte. Vous autres, merci de l'aide que vous m'avez apportée pour ramener dans mon troupeau cette âme égarée. Rappelez-vous cependant d'avoir à suivre, désormais, vos devoirs de bons paroissiens. Chaque messe sans communion vous vaudra quelques livres de taille en supplément. Ceux d'Augé comme ceux de Cherveux, où mon frère tient la cure.

À nouveau des gémissements dans le groupe des « faux-convertis » : l'hostie, pour eux, c'était l'absolu de l'horreur. On avait vu des mourants la recracher à l'heure du dernier sacrement, en répétant : « *Beurnoncio... beurnoncio...* » Ainsi montraient-ils avant la mort qu'ils abjuraient leur propre abjuration.

Isaac-le-Jeune bondit, se planta devant le curé.

— Tais-toi, Isaac ! Au nom de l'estime que je te porte...

Michel n'avait pu se retenir. Mais Isaac ne sembla pas même l'entendre.

— Curé, un jour les nôtres reviendront ! Comme au siècle passé, ils brûleront les bourgs et les villages, mettront bas vos églises et vos idoles, briseront vos autels et pisseront dessus !

Ils s'affrontèrent un moment en silence, puis le curé recula : un désir de meurtre, une violence forcenée se lisaient dans les yeux d'Isaac. Le garçon sembla hésiter un instant, puis il s'enfuit en courant et hurlant : « Ils reviendront ! Ils reviendront ! »

Le curé s'épongea le front : visiblement, ce n'était point par le seul fait de la chaleur qu'il suait à tant grosses gouttes ! Conscient sans doute qu'il s'était ridiculisé en montrant une telle frayeur, il se retourna contre Michel :

— Toi, Jamonneau, bon catholique, malgré l'estime que tu portes à ce bandit religionnaire, voilà ce que je te réserve, pour remerciement d'être venu. L'ordre en sera donné à Pastureau ce soir-même : au premier vent, au premier courant, les tenanciers des fermes de Vieux-Viré devront porter à moudre tout leur grain de l'année. Tout leur grain, et le même jour !

— Mais... comment voulez-vous ?... C'est chose impossible, et...

Il se mordit les lèvres ; il venait de comprendre, avant que Bruslon ne continue d'un ton bonasse :

— Pas à la Bêchée, non, ni au Défens : les chemins en sont trop méchants d'accès pour de pareils charrois. Ils n'auront que l'embarras du choix, il ne manque pas de moulins dans la paroisse et alentour. Pastureau en sera d'accord, il ne barguigne jamais à m'obéir. D'autant que, dans le souci du bon droit qui t'anime, tu t'engageras bien entendu à lui verser, en argent sonnant, la juste part qui revient à Vieux-Viré sur ces moutures*...

Michel n'avait pas hâte d'arriver à la Bêchée, malgré sa certitude d'y avoir laissé les siens en grand souci.

Il prit de larges détours par les champs et les bois. Que leur dire, grand Dieu ? Il n'avait rien pu empêcher, à La Cour : le malheureux Samuel Rouvreau, et lui seul, avait en abjurant fait cesser la destruction. Il ne rapportait de cette équipée que la promesse d'un avenir plus sombre... Comment leur faire accepter que, dès demain, il parte pour ce que Jacquet appelait... « ses promenades » ? Sei-

* Lorsqu'un fief seigneurial comportait un moulin, tous les paysans du fief devaient y porter leurs récoltes. Une partie de la mouture allait au seigneur, souvent représenté par son « fermier-général ».

gneur, s'ils se doutaient ! D'autant que, cette fois, son échine et sa force n'y suffiraient pas : il lui faudrait emmener le mulet !

Ces angoisses n'étaient cependant point la plus vive blessure qu'il rapportait de La Cour. Le meurtrissait bien plus encore le souvenir des éclairs de fanatisme et de folie qu'il avait vu étinceler pareillement dans les yeux d'Isaac-le-Jeune et dans ceux de Bruslon.

Dame Aubina le lui avait appris : Dieu détournait Sa face devant l'indignité de Sa créature. Il semblait aussi, en cet instant, abandonner dans la détresse Michel Jamonneau, bon catholique et honnête homme...

Chapitre 3

Ombres dans l'ombre ?...

— Voilà ce que t'as gagné, forte tête, à contrarier le curé !

Cette constatation désolée, Marie Jamonneau la rabâchait depuis la veille. Et la répétait encore à l'instant des derniers préparatifs, alors qu'elle nouait les coins d'un torchon autour d'une miche. Cette fois, elle enchérit de reproches :

— Tu t'y feras donc jamais ? Tu comprendras donc jamais que pot de terre contre pot de fer, c'est toujours le même qui casse ? Rien à moudre jusqu'aux prochaines métives*, comment qu'on s'en tirera ? On viendra à la saisie ! Ah, tu le regretteras...

Nanette se récria : Michel ne devait rien regretter, et même tout le contraire :

— Une si mauvaise année pour le grain, ça nous aurait donné quoi ? Trois mois de pain ? et encore en rognant fort, en faisant durer deux jours la miche de quinze livres ! Pour nous six, imaginez...

Belle-Marie, pour une fois, partageait l'avis de Nanette :

— Rappelez-vous donc, mère. Vous n'en croyiez pas

* Les *métives* : les moissons.

vos œils, de la bourse qu'il rapportait, l'an passé, quand il revenait des carrières. Lui tout seul, alors pensez, en se louant avec le mulet... Qu'as-tu à grommeler, Jacquet ?

Jacquet, il avait à se plaindre que c'était toujours le même qui prenait du bon temps ! Et lui, martyr, qui restait s'échiner à la Bêchée !

— Seulement voilà, la place est avantageuse : j'ai vu dire qu'autour des carrières, on trouvait des bonnes grosses ribaudes, core plus aisées à fendre que l'ardoise, alors lui...

Nanette l'interrompit, levant un regard d'innocence :

— C'est quoi, comme pierres, Jacquet, des pierres ribaudes ?

Le père, jusque-là silencieux, coupa la parole à Jacquet qui, visiblement, s'apprêtait à éclairer Nanette sur ce point : il en riait d'avance, vite revenu à sa joyeuse humeur !

— Toi, mon garçon, tu demeures ici. Ça n'est point Jacques Jamonneau...

Le père marqua un temps d'arrêt. Jacquet ne riait plus, bâillait du bec à s'entendre appeler « Jacques ». Nanette poussa Michel du coude. Il n'était pas besoin, d'ailleurs, de ce signe de complicité. Il la connaissait assez, la finette, pour savoir qu'elle avait agi par astuce, et non par naïveté : en questionnant Jacquet sur les « pierres ribaudes », elle était sûre que le père allait intervenir.

— Je te répète, ça n'est point Jacques Jamonneau que Bruslon a condamné à la pire peine, celle de sans-ouvrage, c'est ton frère. Toi, tu as ton métier à tisser, moi j'ai ma corderie. Le peu de sols qu'on y gagne, ils épargneront d'autant les harassements de Michel. Parce que l'ardoise, mon gars, c'est une roche gâtée à travailler. Mauvaise comme t'as pas idée. Moi, dans mon jeune âge, j'ai été deux fois au... à l'ardoise, je sais de quoi je cause. Y en a plus d'un qui s'a fait prendre, et...

Ils l'avaient tous interrompu en même temps.

Prendre ? Quoi, prendre ? Prendre ? Avec un instant de retard, Michel et Nanette s'étaient joints au questionnement. Le père se mordit les lèvres et, avant de répondre, souffla bruyamment avec une mimique forcée, moitié lassitude, moitié exaspération.

— Eh ma din, quelle famille, jamais on me laisse causer jusqu'au bout de ma parole ! Prendre sous les éboulements, voilà ce que je veux dire. Quoi, Marie, qu'as-tu à me regarder de même ?

— Toi, t'as été aux carrières avant qu'on se fréquente ? Et grand jamais depuis tu ne m'en as touché mot ?

— Hé-hé ! Y a bien d'autres affaires avec, que je t'ai point racontées, sur mes temps de bachelier*. On se comprend la chanson, hein mes gars ?

Certes, ses fils comprenaient, mais non point la même chanson. Jacquet se tordait de rire, eh bé ça, c'était la meilleure !... Michel, lui, faisait mine de n'avoir rien entendu, s'absorbait à vérifier le contenu de son bissac. Pauvre père ! Par cette allusion polissonne, si peu conforme à sa nature, il tentait de rattraper, de faire oublier ce qui avait failli lui échapper : il n'était pas dupe, il avait pris le même risque dans sa jeunesse, et il savait que silence et secret devaient entourer ces équipées.

La mère s'était mise à pleurer.

— Enfin quoi, Marie, c'est point de cette malheureuse rigourdaine, pas trop fine, j'admets, que tu vas te chagriner jusqu'aux pleurs ?

— Eh non pas, core qu'à ton âge, c'est hontable de causer de même, et devant tes drôlesses surtout, mais c'est point ça qui me tabusse, non...

Ce qui la damnait de tourment, ce qui lui mangeait la rate — ah, Seigneur ! — c'était de songer son garçon en

* Bachelier : jeune homme à marier.

péril d'être écaché sous une énorme grosse pierre d'ardoise ! Tout en bouillie de chair et d'ossements, comme le vieux Guion quand il s'avait fait prendre entre sa dormante et sa tournante*, voilà quatre ans ! Dans une bâille à vendanges qu'il avait fallu ramasser ça, pour mettre au cimetière ! Et comment que ça se rabistoquerait, hein ? à la Résurrection des Morts ? Seigneur, son beau garçon...

— Tu vas pas comparer, non ? Guion, c'était un vieux fou — le Bon-Dieu ait son âme quand même — qui laissait aller en perdition, au moulin de Cathelogne ! Un risque-tout, une tête cabernotte**, qu'a fait la nique à la mort une fois de trop ! Lui, Michel, s'a-t-il seulement pincé l'ongle du petit doigt entre ses meules ? Non, non, Marie, tu peux rester de confiance : ton gars, je l'ai dressé de bonne heure en prudence et sagesse. Il avait quoi ? à peine ses quatorze, que je le laissais déjà se débrouiller tout seul au Défens...

« Tout juste, oui. Le bel été de nos quatorze ans... Te rappelles-tu, jeune seigneur, ma prudence et ma sagesse ?... Il faut attendre la bonne petite brise du matin, celle qui se lève avec le soleil. Il faut tourner la queue du moulin en juste orientation pour que les ailes ne s'emballent pas. Attention, juste-juste, pour qu'elles ne s'arrêtent pas à moitié course, me laissant suspendu à trente pieds en l'air, comme un couillon !

« Toi tu arrives, toujours même heure, et tu me regardes, raide assis sur ton petit cheval bai, sans dire mot. Je parade devant toi, je m'envole, encore un tour, encore un tour... Je ne saute à bas qu'à dernière limite de lâcher, les bras à bout de

* Les meules, l'une fixe et l'autre mobile.
** Une tête creuse.

résistance. Je me plante devant toi, et du regard je te défie : je ne suis rien que Michel Jamonneau, un pauvre diable de manant. Toi, tu es le jeune baron de Sainte-Maure, tu seras seigneur d'Augé et autres lieux, et moi meunier de la Bêchée ! Mais ici, en cet instant, je te nargue, je t'écrase ; je suis fort, grand, agile, tout ce que toi tu ne seras jamais !

« Tu finis par piquer ton cheval, et ma foi, j'en suis soulagé, je commençais à me sentir mal-aise de ton silence, et de tes yeux où je ne devinais rien de ce que j'aurais voulu trouver : envie, colère, arrogance — une réponse, enfin, à mes provocations !

« Et chaque matin tu reviens au Défens, et chaque matin je donne davantage prise au vent pour m'envoler plus fort, plus grand, plus agile... plus libre, libre, que le petit baron de Sainte-Maure ! Combien de fois ai-je failli me rompre le cou pour essayer de faire jaillir une lueur dans le froid, dans le vide de ton regard ? Jusqu'à ce jour où tu... »

— Michel ! M'écoutes-tu ? As-tu point fini de frucheter dans ce bissac ? Quoi donc te manque, mon drôle ? Je t'ai dit : veux-tu un rien de lard ? Un fromage dur ?

— Je... Non, merci. Faites excuse, mère : je vérifiais d'avoir suffisance de clous au cas que Têtard se déferre.

— Qu'est-ce que je te disais, Marie ? Tu vois bien si tu peux être tranquille, rien lui arrivera ! Plus avisé que lui, je connais pas : même pour son mulet, il pense à tout !

De cela, la mère convint. Et ce qui la rassurait le mieux, c'était qu'il eût choisi de faire route tard le soir, et puis tôt le matin, pour que Têtard soit point achalé-harassé avant que d'être arrivé à Trélazé ! Mais qu'il prenne garde quand même aux endroits qu'il s'arrêterait pour dormir, la nuit ! Le jour, elle se souciait pas ; à cause du mulet, il aurait la sagesse de se tenir à l'ombre, et...

Le père écourta les recommandations et les adieux.

Michel s'arrêta avant que les arbres ne cachent le coteau de Dame Aubina. Le versant en était déjà obscur, et d'autant plus lumineux le sommet, rasé par le soleil couchant. Il n'eut pas le temps de faire conversation avec cette clarté, avec cet au-revoir... il entendit le bruit d'une course qui faisait rouler les pierres du chemin, et Nanette surgit auprès de lui.

— J'avais peur de te courir jusqu'au Plessis ! Core heureux que...

Nanette regarda le coteau, regarda disparaître la barre de lumière et reprit :

— ... que le mulet soit las aussitôt que parti ! Tiens, prends.

Il reconnut la toile noircie, et l'odeur forte, un peu rance : elle lui tendait tout le restant de lard qui pendait sous le manteau de la cheminée. Épargné, mesuré à minuscules lichettes dans la soupe du soir ! Réservé à l'écuelle des hommes lorsqu'il touchait à sa fin ; la mère était intraitable sur ce point : les femmes, ça leur suffisait du goût dans le bouillon !

— Quoi ? Mais je n'en veux pas, j'ai déjà refusé tout à l'heure !

— Oui, mais moi j'ai dit : mère, vous avez eu tort, en offrant votre « rien de lard », c'est en entier qu'il fallait le fourrer dans son bissac, et de force ! Moi j'ai dit : faut qu'il mange gras, pour se soutenir, vu que c'est si dur à tirer, l'ardoise ! Le père s'est mis de mon côté, et il a fait taire Jacquet, et moi j'ai dit...

— Et moi je dis...

Il imitait le débit et la voix pointue de Nanette, et lui il disait, oui, lui il disait que même sans son ageasse* de petite sœur, il ne se débrouillerait pas trop mal pour trouver pitance, il emportait ses collets et ses pièges...

— Michel ! Moi, je le sais que tu ne vas pas à l'ardoise. Depuis ton premier voyage, je le sais.

— C'est trop fort ! Quand je m'en retourne, j'en suis partout noir comme un cul de pot ! Et tu dois le savoir mieux que personne, tu t'en es plaint assez, d'avoir à décrasser mes hardes !

— Oh, pour sûr, tu dois y rester deux-trois jours, aux carrières, le temps de bien te goretter de poussier ! Et pour sûr que c'est gâté à laver, cette saloperie ! Sauf quand une chèvre m'épargne l'ouvrage en mettant à la charpie une chemise ! Ça, tu vois, je savais pas que les chèvres étaient tant friandes de l'ardoise ! Je les connaissais gourmandes sur le sel, mais...

— Nanette ! Tu n'en as rien dit ? À personne ?

— Et pour qui tu me prends ? Alors, pas de discussion, tu serres ce lard dans ton bissac. Ça sera beaucoup dur à crogner sans cuire, mais en coupant menu-menu, tu y arriveras. Mieux qu'à la braconne... Parce que, à marcher les nuits durant, je vois pas comment tu comptes t'y prendre, pour colleter. Ça non plus, je comprends pas, pareil que pour cette saleté de bique !

Merveilleuse Nanette ! Michel prit le lard, embrassa sa petite sœur. Elle riait, la mignonne.

— Y en a pas loin de quatre livres. Ça te fera pas trop lourd à porter ?

— Hou-là ! J'ai crainte que si... Têtard, peut-être ?

— Combien ? Dis-moi combien ?

— Le mulet ? Eh bien... en comptant le lard... ça lui fera... cent cinquante par deux, plus quatre...

— Arrête ! Toi, tu porteras combien ?

* La pie, symbole de bavardage.

— Moi ? À peu près cent, guère plus-guère moins.

Après un instant de visible effarement, Nanette se reprit et se déclara fort soulagée. Cent petites malheureuses livres sur l'échine de son frère, durant trois-quatre nuits, ça ne valait point la peine de tracasser à son sujet ! Lui qu'avait l'habitude de brasser, chaque dimanche-au-soir, beaucoup-beaucoup plus lourd, ah-là-là, oui !

— Mes sacs ? Le dimanche ? Que racontes-tu ?

— Je cause point sur tes sachées de grain ou de farine — encore que de certains côtés, on peut trouver ressemblance, et largement ! Je veux dire : Ysabeau Simonnet, servante à l'auberge Sainte-Catherine. Eh oui, tu peux faire l'œil rond comme une chevêche, ça avec, je le savais !

Il était trop ahuri pour lui répondre, elle partit en riant et envoyant des baisers de la main. Puis revint sur ses pas pour ajouter :

— Quand même, juste une affaire que je viens d'apprendre ce soir, par Jacquet, c'est le nom : une *ribaude*, Simounette, c'est une bonne ribaude ! Mais pas une pierre, non pour sûr, ça ballotte trop mou, ses grosses fesses et ses grosses tétètes !

Cette fois, elle s'enfuit tout courant. Il l'entendait encore rire alors qu'elle avait passé le tournant du chemin.

Il aurait dû se trouver en scandale devant l'inconvenance de telles paroles dans la bouche d'une fillette de vingt ans, sa propre sœur ! À tout le moins se sentir penaud, voire coupable, qu'elle n'ignorât pas ses incartades du dimanche, avec la Simounette !

Et il n'éprouvait rien d'autre que de la joie. Dans une aventure combien périlleuse, il emportait la gaieté de Nanette. Sa malice, son rire, qui lui disaient, comme l'instant d'avant la lumière sur le coteau : « Je suis sans inquiétude pour toi. Tu vas réussir... »

Il traversa Augé par la Grand-Rue, juste à la tombée du jour, à l'heure grise. Il avait choisi ce moment à dessein. Toutes les portes et les croisées étant ouvertes pour apporter un semblant de fraîcheur, il savait que la sabotade du mulet allait faire surgir des visages curieux aux embrasures. Et que la nouvelle en serait vivement propagée : on avait vu Jamonneau partir sur la route de Champdeniers.

À certaines maisons, à peine répondu : « Salut ! », on se rencoignait vite dans l'ombre de la pièce : même retiré dans la cure après complies, Bruslon inspirait cette réserve prudente : les moindres propos de ses paroissiens lui étaient rapportés, et par qui, c'était mystère, peut-être le voisin... Il fallait donc, vis-à-vis de Jamonneau, ne rien montrer, et surtout ne rien dire qui pût être ramené aux oreilles du curé comme une approbation, un assentiment, ni même une marque d'indulgence coupable... « Salut », c'était peut-être trop, déjà, de sympathie. Ce restant de politesse, n'allait-on pas le payer cher ?

En d'autres endroits, Dieu merci, quelques mots à voix basse arrivaient ensuite. Le regard fuyait, évitait la confrontation, et cela devenait d'autant plus douloureux à entendre :

— Jamonneau... J'ai crainte que tu me gardes une graisse de cœur de ne point t'avoir soutenu, hier, chez Rouvreau. Mais faut que tu comprennes : avec cinq petits drôles, je pouvais pas risquer...

— Pour sûr, je te comprends. D'autant que tu n'aurais rien empêché, toi non plus.

— Mon pauvre gars ! Te v'là obligé de partir aux carrières, j'ai vu dire que là-bas c'est pire que l'enfer ! Tu ne m'en veux point trop ?

— Non. Sois tranquillisé : je te comprends.

« Je te comprends... » Il l'assura plus de dix fois, avec sincérité. Hier, en se trouvant seul catholique, à La Cour, il les avait méprisés, accusés de lâcheté et de bassesse. Il s'était juré de le leur faire savoir, et c'était une raison supplémentaire pour traverser le bourg. Or, en ce jour finissant, il éprouvait une même pitié pour les silencieux et pour ceux qui tentaient de se justifier. Eux, ils n'avaient pas eu une Dame Aubina pour grand'mère, un Jacques de Sainte-Maure pour ami. Ils étaient ligotés, enfouis, aveuglés dans la nuit profonde de la dépendance et de la soumission. Il leur disait : « Je te comprends » pour ne point les désespérer en leur criant : « Je te plains ! » De leur résignation ancestrale, Bruslon tirait sa force et son emprise sur la paroisse.

Il s'arrêta devant la masure de son frère Pierre. Envers lui, il gardait une amère rancune pour avoir laissé sa femme Louise déverser son venin, hier, lorsqu'il avait toqué chez eux.

Ils habitaient un pauvre creux-de-maison, plus misérable d'aspect que l'écurie de Têtard, à la Bêchée. Pas même une lucarne pour donner un mince surplus de lumière : la porte de mauvaises planches en était l'unique jour. Elle était ouverte sur un trou sombre d'où montait une odeur de crasse surie et de graillon. Michel ne frappa pas au battant de la porte, comme le voulaient les bonnes manières ; on se devait de heurter par politesse, même à l'huis grand ouvert, avant de passer le seuil. Lui, il entra. Se força cependant pour prononcer :

— Le bonsoir à vous deux.

Ils finissaient de manger, l'écuelle à même les genoux. Pas de table, chez Pierre... Michel en conçut des remords, se promit de menuiser quatre pieds-quatre planches, dès son retour, pour son frère. Et il s'apprêtait à repartir, toute colère tombée devant un tel dénuement, sans rien exprimer de son amertume, sans même dire : je te comprends, je vous comprends, toi et ta pauvre Louise... Il répéta :

— Bien le bonsoir. Je m'en vas aux carrières d'ardoises. Comme vous le savez sans doute, le curé m'a...

Pierre s'était levé si brusquement qu'il avait renversé son écuelle. Il baissait la tête, c'était infiniment pitoyable à regarder, ces braies dégoulinant de soupe, et trois poules voraces qui s'étaient précipitées pour picorer à ses pieds... Il soupira fort et dit d'une voix accablée, à peine perceptible :

— Faut que je t'explique, pour hier. Voilà ce que...

Sans laisser à Pierre le temps de terminer, Louise s'interposa entre lui et Michel. La garce, la poison de femme ! Elle, elle ne baissait pas le ton, elle criait à lèvres serrées — cela vibrait aigu comme un sifflet de vipère — que c'en était fini, que ça en arrivait le bourlot, des manigances Jamonneau !

Pierre tenta de l'arrêter, fallait point qu'elle s'ellipe* pareillement, le voisinage allait...

— Le voisinage va m'entendre, oui-bien, et justement ça que je cherche. Faut que ça en sonne carillon dans toute la paroisse, de ce que j'ai à dire. Nous autres, on n'a plus rien à voir avec ceux de la Bêchée ! Et surtout pas avec celui-là, qu'a cherché noise à Monsieur le Curé, hier-au-tantôt ! Veux-tu donc qu'on en soit malmené nous avec, mon pauvre homme ? Veux-tu perdre le peu d'ouvrage qu'on te donne, toi qu'es rien qu'un crève-misère de journalier ? Crois-tu pas avoir pâti en suffisance, à cause de ta famille ?

— Louise, que vas-tu...

— Laisse cette porte ouverte, et taise-toi ! T'as jamais su de te défendre contre eux autres, faut bien que moi je m'en occupe...

Et certes, elle s'en « occupait », et Pierre n'essaya plus de l'interrompre. Il s'était assis, se tenait la tête dans les

* *S'elliper* : se fâcher en élevant progressivement la voix.

mains. Michel non plus ne disait rien, trop stupéfait de ce flot de bile soudain débondé, dégorgé et craché par cette furie !

... Pierre, il s'était laissé gruger, tondre ras comme une ouaille par le vieux Jamonneau, et par celui-là, Michel, qui venait les narguer sous le nez, et rentrait chez eux comme un Monsieur de, sans même rabâter à la porte ! Parce qu'enfin, en bonne justice, c'était à Pierre, le gars aîné, qu'aurait dû revenir la tenure des moulins ! Oui-oui, elle connaissait la chanson, patati-patata, sa jambe raide, à cause qu'il s'était cassé la pierre du genou, quand il était jeune drôle, en tombant d'une échelle ! Seulement voilà : c'était pas malaisé, de scier un rollon*... Et elle se méfiait sur cette fausse-pièce de Michel qu'ouvrait asteure des œils comme des roues de charrette, mais qu'avait été bon gagnant dans cette affaire. Et même le vieux, elle doutait sur lui, d'hasard que l'idée était sienne : ça pouvait-y donner autre chose que vice, le sang d'une salope comme Aubina Grif ?...

Le coup était parti, avec cette brutalité imprévisible, cette violence incontrôlée des êtres faibles, trop longtemps ou trop fort humiliés. Louise en avait boulé jusqu'au fond de la pièce, heurtant durement la muraille. Pierre regardait sa main encore crispée avec un air d'effarement incrédule.

Louise se releva, elle n'avait pas jeté un cri, juste un hoquet de douleur et de surprise lorsque le poing fermé l'avait atteinte en pleine face. Elle se planta devant Pierre, sans essuyer ni renifler le sang qui lui pissait du nez. Elle le regardait droit dans les yeux, et elle se taisait.

Un étonnant silence, un lourd arrêt du temps après cette frénésie d'accusations haineuses pour l'une, cette sauvagerie de riposte pour l'autre : Michel y retrouva ses

* Un barreau.

esprits, émergea de la stupeur où l'avait plongé un tel abat de perfidie et de violence. Il allait leur dire leur fait, à tous les deux. Avec calme, avec fermeté — et ils s'en ressentiraient d'autant plus honteux, d'autant plus bas et méprisables. Il prit une profonde respiration... mais Louise parla la première, d'une douce voix caressante. Elle appuyait contre l'épaule de Pierre son visage déjà boursouflé sous les coulures rouges. Elle s'adressait à son mari, mais posait sur Michel un regard de haine triomphante :

— Maintenant que t'as osé de faire ça, mon Pierrot, tu vas lui dire, à ta canaille de frère, que j'ai raison sur tout ce que j'ai assuré. Tu voudrais pas me contrarier, à présent, mon Pierrot ? Tu supporterais pas de faire carême à l'année longue, si tu contrariais ta petite femme ? J'ai raison, pas vrai ? Dis-le ! Dis-le ! Dis-le !

— Elle... elle... a raison... ô Seigneur...

— Cause plus clair, il a point l'air d'avoir compris. Aie garde de rien oublier, mon Pierrot !

Pierre hurla qu'elle avait raison pour tout : la volerie du moulin, le rollon scié, la mauvaiseté du père, la gredinerie de Michel !

Il se tut, ferma les yeux. Louise lui flattait le cou de petites caresses, et il reprit à crier :

— Et aussi elle a raison pour la Da... pour la vieille salope d'Aubina Griffier !

Michel recula, horrifié par une chose inconnue qui s'emparait de lui. Qui l'étouffait, l'empoignait à la gorge. Qui allait jaillir, s'il desserrait les dents, exploser en folie meurtrière. Cogner. Écraser. Tuer.

Il referma la porte derrière lui avec d'infinies précautions. Juste au bruit d'une porte claquée, à la brusquerie d'un mouvement, la chose aurait bondi, cogné, écrasé, tué.

Il reprit quelque peu possession de lui-même en arrivant auprès de son mulet qu'il avait attaché à une borne de pierre. Nulle présence aux embrasures des portes et des fenêtres. Il saisissait des bribes de conversations à ton forcé, qui sonnaient faux : le soleil qui s'était couché dans les braises, ce soir encore... pas demain que ça mouillerait, misère... ce drôle, qu'un jour il se ferait ébouillanter à toujours virouner près du foyer, quand on trempait la soupe...

« Seigneur, accordez que personne n'ait entendu ces abominations... accordez que jamais ça n'en vienne bruit aux oreilles de mon brave honnête homme de père, il en mourrait de honte et de chagrin... »

— N'aie crainte, mon bon gars. Pas besoin du secours d'En-Haut. Personne causera là-dessus, je t'acertaine.

Michel sursauta, scruta la pénombre. Il avait donc prié à haute voix ? Impossible : il sentait ses mâchoires, ses joues, sa bouche, toute sa face encore figées en bloc rigide, crispées jusqu'à la douleur. Il dut faire effort pour desserrer les lèvres. Ses dents y avaient croché profondément ; il avala une salive à goût de sang... toussa... réprima un aigre renvoi de vomissure... et réussit à prononcer, sans toutefois reconnaître sa voix :

— Qui est là ? Qui me répond ?

— Je t'ai point répondu, vu que tu n'as pas sonné mot, je t'ai juste adressé parole. C'est moi, la Grolle*. Sur le rebord du puits. Me remets-tu, asteure ? C'est vrai que je tiens guère de place, et une grolle, ça paraît pas de loin, à nuit tombée !

— Père Grolleau ! Comment...

— Viens donc t'assire un moment avec moi. Ça te fera grand bien, m'est avis, faut pas que tu partes de même, tout émouvé. À moins que je te porte frayeur, comme à eux autres ?

---

* La *grolle* : le corbeau.

Le très vieil Amand Grolleau — on lui croyait cent ans passés — fit entendre un petit rire. Cela grelottait joyeux, et narquois, comme une gaieté de marmot après une bonne farce...

— Parce que je les ai vitement fait rentrer, les museaux qui se tendaient pour nifler les saloperies que cette gaupe a forcé ton frère de crier en le tenant par le vit ! Pas de risque que ça se promène aux oreilles de ta famille ! Tu sembles point trop me croire ? Alors té, entends, et regarde...

Dans l'obscurité grandissante, les yeux de la Grolle luisaient, écarquillés, pâles jusqu'à la blancheur, et prenaient une fixité sinistre. En même temps, sur un rythme précipité, montait de son gosier un gargouillis de paroles indistinctes, d'où émergeaient soudain de menaçants « si t'en causes », et il pointait sa main gauche, l'index et le petit doigt tendus en cornes du diable.

Michel contint à grand-peine un mouvement de recul... et le regard effrayant s'éteignit. Étaient-ce les mêmes yeux qui pétillaient de malice, la même voix qui continuait avec placidité :

— Tu vois, mon bon drôle, si c'est aisé : tu t'es retenu à quatre pour pas sauter en arrière ! T'as pourtant pas eu peur, hein, mon gars, d'un pauvre vieux bonhomme qui grommelait : « Parpaillon* blanc, signe de beau temps... si t'en causes ! Parpaillon gris, signe de mouillerie... si t'en causes ! » Peut-être bien mes doigts qui t'ont fait dégoût ? Pour sûr, ils sont guère beaux à voir : les deux du milieu, ils restent toujours croches par le rhumatisme du grand âge, qué misère !

La Grolle agitait en riant ses mains déformées. Michel se sentait à la fois mortifié par cette moquerie — oui, il avait eu peur ! — et troublé par ce regard sans couleur qui

* Papillon.

semblait plonger au-delà de ses yeux à lui pour lire dans le secret de ses pensées. Le vieux Grolleau, on le connaissait rebouteux, guérisseur aux herbes secrètes... et certains, à mots couverts, le prétendaient sorcier, sans que jamais Michel eût donné foi à de telles sornettes. Et, à présent, à se voir ainsi deviné, entendu sans même avoir parlé, il se demandait si...

— Si je suis sorcier ? Si tu en décides, j'en suis un. Parce qu'un sorcier, ça ne prend existence qu'au travers la croyance des gens. Mais c'est pas à toi que je vas laisser penser pareille faribole : ta grand'mère Aubina saurait m'en chanter pouilles, là-haut... dans guère long... Je ne suis rien d'autre qu'une vieille, trop vieille grolle que le Bon Dieu a oublié de rappeler à lui. Ça m'a donné le temps pour la connaissance de ce qui se passe dans les boyaux de tête. En cent ans, une petite grolle, tu n'imagines pas ce que ça peut ramasser, entasser d'affaires qui se sont jamais dites, jamais sues... Ce que ça peut voir et entendre en picorant ses herbes...

Le ciel s'éclairait d'étoiles, laissant le puits dans l'ombre épaisse d'un tilleul. Michel ne voyait plus le vieil homme, il l'écoutait, étrangement rassuré par cette voix qui semblait la voix même de la nuit — alors qu'il aurait dû s'effrayer de ce qu'il entendait : le jamais-dit, le jamais-su que la Grolle évoquait.

> ... C'était si beau, ce restant de lumière sur la croix du clocher ; peut-être bien le petit baron Jacques de Sainte-Maure, qui souhaitait bonne chance à son ami Michel pour la route du sel...
>
> ... Lui, Amand Grolleau, jamais il n'avait quitté la paroisse, il en connaissait chaque motte de terre, chaque arbre, chaque filet d'eau. Tout ça si petit-petit, à comparer au Canada et à la Grande Rivière, le fleuve Saint-Laurent, où tel homme

avait pêché cinquante mille anguilles pour sa part...

... Cette année, en Anjou, la gabelle* avait encore monté, quelle grand-honte, pour sûr qu'ils seraient bénis du pauvre monde, les contrebandiers du beau sel de Brouage ! Mais attention, aux paroisses des marches**, les gabelous étaient triplés de nombre, et c'était grand péril en ces endroits ! Des mille fois plus dangereux que s'envoler aux ailes d'un moulin : on se remettait d'un membre rompu, on ne revenait pas des galères. Qu'il prenne ce pochon dans son bissac — chut, secret de la Grolle ! —, son odeur affolerait le flair aux terribles chiens des gabelous...

... Dans certains bois, la nuit, un braconnier comme Jamonneau ne pouvait ignorer quelles assemblées se tenaient. Alors, qu'il prenne soin de ne pas les troubler, et passe au large : les malheureux, on leur infligeait suffisance de tourments ! Lui, la Grolle, il s'était approché d'eux, une fois — mais trop loin quand même, pour saisir la réponse à la question bizarre qu'ils posaient à chaque survenant. Michel, avec l'oreille fine de la jeunesse, arriverait sûrement à comprendre. Alors, qu'il vienne l'en instruire dès son retour : parce que la Grolle, qui savait tout, enrageait de ne pas connaître avant sa mort la réponse à cette question...

... Sa grand'mère, la belle Aubina, elle avait... comment dire... relevé de fierté les petites gens, en osant de...

---

* Impôt sur le sel.

** Les régions limitrophes des provinces.

— Cela, père Grolleau, elle me l'a raconté elle-même !

Juste une phrase qui lui avait échappé, et la voix de la nuit s'était tue. Il n'y avait plus, auprès de Michel, qu'un vieil homme qui s'encolérait et grondait des obscénités :

— Cette putain de Louise ! Cette cougnasse ! Cette chienne ! Et ça traite Aubina Griffier de... Je peux même pas le répéter, tant que ça m'abomine ! Mon drôle, fais comme moi, ne te marie jamais, au risque de tomber sur une pareille chiasse de fumelle ! Continue de te soulager le tempérament avec la grosse Simounette. Elle, au moins, elle ne le marchande pas, son couni ! À qui en veut, elle le donne, et chaud dedans ! Hé-là donc... Où que t'es rendu, la Grolle ? Excuse, mon garçon, la rage m'a emporté ! Écoute-moi encore...

La voix de la nuit, égale et douce, à nouveau s'était élevée :

> ... Michel ne devait pas partir dans le bouleversement de la colère. La fureur, la rancune, cela faisait perdre raison et maîtrise de soi, même à une vieille grolle, comme il venait de s'en rendre compte... Et, pour réussir dans son entreprise, il lui fallait garder la tête froide...
>
> ... Qu'il pardonne à son frère pour sa faiblesse devant la femme. Elle était si bonne à croquer, si douce et sucrée, la pomme qui affriolait les fils d'Adam et les délecterait jusqu'à la fin des Temps ! Priver Pierre des joies de la chair, c'était l'éloigner de l'unique festin des pauvres, de la seule félicité qui ne se mesurait point à l'aune de richesse ou misère...
>
> ... Et même à Louise, qu'il pardonne sa mauvaiseté de jalousie. Son homme, il était le seul mal

venu dans la belle couée* Jamonneau : affligé de boitouserie, et guère de tête, et point trop de courage ! Mais fallait croire qu'elle le chérissait tel que, son Pierrot, et ses manques, elle préférait en rejeter les torts sur sa famille plutôt que sur lui...

... Il devait pardonner, et mieux encore oublier... oublier... oublier... Qu'il regarde bouger le plus grand cyprès du cimetière : à son ombre, dans la fosse des pauvres, Dame Aubina. Qu'il regarde bouger la croix du clocher : dans l'église, sous la dalle gravée des seigneurs d'Augé, le petit baron de Sainte-Maure. L'un et l'autre, le jeune garçon et la vieille femme, ils allaient verser des larmes de sang si leur Michel risquait sa vie, en partant la tête perdue, dévirolée, bouillonnante de la détestation et de la rancune qui chassent la maîtrise de soi. Qu'il pense à elle, la superbe, la vaillante Aubina Griffier, plutôt qu'à la pauvre Louise... Qu'il pense à lui, le généreux, le courageux Jacques de Sainte-Maure, et non au pitoyable Pierre...

... Le cyprès balance... balance... Oublie. Oublie.

... La croix balance... balance... Oublie. Oublie.

Bizarre qu'il n'ait aperçu âme qui vive en traversant Augé ! Il venait de passer les dernières maisons, le trot du mulet claquait sur la route empierrée. Michel avait espéré que les villageois se montreraient aux portes, aux fenêtres, en entendant ce bruit. Il voulait qu'on le voie

* Une *couée* : une couvée.

partir, monté sur Têtard, en direction de Champdeniers. Qu'on le questionne : « Tu vas donc à te louer aux carrières d'ardoise, mon gars ? — Eh oui, bien obligé ! » Mais personne n'avait fait cas de lui. Il aurait pu s'éviter ce détour, et gagner la Cantinière par un chemin plus court !

Il avait seulement rencontré le vieil Amand Grolleau, assis sur la pierre du puits, et il ne fallait pas compter sur lui pour propager la nouvelle que Jamonneau s'en allait vers Trélazé. À force de vivre en sauvage dans sa grotte, au profond du bois de Champmargou, le malheureux devait avoir perdu l'usage de la parole !

Certains le prétendaient sorcier, dans le temps, pauvre bonhomme ! Michel, quant à lui, n'y avait jamais cru. En s'éloignant d'Augé, il se disait cependant que le père Grolleau, autrefois fameux guérisseur et bon rebouteux, était venu au dérangement de tête par la décrépitude du grand âge !

Il s'était arrêté devant lui pour le saluer. Et même, il était descendu de son mulet : il conservait gratitude à celui qu'on appelait « la Grolle » pour avoir soulagé Dame Aubina de ses douleurs, aux derniers temps de sa vie, lorsque le moindre mouvement lui était souffrance. Et jamais, depuis, il ne l'avait revu.

Il n'avait pas reçu de réponse à son salut, sauf une pantomime de vieux fou : la Grolle lui avait agité l'index devant les yeux, lentement, du même mouvement qu'un balancier de pendule. Michel ne s'était pas attardé. C'était un affligeant spectacle, la déraison de l'extrême vieillesse !

Malgré cette triste et unique rencontre, Michel ne regrettait pas d'être passé par Augé. Le vent s'était levé un court instant, il avait doucement balancé le grand cyprès du cimetière et la croix du clocher. Juste un souffle de vent, un miracle de vent, et Michel se sentait escorté, soutenu par... *la superbe, la vaillante Aubina Griffier* ?...

et par... *le généreux, le courageux Jacques de Sainte-Maure* ?... Étranges, ces mots qui lui venaient en pensant à eux, jamais il ne les avait évoqués en ces termes. La Grolle l'avait donc troublé à ce point ? Sans doute, puisqu'il en avait même oublié de passer chez Pierre et Louise : il voulait leur dire qu'à son retour il allait menuiser une table pour leur ménage... Et il avait oublié... oublié... oublié...

En observant dans le ciel le chariot de l'étoile du Nord qui déjà avait commencé de tourner autour de son axe, Michel se félicita d'avoir été attentif aux leçons de Maurillon, qui lui avait appris les mouvements des astres durant leurs escapades nocturnes. Et, du même coup, il se fit semonce pour avoir autant traînassé : le Petit Chariot lui indiquait que deux heures environ s'étaient écoulées depuis son départ de la Bêchée !

Il lui fallait à présent couper au plus court pour rattraper le temps perdu. Et forcer l'allure, lorsqu'il aurait pris son chargement, s'il voulait atteindre le couvert du bois de la Meilleraie avant l'aube.

Le plus court, jusqu'à la Cantinière, c'était de tourner à main droite, à la croisée de Bois-Aigu, puis de marcher plein nord et traverser en sa longueur le bois d'Arpentérault.

Attention ! Plein nord, sitôt quittée la route. Le moindre écart l'amènerait trop près du logis de Beauvais où demeurait un cousin Griffier — et ses deux diables de chiens qu'il n'hésitait pas à lâcher, la nuit, au moindre bruit suspect autour de sa maison.

« Et je t'en voudrais fort, mon garçon, si tu régalais les chiens de ma ganache de cousin, fût-ce d'un morceau de tes fesses ! — N'ayez crainte, chère grand'mère, je passerai au large ! — Dame Aubina, je te prie, comme tout un chacun... » Michel sourit : quel réconfort d'entendre ces voix perdues, ces voix à jamais endormies... *dans la fosse commune des pauvres ?... sous la dalle gravée des seigneurs d'Augé ?...* Pourquoi évoquait-il à présent leurs tombes ? Ce n'était pas aux lieux où reposaient leurs restes qu'il était attaché, mais à leurs paroles de vivants, qu'il savait toujours ranimer en lui, chaque fois qu'il le désirait.

Il se promit cependant de ne plus converser avec Dame Aubina ou avec Maurillon en présence des siens. Nanette et la mère lui faisaient remarquer qu'il ressemblait à un simple d'esprit, à un innocent riant aux mouches, lorsqu'il était parti à ses rêvasseries : presque il leur faisait peur, à ces moments, assuraient-elles ! Il venait d'avoir la vision de la véritable folie avec le malheureux père Grolleau, et il n'était pas près d'oublier ce mélange de pitié et de désarroi qui l'avait envahi. Il en conservait un mésaise, comme une brume épaisse dans la cervelle ; il ne voulait pas infliger pareil trouble à sa mère, ni à sa petite sœur.

Par chance, on se trouvait dans le temps de lune nouvelle, à la seule clarté des étoiles et du Chemin de Saint-Jacques* : les meilleures nuits pour les équipées clandestines, la lueur diffuse tombant du ciel entier permettait de se diriger tout en laissant dans l'ombre qui ne voulait pas être vu.

Michel aperçut, loin sur sa droite, les contours massifs du logis de Beauvais, et il se réjouit. Malgré cette étrange pesanteur à la tête, il était demeuré en vigilance : il passait à bonne distance du cousin Griffier, de ses mâtins et de leurs crocs.

Et, soudain, il entendit les rauquements des chiens. Il ne les voyait pas encore, mais il jugeait, au son, qu'ils

* La Voie lactée.

fondaient droit sur lui. Il sauta à terre et saisit son bâton. Il préférait — pardon, Dame Aubina ! — leur laisser un morceau de son cul plutôt que les jarrets de Têtard. Un seul chien, sous une bonne ruade, aurait pu lâcher prise. Mais ils étaient deux, et hauts comme des veaux, Michel à présent les distinguait assez pour mesurer leur taille.

Il cramponna le mulet à la bride, le pauvre animal sentait le danger, renâclait, se cabrait et tirait en arrière... Vite, il fallait choisir, lâcher Têtard, ou jeter son bâton : d'une seule main, il ne réussirait pas longtemps à contenir cette bête que la peur rendait folle.

Soudain, comme s'ils venaient de heurter une muraille, les chiens s'arrêtèrent net à plus de cent coudées. Et se mirent à pousser des gémissements plaintifs de chiots... À toupiller, virer comme des brebis malades du tournis... À pisser accroupis avec de petits jappements lamentables... À trembler, haleter, geindre... Cela ne dura qu'un instant, puis ils s'enfuirent, ou plutôt détalèrent, on les eût dit serrés aux trousses par tous les démons de l'enfer !

Michel rassolida le bât de Têtard, basculé dans ses cabrioles. Il ramassa son bissac et décida de mener le mulet à la bride, plutôt que de le monter : des frissons, des sursauts le secouaient encore, il fallait le calmer de la voix et le maintenir ferme. Sinon, après une telle frayeur, Têtard était capable de prendre un galop d'étalon pour rebrousser chemin... et tu peux toujours tirer au mors, mon bonhomme, moi je m'en retourne à mon écurie et je te ramène à ton moulin !

— Tout doux, Têtard, tout doux. Dommage que tu sois un grand couillon de bestiau... Tout doux... Tu ne t'es pas rendu compte... là, là, bonne bête... que ces saloperies de chiens... doucement, doucement... tu leur as foutu une chiée de peur, comme dirait Jacquet... tout doux... une pissée de peur, plutôt... doucement, là, là... je compte que tu fasses le même effet... *aux terribles chiens des gabe-*

lous ?... qui ont triplé de nombre ?... Tout doux, là, doucement...

Il s'entendait répéter « tout doux, doucement » en litanie. Il gardait la poigne dure à la bride et combinait le trajet le plus sûr : contourner Vuzé par la gauche, revenir plein nord pour éviter Saint-Projet... Il se sentait en parfaite maîtrise de ses idées, et, du même temps, essayait de désemmêler quelque chose dans sa cervelle, comme un peloton de fils enchevêtrés. Il tirait sur un brin, il croyait le tenir — *« ... des mille fois plus dangereux que... »*, mais le fil cassait, le peloton se resserrait. Il ne renonçait pas, cherchait une autre prise dans ce brouillamini — *« ... on ne revient pas des galères ?... pleurer des larmes de sang ?... »* Le fil à nouveau lui échappait : quelle voix résonnait donc en lui ?

Le souvenir de la Dame Aubina délivra Michel de cette vaine, épuisante recherche. Dame Aubina raillait la déroute des chiens Griffier : toujours fidèle de rancune, la chère Dame ! « Ils sont à la semblance de leurs maîtres, mon bon petit : un vieux mulet a raison d'eux ! Comme autrefois les ruades d'une jeune pouliche ! — Vous savez, Dame, possible qu'ils n'aient pas eu peur de Têtard, finalement. Ils se sont ensauvés parce qu'un Jamonneau, aujourd'hui comme hier, c'est indigne d'entrer dans la famille Griffier. Pas même un bout de viande Jamonneau dans la gueule de leurs mâtins ! »

D'avoir parlé avec Dame Aubina, plaisanté avec elle, Michel se trouvait soulagé. La voix inconnue qui l'avait troublé un moment s'était tue.

Il arriva à la lisière du bois d'Arpentérault. Il devait se tenir à distance du Chemin Charbonnier et couper par les taillis. Il n'y avait guère risque de croiser un charroi, à cette heure tardive. Il valait mieux cependant agir avec prudence, les charbonniers pourraient lui poser des questions, s'ils le rencontraient en ce lieu — *« ... des ques-*

tions bizarres ?... » Voilà que resurgissait ce maudit entortillement d'idées, que s'imposaient à lui des réflexions qui n'étaient pas siennes. Et maintenant quelqu'un hurlait dans sa mémoire, sans qu'il saisisse les paroles prononcées. Et du sang, il voyait du sang...

Une branche épineuse le griffa au visage, il la repoussa avec brusquerie sans prendre précaution de l'éviter à Têtard. Le mulet fit un écart en poussant un braiement de souffrance — il avait les naseaux fragiles —, comme une protestation de surprise indignée : d'habitude, son maître ne le frappait pas ! Du coup, il refusa d'avancer. Et trompetta à réveiller les morts lorsque Michel le tira sèchement à la bride. Il fallut se résigner à le laisser brouter un moment avant qu'il consentît à repartir.

Michel décida d'abandonner cette irritante et absurde poursuite. Quelles que soient les images et les phrases saugrenues qui lui traversaient désormais l'esprit, il se promit de les laisser s'effilocher sans tenter d'en connaître l'origine. Ses seules préoccupations devaient être de diriger le mulet et de le protéger du fouettement des branches.

— Sois tranquille, vieille mulasse ! À partir de maintenant, tu es la seule bourrique du voyage !

Michel reconnaissait chaque essence au toucher, à l'odeur : ici un taillis de chênes-rouvres, là des frênes dont les jeunes pousses avaient perdu toute élasticité, ayant trop souffert de sécheresse. D'ici deux ans, le bois mort ne manquerait pas... Du bois mort ! Michel soupira. Et s'évada vers le souvenir de Maurillon, vers les forêts fantastiques que son ami et lui avaient parcourues en imagination...

— ... Relis-moi encore les arbres, veux-tu ?

De tous les chapitres du « Livre des Merveilles », celui qui décrivait les forêts de Nouvelle-France demeurait pour Michel le plus fabuleux. Les arbres du Canada, il les voyait à l'image de la Grande Rivière : comme le Saint-Laurent, ils étaient démesurés, et comme lui inépuisables de bienfaits !

Maurillon ouvrait le livre, faisait sonner le titre avec solennité : *« Des arbres qui poussent en Nouvelle-France. »* Dans la voix de Maurillon, dans les phrases qu'il lisait si bien, Michel entendait d'extraordinaires promesses de libertés et de richesses : ces arbres incroyables de taille, ils pouvaient appartenir à de simples manants !

> *« Le pin vient ordinairement de la hauteur de 50 à 60 pieds, sans les branches. L'on s'en sert pour faire de la planche, belle et bonne... »*

Des troncs de soixante pieds, lisses comme mâts de cocagne ! Et les pins n'étaient point une exception, une singularité de la nature : tous les arbres connus en Poitou s'élevaient là-bas, à en croire le livre, au double de hauteur, d'ampleur et de force ! Les coudres* canadiens, les deux amis les voyaient aux dimensions des noyers de France !

Mais, surtout, ils trouvaient dans le récit du sieur Boucher des espèces inconnues d'eux, et d'autant plus porteuses de rêves : les cèdres à l'odeur d'encens, qui fournissaient les clôtures des jardins, les poutres des caves et les bardeaux des toits... les prusses qui servaient à bâtir les maisons...

— Il veut dire les bâtiments de ferme, sans doute, les hangars, les granges et...

* Les *coudres* : les noisetiers.

— Les maisons ! C'est écrit : les mai-sons ! Bien meilleures qu'en pierres contre le froid. Ah, nous voici aux érables...

Michel fermait les yeux pour que rien ne vînt troubler l'évocation de l'érable, l'arbre-roi, l'arbre-prodige du « Livre des Merveilles »...

> *Les érables ont un bois fort beau, extrêmement fort et doux, dont il dégoutte quantité d'eau de sucre lorsqu'on les entaille, an printemps... »*

— Tu es sûr, Maurillon ? Les colons ont libre usage des arbres qui poussent sur leurs terres ? Pas seulement le droit au bois mort ou pendant, comme chez nous en Poitou, qu'on est obligé d'attendre la foudre, ou la tempête, ou...

— Ou le passage des sangliers ? À ce propos, je t'avertis : l'on m'a dit que Pastureau se plaignait. Il semblerait que les sangliers, à la Bêchée, soient plus élevés de garrot que partout ailleurs. Penche un peu ta grande carcasse, dorénavant, que le bois pende à hauteur raisonnable !

Michel promettait la prudence... Assurait qu'il fouillerait du groin à ras de terre, désormais...

Têtard marchait docilement, guidé avec sûreté. Michel se sentait dédoublé : un homme de vingt-sept ans avançait en silence dans le bois d'Arpentérault, un garçon de quinze ans conversait passionnément avec un ami de même âge...

— Les colons ont droit d'abattre les arbres tout vifs, tu es certain ? Pour leur propre compte ? Autant qu'ils veulent ?

— Je t'en donne ma parole, les témoignages abondent sur ce point. C'est non seulement un droit, c'est un devoir. Comment mettre en culture sans d'abord défricher ? Sur vingt arpents de bois concédés, le seigneur en réserve un seul à son usage.

Michel en riait d'aise. Tant d'arbres où porter la hache, les coins, la serpe et la scie ! Il lui semblait sentir sous ses mains *« la planche belle et bonne »* du pin..., le bois *« extrêmement doux et fort »* de l'érable à la sève sucrée... Était-ce imaginable, une telle fortune à la discrétion d'un ancien glaneur de bois mort, d'un maraudeur de bois pendant* ?

Maurillon prenait une mine sévère. Son air de Sainte-Maure de Montauzier, comme disait Michel : mais ce n'était qu'un jeu entre eux...

— Tu peux t'attendre à travailler durement, plutôt qu'à t'ébaudir, quand je t'aurai concédé une part de mon fief en Nouvelle-France. J'ai déjà choisi l'endroit sur la carte. Et chaque jour je viendrai te voir pour te...

— Pour me rendre le coup de pied au cul que je t'ai foutu l'an passé ?

— Dieu, quelle bassesse d'âme et de langage ! Je te visiterai afin de te harceler, t'aiguillonner et te tancer.

— Pour l'instant, ça m'arrangerait fort si tu me nouais les liens aux sacs de son. Et tu te grouilles, mon père les attend pour midi, au moulin-bas.

— Bien entendu. Que disais-je ? Ah oui... Quoi ? Comment se fait-il ? Il reste encore des centaines d'arbres à abattre sur ta terre ? À quel

---

* Le bois, unique moyen de chauffage, était vendu très cher par les propriétaires. Les tenanciers n'avaient que le droit de « bois mort ou pendant ».

indigne fainéant ai-je donc accordé la plus belle concession de mon île Perrot ? Et...

— Plus serrés, les liens, les sacs vont s'évailler dans la charrette, comme tu t'y prends !

— Et que vois-je ? Un sanglier géant a cassé des branches dans mon arpent de bois ? Honte à toi, misérable vermine, à genoux devant ton seigneur pour faire acte de contrition et repentance !

— Vous avez la langue bien dégourdie, Messire de Perrot, mieux que les mains, regardez-moi ce nœud à la pendrille ! Vous pourrez faire évêque, en Nouvelle-France, et prêcher les sauvages ! Parce qu'un perrot, chez nous, c'est un coq d'Inde*, et ma mère dit toujours que ça n'existe pas de plus criassante volaille ! Merde, voilà l'angélus de midi, j'ai pris gros de retard, par ta faute. Et ça sera de même au Canada : comment veux-tu que j'avance d'abattre mes arbres, si tu viens à tous les jours me faire tes singeries ?

Ils en étaient tombés d'accord : le seigneur de Perrot ne visiterait la concession Jamonneau qu'une fois la semaine, mais alors le dimanche, pour avoir le temps de causer et de rire. Le seigneur de Perrot décidait — non, pas de discussion ! — qu'il ne voulait recevoir ni cens ni rente** de Jamonneau, son meilleur colon ! Que même, il abandonnait son arpent de forêt aux sangliers géants, aux ours colosses, ou à toute autre bête de forte taille aimant casser du bois sur son

* Un dindon.

** Quoique propriétaires de leurs concessions, les colons en devaient le cens (en nature) et la rente (en argent), mais ces charges étaient beaucoup moins importantes qu'en France.

passage, en souvenir du Poitou ! Qu'il demandait juste son bois de chauffage en rétribution...

— Et il m'en faudra des quantités ! L'hiver est plus rude qu'en France, alors tu penses, moi qui tousse à l'année longue, même ici !

Michel promettait des montagnes de bûches : du fayard, qui tenait si bien le feu... du chêne, qui consumait longtemps à grosses braises... du frêne, qui pouvait couver toute la nuit...

— Et du cèdre, aussi, pour l'odeur ? Tu me feras du cèdre ?

— Non, surtout pas de cèdre dans les cheminées !

Michel était intraitable sur ce point. D'après ce qu'en racontait le sieur Boucher, le cèdre était sans doute un arbre à résine. Et ce genre de bois, malheur ! ça pétait, éclatait en canonnade de brandons, alors pas question de foutre le feu à la maison du seigneur de Perrot en lui passant son caprice de bois-sent-bon !

— Mais ta demeure, Maurillon, je la construirai de mes mains, la plus belle de Nouvelle-France, parce que je m'y entends, à menuiser. Même Pastureau, c'est te dire, m'a complimenté sur le toit* aux chèvres que j'ai fait l'an passé...

— Mille mercis de la comparaison, je serai certes bien logé. Presque aussi bien qu'à Augé, dans le glorieux Château-Gaillard de mes ancêtres !

Michel était sérieux, assurait qu'il ne moquait pas. Une maison en bois, sans doute ça serait un rien plus compliqué à bâtir qu'un toit à chèvres,

---

* *Un toit :* un petit bâtiment. Toit aux poules, aux cochons, aux chèvres...

mais parole, il y arriverait. Il n'utiliserait que du cèdre, pas de prusse ! Et, de même, ça sentirait bon chez son seigneur, sans risque d'incendie. Le bûcher, il le prévoyait vaste comme l'église Saint-Grégoire : jamais Maurillon n'aurait froid, dans l'hiver de Nouvelle-France...

— Et tu guériras vite de ta tousserie, avec le sucre d'érable. Du sucre ! Du sucre qui coule des arbres ! Hou que j'en suis affriandé d'avance ! J'en un léché un petit bout, une fois que mon père était malade*, et ma mère m'a talé de coups, tant que ça coûte gros chez le marchand-apothicaire. Tu penses que ça peut exister vraiment, ce genre d'arbre ?

Maurillon en jurait, Maurillon promettait des rivières d'eau de sucre qui guériraient sa toux et assouviraient la gourmandise de son ami...

Quinze ans ! Ils avaient quinze ans l'un et l'autre, le généreux petit seigneur de Perrot et le meilleur colon de son île... Comme ils en avaient rêvé, déliré, de leur avenir canadien ! Ils vivaient une si miraculeuse amitié que rien, en comparaison, ne leur paraissait impossible.

Maurillon était mort de son mal de poitrine, un an plus tard. À jamais vivant dans la mémoire de Michel, il marchait cette nuit auprès de lui, dans un petit bois craquant de sécheresse. Il l'accompagnait sur les chemins dangereux des faux-sauniers où l'avaient poussé le malheur des temps et l'injustice des hommes.

« Maurillon, cher ami, petit frère, tu n'auras pas senti l'odeur des cèdres. Jamais je ne goûterai la sève des érables, je n'abattrai pas les grands arbres que tu m'avais

* Le sucre, très cher, était utilisé en pharmacopée. Son usage courant était inconnu des paysans.

donnés. Le vois-tu, de là-haut, le sanglier géant qui dévastait ton arpent de bois ? Cette nuit, il se garde de casser la moindre brindille pour que le bruit ne... »

Le bruit ? Michel s'arrêta, tendit l'oreille. Il arrivait près d'une clairière et il lui semblait entendre des murmures, des chuchotements. Il attacha le mulet au tronc d'un frêne et s'avança avec prudence vers la lisière. Il devait *comprendre* !... *comprendre* !... Quelqu'un lui demandait de *comprendre* !...

Il ne se trouvait plus qu'à faible distance, à quelques pas de l'orée, lorsqu'une main se posa sur son épaule. Derrière lui s'éleva une voix étouffée :

— Ombres dans l'ombre...

Lui qui ne croyait pas aux fadets, aux galipotes et autres créatures de légende, il n'osait pas se retourner. Cela insistait : ombres dans l'ombre... Et dans la clairière Michel voyait bouger des lueurs, il percevait une plainte monotone, assourdie... Fées maléfiques et dames blanches, mélusines et feux-follets dont l'évocation apeurait sa petite enfance, ils existaient donc bel et bien et dansaient là, devant lui, ombres dans l'ombre... en marmonnant leurs sortilèges qui attiraient les vivants vers le royaume des morts.

Il se signa en criant :

— Notre Père qui êtes aux cieux...

Il ne ressentit pas la douleur du coup, juste sa violence. Il s'écroula, et, avant de perdre conscience, il éprouva un vif soulagement : il venait de rencontrer un fameux manieur de gourdin, une vigoureuse crapule, et non pas une âme maudite un instant évadée des tourments de l'enfer.

Cela cognait et brûlait dans son crâne, il n'avait pas souvenir d'avoir connu pareille souffrance. Michel était revenu à lui, incapable cependant du moindre mouvement, pas même d'ouvrir les yeux. Il n'entendait rien d'autre que le bourdonnement du sang dans ses oreilles.

Malgré la douleur, il raisonnait, s'étonnant d'ailleurs d'en être capable. Une canaille venait de l'assommer, près de la grande clairière d'Arpentérault, mais dans quel but ? Ce n'était pas pour voler le mulet, il reconnaissait son odeur non loin de lui. Têtard était demeuré à l'attache. Ni pour lui gripper son bissac : on l'avait glissé sous sa tête, comme un oreiller. Cette attention de mère-nourrice indiquait en outre que son agresseur n'était ni garde-chasse, ni gabelou : eux n'avaient pas pour habitude de dorloter les coupables qu'ils venaient de crocher !

Il fit un effort colossal pour tenter de trouver une logique à ces événements insensés. Il lui semblait entendre cliqueter, dans sa cervelle, des rouages grinçants, peinant à s'enclaver. Avant de l'assommer, quelqu'un lui avait posé une question... bizarre. La Grolle, qui savait tout, ne connaissait même pas la réponse, et le pauvre vieux enrageait de cette ignorance... La Grolle !

Tout lui revint d'un coup, dans les moindres détails il se souvint ! En un éclair, il revécut sa traversée d'Augé, sa halte chez son frère. Les rouages à présent s'ajustaient et tournaient à vitesse de moulin emballé. « C'est facile, pas vrai, de scier un rollon... Une salope comme Aubina Griffier... » Et le poing fermé de Pierre, et le sang qui pissait sur le sourire triomphant de Louise... « Tu supporterais pas de faire carême à l'année longue, hein, mon Pierrot ? Dis-lui, que j'ai raison pour tout ! » Il l'avait hurlé : « elle a raison pour tout ! » avec des accents terribles de honte et de désespoir. Lui, Michel, il avait été ravagé par l'envie de tuer.

Et le père Grolleau l'attendait, assis sur la margelle du puits...

Le vent ne s'était pas levé, le cyprès et la croix étaient demeurés immobiles. Michel revoyait, lentement balancée à hauteur de ses yeux, la main croche de la Grolle. Il entendait sa voix, impérieuse et endormante à la fois, qui ordonnait : « Pardonne, et même oublie, oublie... »

Il n'avait qu'à moitié réussi dans ses sorcelleries ! Si Michel ne ressentait plus de haine meurtrière au souvenir de la faiblesse de Pierre, de la bassesse de Louise, il se trouvait encore fort éloigné du pardon ! Jamais... Jamais... Non... Non...

Quant à l'oubli ! Seigneur, quel patatras le vieux Grolleau lui avait mis dans la cervelle ! Oubliées, les assemblées secrètes que tenaient les protestants, la nuit, en des lieux retirés : c'était au milieu de l'une d'elles qu'il venait de tomber et qu'un illuminé de religionnaire l'y avait assommé ! Parce que lui était restée en mémoire la curiosité d'un vieux-fouinard-qui-savait-tout et enrageait de ne pas connaître la réponse à la *« question bizarre »* que l'on posait à chaque survenant. Foutu sorcier, dommage qu'il soit si chargé d'ans, Michel lui aurait volontiers rapporté le coup de trique en guise de réponse !

Il tenta de remuer la tête sur son bissac. L'odeur rance du lard... et une autre senteur, à la fois ténue et pénétrante, un remugle sauvage et doux en même temps... « Prends ce pochon, dans ton bissac. Son odeur affolera le flair aux terribles chiens des gabelous. » Michel revit la déroute des chiens Griffier, il entendit rire Dame Aubina. Il n'en voulait plus à Amand Grolleau, non, non... Et même il sentait monter en lui une pitié qui ressemblait à du pardon vis-à-vis de Louise et de Pierre : l'infirmité et la misère les avaient enfermés dans une amère jalousie, il n'éprouvait plus envers eux ni haine ni colère, non... non... La Grolle était un bon sorcier, finalement.

— Cette fois, j'en suis certain, par trois fois il a bougé la tête comme pour faire « non » ! L'Éternel soit à jamais remercié d'avoir freiné mon bras, il n'est pas mort !

La même voix ! Celle de l'homme qui répétait :

« Ombres dans l'ombre... » avant d'abattre son gourdin et qui, à présent, remerciait Dieu d'avoir amorti le coup !

Michel ouvrit les yeux, les referma aussitôt, ébloui jusqu'à la torture par la lumière d'une lanterne levée au-dessus de son visage.

— Écarte la lampe, mon frère, elle le blesse. Michel ! Michel ! Tu m'entends ?

Isaac Rouvreau ! C'était Isaac-le-Jeune qui venait de parler ! Au prix d'un incroyable effort, Michel réussit à répondre que oui, il l'entendait ! Il entendait un sacré salaud d'ingrat ! Une ordure ! Un fumier !

Ne sortaient de son gosier que des sons misérables, il dévidait des grossièretés sur le ton du gémissement, et, pour la première fois de sa vie, il comprenait son frère Jacquet, et le soulagement qu'il trouvait dans ses chapelets de jurons ! Il continuait d'invectiver Isaac-le-Jeune d'une voix épuisée, cherchant les termes les plus obscènes, alors même qu'Isaac le soulevait doucement, le maintenait assis contre lui, le supplait de ne point se fatiguer de paroles, l'assurait de son amitié et de sa reconnaissance.

Et Michel poursuivait, quoique à bout de son vocabulaire ordurier, reprenait souffle un instant et répétait les mêmes injures et blasphèmes ! Isaac ne lui demandait plus de se taire, il priait. Tous deux parlaient en même temps comme en une messe démente...

— Que le Très-Haut veuille absoudre cet homme...

— ... t'es rien qu'un nom de dieu de salaud...

— ... de ses jurements et...

— ... aussi vicieux malfaisant que Bruslon...

— ... et de son égarement dans l'idolâtrie catholique...

— ... une charogne... un fi de garce...

— ... en raison de son intercession pour notre frère Samuel, dans son épreuve d'hier...

— ... une chiure du diable...

— ... que l'Éternel veuille...

— ... ton Éternel je l'em...

Une main se posa sur sa bouche, étouffant le monstrueux blasphème, et Michel en fut soulagé : Isaac et lui, après tout, ils s'adressaient au même Bon-Dieu ! Isaac aussi s'était tu. La voix horrifiée de son compagnon s'éleva :

— Et tu m'assures, Isaac, que cet homme est bon ? Qu'il ne tient contre nous nulle malignité ? Faiblirais-tu dans la droiture de ta foi, toi qui prêches au nom de nos pasteurs pourchassés ?

— En vérité, j'en témoigne, mon frère : cet homme est un juste, malgré les apparences. Tu dois croire en ma parole, Salomon.

— Mais... puisque tu dis vrai... le remords de mon acte me poursuivra...

— Je connais assez Michel Jamonneau pour t'affirmer qu'il te tiendra quitte de remords : je lui conterai ce que tu as vécu. Montre-lui ta main droite avant de nous quitter. Regarde, je t'en prie, Michel.

Tant de gravité dans les accents d'Isaac... Michel ouvrit les yeux. La lanterne éclairait une paume dévorée de cicatrices profondes, de larges trous rose vif aux bords pustuleux. Un doigt manquait, les autres ressemblaient à des griffes, paraissant avoir perdu toute chair.

— Et il saura aussi que le pire n'est pas dans ta main. Va en paix, Salomon. Pour les deux nuits qui viennent, c'est toi qui tiendras la chaire*, à l'Assemblée ; il me faut demeurer avec Jamonneau. Sois prudent, mon frère, pour regagner Verruyes, souffle ta lampe. Ombres dans l'ombre...

— Et Dieu nous veille !

Étrangement, Michel se sentit heureux en entendant

* Les protestants apportaient une chaire démontable pour leurs prêches « au Désert ».

ces mots. Il aurait dû se trouver dans la rage et la consternation, son voyage du sel étant fort compromis, voire terminé sitôt que commencé... Mais rien de tel : il pensait à la joie de la Grolle, qui ne mourrait pas sans la connaître, cette réponse ! Peut-être serait-il déçu, le pauvre vieux ! *« Et Dieu nous veille... » :* ce n'était rien d'autre qu'un *« amen »* au bout d'une prière, un genre d'ainsi soit-il, en plus joli... beaucoup plus joli...

Michel avait grande envie de dormir, tout à coup. Il résista un moment, puis s'abandonna au sommeil, à l'oubli de cette nuit folle, de la main croche du père Grolleau... et de la main rongée de Salomon.

— Mais qu'est-ce que je fous ici ? Encore une de vos manigances ? On essaie de me casser la tête, et guère manque qu'il y ait réussi, ton compain Salomon ! Puis, asteure, on me tient renfermé, et... Misère, le soleil, à ce trou de muraille, il se couche ? J'ai dormi toute la fin de nuit, et la grande journée ? Vite, il faut que j'aille. Tu ne peux pas savoir, maudit, ce que tu me fais perdre !

— Si fait. Mais calme-toi, Michel, car tu ne perdras rien. Tu as pourtant dormi... plus longtemps que tu crois : ajoute une autre nuit. Ce que tu vois, c'est le soleil levant, tu partiras ce soir. Non ! Ne réponds pas. Pas encore : tu me blesserais à nouveau par ton langage. Mange, d'abord. Tu dois être affamé comme loup en hiver, et la bouche pleine tu te tairas, j'espère !

Tout en parlant, Isaac coupait une épaisse taille dans une miche — fine fleur de blé froment, jugea Michel à la couleur et à l'épaisseur de mie, pain de riche, pain de bourgeois —, et cette constatation de l'homme de métier le tira définitivement de l'état incertain, mi-cauchemar mi-veille, dans lequel il s'était trouvé en ouvrant les yeux en un lieu inconnu.

Oui, il allait laisser Isaac s'expliquer ! Et oui encore, il se sentait une faim carnassière, qui pour l'instant criait plus fort que son ressentiment !

Isaac creusa, d'un large mouvement circulaire, un trou... un puits... un gouffre... qu'il bourra de pâté. Une demi-livre, peut-être, d'un pâté qui embaumait les épices et le thym. Une somptueuse graissée telle que Michel n'en avait jamais connu, même aux jours d'abondance à la Bêchée. Isaac la couronna du tapon* de mie et la tendit à Michel en souriant :

— Presque aussi beau que le toit du Défens, mon tapon ! Te souviens-tu si on était fiers, quand on l'a relevé après la grande tempête de 80 ? À Marcusson aussi, ça nous avait donné gros d'ouvrage. Heureusement qu'on s'est toujours donné la main, nous deux.

Juste un sourire, vite effacé, sur le visage grave d'Isaac, juste un rappel de leur compagnonnage de meuniers, de leur entr'aide sans défaillance, et Michel put dire « merci » sans arrière-pensée, en saisissant le chanteau de pain, et son tapon pointu auquel ne manquaient que des ailes pour figurer avec exactitude les toits des moulins qu'Isaac et lui avaient réparés ensemble.

À énormes goulées, le pain ! Et là-dessus une montagne de fricot ! Il avalait tout rond, quasiment sans mâcher, en préparant déjà la prochaine fournée ! Michel ne mangeait pas, il bâfrait, gloutonnait, sentait couler sur son menton la graisse du pâté, et la torchait de mie pour n'en rien perdre.

Isaac, heureusement, s'était détourné, et Michel pouvait se laisser aller sans retenue à cette voracité que lui-même jugeait inconvenante — et regrettable : il en avait fini sitôt

* Au sens propre : un large bouchon ; le morceau de mie, en forme de cône, qui a été enlevé au pain.

que commencé, sans même avoir senti le goût, comme un goret qui se jette avec une pareille avidité sur l'eau grasse de la vaisselle et sur la bernée* au petit-lait !

Isaac lui resservit une portion identique, sans que rien sur son visage marquât la réprobation. Et même, il lui tendit une bouteille de vin en disant :

— Excuse, tu devras boire à la goulotte, j'ai oublié de prendre le gobelet. J'ai reçu l'assurance que ce vin te requinquillerait, il vient du Bordelais, m'a-t-on dit.

Isaac, l'austère buveur d'eau, qui se détournait même de la piquette ! Qui payait son écot aux foires de banvin**, puis laissait le potet plein à la discrétion des amateurs qui, ces jours-là, l'entouraient en grand nombre : lui s'éloignait sans un mot, et il fallait avoir grand-soif pour accepter cette trinquerie méprisante ! Et voilà ce même homme qui offrait à Michel un vin de velours, un vin aux arômes suaves de fleurs et de fruits, un vin qui s'épanouissait en saveurs divines dans le gosier, un vin qui...

— Grand merci, Isaac. Je préfère mieux de l'eau.

Michel s'était ressaisi à temps. S'il buvait quelques gorgées de plus à cette bouteille, il ne s'arrêterait pas avant cul-sec. Et ce vin miraculeux de douceur cachait une force qui, déjà, lui chauffait les oreilles. Isaac ne le quittait pas des yeux, il paraissait tendu. Le judas, le papelard, il cherchait donc à le saouler ?

— J'en suis soulagé, Michel, tu ne peux pas savoir ! Je n'ai pas osé refuser, par politesse, mais je me doutais qu'il serait détestable. Un vin de trente ans d'âge — quoique je n'y connaisse miette —, c'est forcé que ça soit une abomination, et j'avais crainte qu'il te ronge les inté-

---

* La pâtée des cochons.

** La foire de *banvin* (ou ban à vin) marquait le début de la vente des vins de l'année. Elle se tenait en janvier, à Augé, et seul le seigneur avait droit d'y vendre son vin. Cette « exclusivité » durait 40 jours.

rieurs ! Je m'en vas jeter cette vinasse infecte pour ne point faire injure de dédain aux cœurs généreux qui l'ont offerte. Et le Très-Haut me pardonnera, je l'espère, les remerciements et les compliments hypocrites que j'adresserai en ton nom à ces personnes.

— Sois-en certain, Il t'absoudra.

Michel avait réussi à répondre sans rire, avec le même accent de frère-prêcheur. Et cependant, qu'elle était donc comique, la mine dégoûtée d'Isaac déversant à longs glouglous la sublime, la fantastique « vinasse » dans un trou, entre deux pavés !

— À présent, bois à ma gourde. L'eau n'y est plus très fraîche, j'en ai peur — mais tu risques t'engouer, à faire un repas d'ouaille* !

Plus très fraîche, en effet... et surtout, la peau mal tannée de la gourde conservant le souvenir de la chèvre, l'eau y avait pris un relent de lait aigre, d'autant plus écœurant de venir à la suite du vin de Bordelais.

Michel se remit à manger. Évita de regarder la minuscule flaque rouge sombre qui finissait de s'écouler, goutte à goutte, entre les pierres : ses yeux auraient trahi la désolation qu'il éprouvait devant un tel gâchis — presque un sacrilège !

Sa fringale apaisée, il mangeait lentement, appréciant les saveurs. Et ainsi reculait-il le moment où Isaac et lui ils devraient s'expliquer : l'un, sur l'agression de Salomon ; l'autre, de sa présence à une Assemblée du Désert. Ils en avaient le temps, hélas : jusqu'à nuit noire !

Le jour était plein levé, à présent, et le soleil éclairait suffisamment, par la lucarne haute, pour que Michel pût observer les lieux. Isaac l'avait amené dans un endroit inconnu : une vaste pièce en contrebas qui devait servir

---

* Un repas sans boire, comme les moutons.

de cellier, de resserre à provisions. Dans la demi-obscurité, il distinguait des coffres, des sacs, des saloirs, des étagères garnies de cruches et de pots, des bourgnes* en grand nombre. Tout cela en ordre parfait, sans la moindre trace de poussière, sans la plus minuscule toile d'araignée aux murs et à la voûte de pierre.

Il se trouvait dans une opulente demeure, à n'en pas douter, ainsi qu'il en avait jugé au premier coup d'œil en regardant le pain : ce pain dont il se régalait à présent ! Craquant de la croûte fraîche, souplesse de la mie au parfum de noisette... À la Bêchée, en ce même instant, la mère trempait la soupe du matin, le pain à « goût de merde » qui mortifiait Nanette se délayait en noire bouillie de misère... À la Bêchée, on attendait avec impatience son retour pour pouvoir acheter du méteil, dans lequel orge et seigle l'emporteraient de dix fois sur le froment... Et lui qui avait perdu deux nuits de route, il se gobergeait d'une miche de seigneur, aussi succulente et douce que les brioches dont Maurillon lui bourrait les poches lorsque sa nourrice en cuisait, au château !

Il n'avait plus faim, tout à coup. Et sentait à nouveau monter la colère.

— Têtard ? Où est Têtard ?

Isaac sursauta. Depuis un moment, il se tenait la tête dans les mains.

— Quoi ? Ah, ton mulet ? Il est aux écuries. Bien traité, sois sans crainte. J'ai demandé qu'on ne lui donnât pas de picotin d'avoine, qui l'échaufferait trop, nos bêtes n'étant point à l'habitude de manger riche. Il est devant un râtelier de foin et il sera gaillard autant que toi, pour repartir ce soir.

* Grande jarre de vannerie pour la conservation des fruits et légumes secs.

— Il n'empêche, même en le poussant fort, je ne saurai rattraper le temps perdu !

— Tu n'as pas été retardé. Nous sommes à quelques petites lieues de l'Anjou, à la Forêt-sur-Sèvre, et...

— Sacré nom de... d'un chien, dans quel pétrin m'as-tu fourré, Isaac ? Avant de me rendre aux ardoisières, je devais... il me fallait... Ô Seigneur ! Tu as pensé bien faire en m'avançant de chemin, mais tu ne peux savoir ce que...

— Je croyais t'avoir dit déjà que je savais. Il t'arrive de parler, en dormant. Ta... marchandise, elle sera ici se soir, à nuit tombée. Et elle t'appartient, tout en propre, le meilleur du profit n'ira pas dans la bourse d'un gros trafiquant. Trois cents livres pour le mulet. Et j'en ai demandé cent cinquante pour le portacol*, je connais ta vigueur d'échine. Non, non, pas de merci, tu nous offenserais autant que d'un refus. Les nôtres sont trop fiers pour rester en dette de reconnaissance, surtout vis-à-vis d'un papiste, d'un idolâtre catholique comme toi !

Isaac souriait en prononçant ces mots, lui dont le visage, les paroles avaient flambé de haine, de fureur vengeresse face à Bruslon. Michel était trop abasourdi par ce qu'il venait d'entendre pour répondre ; et d'ailleurs, le regard d'Isaac, quoique adouci et amical, signifiait clairement que le moindre signe de gratitude lui serait un affront.

— Tu as perdu une année de mouture pour avoir tenté de secourir notre frère Samuel Rouvreau, à La Cour. Ce sel n'en est que la compensation. J'ai engagé ma parole sur ta droiture à ne point le vendre trop haut de prix aux malheureux accablés par l'injustice de la gabelle. Les nôtres, tu le sais, ont en détestation toute filouterie, l'hon-

* Le *portacol* : l'homme qui portait la charge « au col ». Elle était habituellement de 100 livres, de 50 pour les femmes, de 30 pour les enfants et les chiens.

nêteté nous est principe majeur, et si nous considérons que la contrebande du sel n'est pas blâmable en raison de la scélératesse de l'impôt qui le frappe, nous n'en jugeons pas moins sévèrement ceux qui viennent à ce trafic par cupidité, et...

Isaac prêcha longtemps sur la probité, avec des phrases et des mots recherchés, des passages qu'il disait tirés de la Bible, citant le Livre, le chapitre et le nom du prophète qui les avait prononcés. Dame Aubina le disait souvent : elle n'avait rien à reprocher aux religionnaires, sauf qu'ils étaient ennuyants comme pluie un jour de noces, et ne riaient que lorsqu'on leur arrachait une dent...

Bizarrement, en évoquant cette réflexion drolatique de Dame Aubina, Michel revit la main de celui qui l'avait assommé.

Le silence dura longtemps, après qu'Isaac se fut tu. Michel marchait de long en large, éprouvait ses muscles en soulevant de lourdes charges dont il pouvait évaluer le poids avec exactitude. Cent vingt livres de farine à bout de bras... Cent dix de fèves... Cent trente, ou peut-être un rien plus, de blé d'Inde* — il ne connaissait guère ce grain qu'on ne cultivait pas dans la paroisse d'Augé.

Assuré de ses forces intactes, il revint s'asseoir auprès d'Isaac. Se demandant, mais trop tard, si ces façons de brasser dans les entassements de sacs n'allait pas paraître, aux yeux de son sermonneur de vertu, comme une choquante indélicatesse...

Isaac semblait ne s'être aperçu de rien. Son visage montrait une expression indéfinissable : détresse, révolte, résignation... et ses yeux étaient rivés sur la lucarne.

— Je vas m'en aller bientôt. Quelqu'un viendra ce soir pour te guider sur une demi-lieue, il est facile de se perdre

---

* Le maïs.

lorsqu'on ne connaît pas l'endroit. J'ai promis à Salomon que je te conterai son histoire. Mais, avant, je voudrais savoir — n'y vois pas de vaine curiosité — pourquoi toi, justement toi, qui ne partages point notre foi mais la tolères avec bienveillance, tu es venu troubler notre Assemblée en la clairière d'Arpentérault.

Cette question, que Michel redoutait depuis le matin, il lui était impossible d'y répondre autrement qu'en totale franchise : seule la vérité était assez folle pour expliquer sa présence au prêche des religionnaires ! Et il allait se ridiculiser, passer pour un faible d'esprit, se laissant enjominer* comme une vieille sur le déclin ! Un capon, qui croyait aux farfadets et aux fantômes ! D'autant qu'Isaac, comme la plupart des protestants, était un homme instruit, sachant lire et écrire !

Il se lança cependant. Sans regarder Isaac, craignant de voir sur son visage du mépris, ou, pis encore, une injurieuse condescendance envers cette mauviette que l'on pouvait manœuvrer à son insu, comme ces polichinelles dont les baladins des foires tiraient les ficelles !

Lorsqu'il eut terminé, il resta un moment avant de se décider à tourner le regard vers Isaac, qui demeurait silencieux. Il le vit, la tête enfouie dans ses bras qu'il avait croisés sur les genoux. Priait-il donc encore le Très-Haut, l'Éternel, d'absoudre Jamonneau non plus cette fois de ses blasphèmes, mais de son imbécillité ? Michel eût préféré une bonne colère, une bordée d'avanies, plutôt que des patenôtres et le sermon qui allait suivre, et les prophètes Jérémie ou Élie à la rescousse, Livre untel, chapitre tant ! Dame Aubina avait raison : ennuyants comme pluie un jour de noces, les religionnaires !

Isaac se dégagea soudain de ses bras refermés, se jeta en arrière en ouvrant grand la bouche, comme n'y tenant

* Ensorceler.

plus d'étouffement et cherchant l'air. Et un rire énorme, fracassant, jaillit de sa gorge, il en était secoué, en perdait souffle, se mordait les lèvres... et de nouveau explosait en se frappant les cuisses ! À tel point contagieux, le rire d'Isaac, que Michel, passée sa première réaction de stupeur incrédule, se mit à s'esclaffer pareillement, et qu'ils finirent par échanger de joyeuses bourrades, chacun suppliant l'autre de cesser, ah j'en peux plus... ah la rate va me crever... pour des mélusines tu nous a pris, arrête, je te dis... et même pour des feux-follets, si, si, j'ai cru à ça, des feux-follets !...

Isaac cessa de rire. En un instant, comme se referme la trappe sur une dernière coulée de grain dans la trémie, son visage se fit tragique :

— Des feux-follets... Que l'Éternel me pardonne d'avoir oublié un moment nos martyrs ! Et spécialement notre frère Salomon, dont je dois te conter l'histoire...

Loin de s'agacer à cette nouvelle intercession auprès de l'« Éternel », Michel fut bouleversé par l'expression de son ami.

— Je t'écoute, Isaac.

Isaac avait parlé longtemps. D'autant plus poignant, son récit, qu'il n'en appelait pas à la Bible, aux prophètes : avec le même abandon que dans l'hilarité l'instant d'avant, un homme de chair et de sang se laissait aller au langage cru de la haine, et ce qu'il racontait était trop violent, trop abject pour en voiler l'horreur derrière des mots décents.

Cela s'était passé quatre ans plus tôt, en 81. Salomon Jamin et sa très jeune épouse, Hélia, exploitaient une grande ferme, à l'écart du bourg de Saint-Gelais : un village où les tenants de la religion réformée l'emportaient en nombre, et de beaucoup, sur les fidèles de l'Église catholique.

Et Marillac avait lancé ses dragons sur la région... Non point par franche guerre de mousquets et canons, comme au siècle passé, lorsque les deux partis s'affrontaient en batailles. L'arme, cette fois, était dans un seul camp. Insidieuse. Puissante. Elle tenait dans un simple billet de logement, assorti d'une consigne : vivre « à discrétion » chez les religionnaires, jusqu'à ce qu'enfin ils crachent l'abjuration de la maudite hérésie calviniste !

Chez les pauvres, les simples laboureurs à bras, il suffisait de deux soudards pour venir à bout, en peu de temps, des minces biens qu'ils possédaient en propre. Malgré la ruine totale, ils étaient nombreux, ceux qui s'obstinaient à leur foi. Certains réussissaient à s'enfuir. Les autres... hélas, les autres...

Le capitaine La Brique, qui commandait aux dragons, avait déclaré, en distribuant les billets de logement :

— Il est interdit de tuer. C'est d'ailleurs la seule chose qui soit interdite. Vous comprenez ? Tout le reste est permis. Tout. Ayez de l'imagination, que diable !

Et le curé Giraut avait ajouté :

— N'ayez aucun scrupule de conscience, mes enfants : ce que vous leur ferez endurer ici-bas leur évitera l'enfer. Ayez seulement bien soin, pour votre salut, de tout faire par amour de leur âme, ou, si vous ne le pouvez, dans l'intention d'accomplir ce que veulent l'Église et le Roi*.

En ayant soin de ne pas aller trop fort — va pas trop fort, le capitaine a défendu qu'on les crève ! — ils avaient fait preuve d'imagination. « Va pas trop fort... celle-là est trop petiote pour ton goupillon, elle n'est pas faite en

* Ces paroles du capitaine La Brique et du curé Giraut sont extraites de l'ouvrage *Saint-Gelais au péril des dragons*, de Roger Durand.

femme encore, tu la défoncerais. Prends l'autre, elle a douze ans au moins, regarde, déjà du poil à son califourchon ! » Nous abjurons ! *Ab renuntio !* hurlaient les parents et la fillette. « Va pas trop fort ! ce vieux, il devient court de souffle, depuis le temps qu'il fait le jambon dans la cheminée. » On décrochait le vieil homme, et il gémissait : *ab renuntio,* lorsque, ayant repris quelque respiration, il se trouvait à nouveau menacé d'être pendu la tête en bas au-dessus de l'âtre. *Ab renuntio* sous le supplice de l'entonnoir, *ab renuntio* par le soufre enflammé dans les narines, *ab renuntio* pour les ongles, les dents lentement arrachés ! *Ab renuntio ! Ab renuntio !*

Les dragons étaient satisfaits : ils évitaient l'enfer aux âmes égarées tout en prenant du bon temps, et le curé Giraut, chaque soir, ajoutait des noms à la liste des nouveaux convertis. L'Église et le Roi étaient grands, l'hérétique pliait devant les « missionnaires bottés » de Marillac, *ab renuntio...*

Chez Salomon et Hélia, les huit soldats qui étaient cantonnés se gardaient d'obtenir une trop rapide abjuration : le jeune couple vivait dans l'aisance, la maison était bonne, les provisions et le bétail abondants. Et bien pourvue, la cave : Salomon cultivait la vigne...

Durant deux semaines, les dragons se contentèrent de menues amusettes : égorges les bêtes, tordre le cou à la volaille, brûler le grain, démolir les bâtiments, chier dans les chaudrons, pisser sur les lits et dégueuler dans les coffres à linge.

Surveillés nuit et jour, Salomon et son épouse ne pouvaient s'enfuir. Et restaient inébranlables dans leur foi, malgré la destruction de leurs biens. La Brique s'impatientait : quoi, faudrait-il toute une compagnie de dragons pour venir à bout de ces enragés de Jamin ? Il s'inquiétait, aussi : comment faire revenir aux rigueurs de la discipline militaire huit lascars qui s'étaient débridés de beuveries et de ripailles quinze jours durant ? Qu'ils en finissent, enfin ! « Ayez de l'imagination, que diable ! »

Nul besoin d'imagination, Hélia était si belle ! Ils en crevaient d'envie, sans doute, depuis le tout début... Et s'ils s'étaient jusqu'ici contenus, ce n'était qu'en raison des agréments de leur séjour : Hélia, ils se la gardaient en dessert, en couronnement de leurs agapes ! Et s'étaient chapitrés l'un l'autre au long de ces deux semaines : « Attention, si tu touches à sa garce, sûr qu'il va renoncer sur-le-champ, et on partira bien couillonnés, vu qu'on a la bonne vie, ici ! »

Ils avaient dû se mettre à quatre pour attacher Salomon à un arbre, dans la cour, tant il leur résistait. Et il avait hurlé : « J'abjure ! Dieu juste, pardonne, je renonce... », lorsqu'un dragon avait arraché les vêtements d'Hélia. Elle, elle demeurait immobile, elle ne criait pas, elle avait dit seulement à voix calme : « J'abjure, moi aussi. » Le dragon qui l'avait dévêtue en avait exprimé son dépit :

— Merde, je vous l'avais dit qu'il supporterait pas ! Et sa catin non plus ! Bon sang, elle damnerait un saint, tant qu'elle est tétonnée et fessue ! Non, ne remets pas ta chemise ! Pas encore... Qu'on profite au moins de la vue. Parce que c'est fini, les gars, on peut plus y croquer, à présent : la voilà catholique !

C'était la désolation, chez les soldats. Et même la fureur, chez l'un d'eux qui avait commencé à délacer ses aiguillettes pour être le premier à la curée ! Il se retourna contre Salomon :

— Le salaud ! Le cochon ! Ah, t'es catholique, à présent ? Eh bien, tu vas dire deux « Notre Père... » avec moi. Elle se rhabillera après le dernier *amen*, ta chérie ! Tends la main et serre fort le poing là-dessus...

Hélia avait commencé à hurler.

— Attention ! Si tu lâches, c'est elle qui fera la prière à ta place. Une si mignonne menotte, je saurai la lui tenir fermée si, par malheur, toi tu ouvrais ta grande pogne ! Notre Père qui êtes aux cieux...

— Notre Père... qui êtes... aux cieux...

Hélia se débattait, griffait, donnait des coups de pied aux dragons, se tordait pour leur échapper et courir vers Salomon... vers Salomon qui avait refermé sa main sur les braises que son bourreau y avait déposées avec une pincette.

Salomon s'arrêta, juste entamé le second « Notre Père... » Mais garda le poing crispé sur l'affreuse douleur, afin qu'Hélia ne soit pas seule en son martyre : les dragons s'étaient jetés sur elle. « À moi ! À mon tour, à présent ! » Si l'un s'attardait trop, un autre la forçait par-derrière en même temps.

Hélia avait poussé des cris atroces, un long moment, puis elle s'était tue.

— Moi, il m'en faut encore un coup...

— Moi aussi...

— Moi pareil...

Les braises avaient depuis longtemps refroidi dans la main de Salomon et un de ces démons s'acharnait encore sur elle. Il se releva soudain :

— Merde, je crois bien qu'elle a passé ! Nous voilà dans de beaux draps, le capitaine va gueuler, c'était défendu de les tuer !

— Mais non, écoute donc : elle est pas morte, elle cause ! Hou-là ! On l'a échappé belle !

Hélia parlait, d'une enfantine petite voix Hélia répétait en faisant « non, non » de la tête : « Notre Père qui êtes aux Cieux... Notre Père qui êtes aux Cieux... »

Le capitaine La Brique et son lieutenant étaient arrivés à ce moment. Le capitaine avait mis pied à terre :

— Dites-donc ! Il a fallu que vous insistiez fort pour qu'ils arrivent à renoncer. Mais bah, la fin justifie les moyens, et à présent elle dit sa prière ! Torchez-la de ce sang et de ce foutre, et le mari, détachez-le, qu'il lui remette ses hardes : ça n'est guère convenable de prier le Bon-Dieu en un pareil état. Prenez garde en lui ôtant ses liens : même avec une seule patte, il pourrait vous...

La Brique s'était interrompu : Salomon avait bondi vers Hélia, sitôt que détaché. Il la tenait embrassée contre lui et il avait dit, comme se parlant à lui-même, en lui caressant les cheveux :

— Avant ! Elle avait abjuré *avant*, ma chère femme, douce amie... Et moi aussi. Avant. *Avant !*

Le capitaine avait pris l'air sévère. Et déclaré que ça, c'était emmerdant. La parole d'un nouveau converti, ça ne comptait guère pour lui — et puisqu'il n'y avait pas mort d'homme, ni de femme, hé-hé, il passait volontiers le bouchon là-dessus ! Mais attention : si cela était le moindrement véridique, pour certains, il fallait se grouiller d'aller à confesse. Parce qu'ils étaient en état de péché mortel, s'ils avaient tourmenté après l'abjuration. Et ils devaient se garder de mauvaises chutes jusqu'à Saint-Gelais : s'ils mouraient avant l'absolution du bon curé Giraut, c'était pour eux les flammes de l'enfer, directement !

Les dragons avaient sellé leurs chevaux en grande hâte ; le capitaine riait :

— Quoi, tous les huit ? Ah, mes gaillards ! Vous avez de la chance qu'elle ait été solide, la bougresse, parce que vous risquiez gros, les ordres sont les ordres...

Les soldats s'expliquaient comme des marmots pris en flagrant délit d'une menue sottise : c'était sa faute à elle, elle leur avait chauffé le sang en se trémoussant et se tortillant, ils n'avaient pas pu résister ! Sa faute à elle...

— Je comprends, je comprends. En selle, à présent ! Je vous accompagne à Saint-Gelais. Vous en serez quittes avec trois « Notre Père » en pénitence. Lieutenant, vous leur ferez signer l'abjuration. Puisque ces animaux savent écrire...

Le lieutenant était resté seul avec Salomon et Hélia. Il

avait donné un coup de pied dans le mouton qui finissait de calciner sur la broche. Puis piétiné les braises avec fureur ; il était immense, terrifiant, il ressemblait à un diable dans les lueurs rouges du brasier. Salomon avait pensé : « Celui-là, s'il veut toucher à Hélia, je le tue ! Sur mon âme, je le tue ! »

Le lieutenant ne s'était pas approché. Et même, il avait détourné la tête durant que Salomon rhabillait Hélia. Cela avait pris longtemps, elle ballait comme une poupée de chiffons, et lui, à chaque effleurement sur sa main calcinée, il perdait des lambeaux de chairs mortes, des écailles charbonneuses tombaient de ses doigts... Lorsqu'il eut terminé, le lieutenant vint près de lui, lui tendit une fiasque :

— Buvez. C'est de l'eau-de-vie. Non ? Alors, serrez les mâchoires. Ou hurlez ! Donnez-moi votre main.

Salomon ne cria pas sous la morsure de l'eau-de-vie. Ses dents grincèrent plus fort lorsque le lieutenant lui fit un pansement d'une manche de chemise.

— Cela vous évitera la gangrène. Demain, mettez de l'huile. À présent, vous devez signer là. Et là, pour votre femme. Si vous refusez, le témoignage des soldats suffira : le curé Giraut mettra une croix à votre place.

— Non ! Ce maudit ne parlera pas en mon nom !

Le lieutenant avait présenté un papier, trempé lui-même la plume dans un tube d'étain en assurant que c'était mieux ainsi : il existait tant d'insidieuses façons pour tracasser les nouveaux convertis, lorsqu'on les soupçonnait de fausse abjuration ! Il avait ajouté :

— Votre épouse a-t-elle une parente qui puisse lui donner les soins qu'elle réclame ? Le temps presse pour elle, malheureuse femme...

Sur le jupon d'Hélia s'élargissait une tache de sang, la vie d'Hélia coulait, rouge, de sa tendre chair torturée.

— Sa mère, à Verruyes.

— Conduisez-la près d'elle au plus vite. Monsieur, je

vais quitter les dragons de Marillac*, je n'en peux plus d'être complice de telles barbaries. Ce soir, à Saint-Gelais, c'est un homme qui va absoudre vos tortionnaires, ce n'est pas Dieu.

Tout au long du chemin, dans les bras de Salomon, Hélia avait gémi : « Notre Père qui êtes aux cieux... » Et n'avait jamais rien prononcé d'autre depuis quatre années. Juste cette plainte aiguë. Juste les derniers mots qu'elle avait entendus avant que les dragons se ruent sur elle. Sa mère, pauvre femme, assurait que c'était mieux pour sa petite drôlesse d'être devenue folle.

— ...Alors, quand tu as répondu à Salomon... par ces mêmes paroles... il a... comment t'expliquer... ?

— N'explique rien, Isaac. Je sais ce qu'il a ressenti.

Le silence était plus insupportable encore que le récit ; le silence s'emplissait des cris d'une femme violée, déchirée, et de cette prière de feu qui avait dévoré la main de Salomon. « ...Comme nous pardonnons à ceux qui nous ont offensés... » Michel comprenait, à présent, la lueur démente, le désir de meurtre qui avaient flambé dans les yeux d'Isaac, face à Bruslon.

— Michel, je dois partir. Dès demain, je m'en vas abjurer. De mon plein gré. Ne me demande pas pourquoi. Le cœur me fend à cette idée, mais il faut que je renonce.

— Quoi ? Devant Bruslon ? Mais... il saura que tu te convertis faussement, après ce que tu lui as gueulé à La Cour !

---

* Il y eut tant d'exactions et d'atrocités que Louis XIV rappela Marillac. Mais Louvois et Madame de Maintenon eurent raison des hésitations du roi, et les dragonnades s'étendirent à la France entière.

— Peut-être pas. Parce qu'il est aussi borné et stupide que haïssable. La joie mauvaise qu'il éprouvera, à me voir abaissé et vaincu, sera, je l'espère, assez forte pour étouffer les soupçons qu'il pourrait nourrir à mon égard. Je serai humble et soumis, je serai le plus éclatant triomphe de Monsieur le Curé Bruslon !

Isaac se cacha le visage dans les bras, il pleurait. Terribles, les sanglots d'Isaac ; ils faisaient écho aux hurlements d'Hélia, au martyre silencieux de Salomon.

Il avait les yeux secs lorsqu'il se releva :

— Au revoir, ami. Pardonne cet instant de faiblesse. Il existe des tortures de l'âme aussi féroces que celles des corps : je ne manquerai pas une messe.

— Isaac... J'ai honte pour ceux de ma religion.

— Pense à ceux qui sont secourables, comme toi. À Cherveux, à Saint-Gelais, en maints endroits, des catholiques ont aidé des nôtres à se cacher et à s'enfuir. À Mougon, c'est le vicaire lui-même qui a arraché la femme de Jean Migault* — tout juste accouchée — aux griffes des dragons. Pense au lieutenant qui a soigné Salomon. Et... ne rate plus l'office du dimanche, comme cela t'arrive souvent, à ce que je sais : ta présence m'y sera le seul adoucissement ! À bientôt...

Michel ne remercia pas Isaac. Et cependant, avant de partir, il venait de lui offrir un cadeau autrement précieux que les quatre cent cinquante livres de sel : « Pense à ceux qui sont secourables, comme toi... »

— Le bonsoir, Monsieur. C'est moi qui vous condui-

* Jean Migault : instituteur protestant qui put se cacher et fuir vers la Hollande (en 1687). Mais sa femme et le nourrisson moururent trois mois après les dragonnades de 1681.

rai. Nous allons aux écuries, et je dois souffler la lampe pour traverser la cour. La nuit est sombre, prenez ma main. Et surtout, pas un mot : tous les domestiques, hélas, ne sont pas sûrs.

Avant que la lampe fût éteinte, Michel avait eu le temps d'apercevoir une figure fraîche, des yeux clairs et un sourire de lumière. Après l'évocation de si farouches tragédies, la vision de cette jeune fille était bienfaisante, miraculeuse, comme l'eau d'une source pour le voyageur perdu.

Son visage rayonnant contrastait avec l'austérité de sa tenue : longue robe de couleur grisâtre, qui ne s'égayait pas du devantier blanc, ni de la collerette tuyautée dont les servantes de grande maison étaient habituellement parées. La tristesse de sa vêture ne réussissait cependant pas à enlaidir cette merveille de petite chambrière... Elle faisait donc partie des « domestiques sûrs », puisqu'on la lui donnait pour guide, mais, surtout, qu'elle était charmante, la mignonne !

Elle ralluma la lanterne dans l'écurie. Dieu, quelle beauté de fille ! Il se détourna vite, se mit à bâter son mulet : il ne convenait pas de se conduire en rustre, de heurter par des regards trop appuyés cette jolie servante, elle qui donnait du « Monsieur » à un contrebandier de sel !

— Ici, nous pouvons parler sans risque d'être entendus. L'on m'a demandé, Monsieur, de vous donner un conseil. Permettez-vous ?

— Heu... oui... Je...

Voilà qu'il bafouillait aux premiers mots qu'il lui adressait ! Elle l'impressionnait, le rendait sot-balourd, avec ces façons qu'elle avait de s'exprimer... Il fit mine de peiner sur une boucle de harnais pour ne pas lui faire face.

— Selon les dires de notre frère Samuel, vous vous rendez à Trélazé, n'est-ce pas ?

— Oui... je... à Trélazé.

— Non loin de Trélazé, sur la route qui conduit à La Bohalle, vous devez connaître le village de Brains ?

Il réussit à prononcer distinctement qu'en effet, il connaissait l'endroit.

— Parfait. Prenez ce plan. Prenez, Monsieur, vous dis-je ! Regardez, allons, vite !

Il se retourna. Elle commençait à l'agacer par ses manières d'autorité, elle lui rappelait Maurillon lorsqu'il affichait ses grands airs de Sainte-Maure de Montauzier — mais leur amitié en faisait une simple plaisanterie ! Que se croyait-elle donc de supérieur à lui, elle n'était après tout qu'une simple chambrière qui tortillait du bec pour imiter la patronne dont elle vidait le pot de chambre !... « Prenez, vous dis-je... »

— Voyez-vous, ici, cette croix ? C'est la ferme des Quatre-Vents. Si vous parvenez à éviter jusque-là les gabeleurs et leurs chiens...

— Sois tranquillisée sur ce point, petite.

Elle leva sur lui un regard étonné, puis se mordit les lèvres, puis éclata de rire. Dieu, qu'elle était donc fine et adorable : elle avait compris que, par ce tutoiement, il la remettait gentiment à sa place, et, loin de s'en fâcher, elle riait !

— Parfait. Tu pourras donc laisser votre... ton sel... avant de te rendre aux carrières. Au retour, tu en recevras le juste prix, sois sans crainte. Ceux des nôtres qui font commerce de faux-sel sont gens honnêtes, et non pas méchante fripouille. Cela te convient-il ?

— Tu penses que ça me convient ! Si gros d'argent, au travail des carrières, ça n'aurait guère été prudent. C'est des pauvres gens, tu sais, qui s'y échinent, et pour gagner misère ! Oui, pour sûr que ça me convient, remercie fort tes maîtres de ma part.

— Oui, pour sûr que je le ferai. Suis-moi, mon gars. Je souffle la lampe. Et asteure, on se tape la goule* !

Elle dut s'y prendre à trois fois, tant elle étouffait de rire, avant de réussir à éteindre la lanterne.

Michel ralentissait le pas. Non point à cause de la charge : pour retarder l'instant de la séparation, pour trouver les mots qu'il lui dirait avant de la quitter. Parce qu'il voulait la revoir, la revoir, la revoir ! Un meunier, ça n'était pas un si mauvais parti, pour une servante ! D'autant qu'il était capable, aussi bien qu'elle, de tourner de jolies phrases, Dame Aubina et Maurillon lui en avaient donné le goût. Lui qui renâclait aux chaînes du mariage, il se sentait pour la première fois prêt à tomber fou amoureux ! La religion ? Baste, il n'y voulait pas penser... Elle se montrait trop gaie et rieuse, d'ailleurs, pour être une religionnaire acharnée ! Et, surtout, elle était trop fiérote, et roide au commandement — « prenez, vous dis-je, allons, vite ! » — pour rester fille de service : lui, il serait à tous ses ordres, à ses quatre volontés ! Et il arrangeait déjà les paroles qui le lui feraient savoir et qui sauraient la convaincre...

— C'est ici que je vous quitte, Monsieur. Longez la Sèvre jusqu'au château du Deffend, ensuite marchez vers le nord, avant l'aube vous atteindrez la forêt de Nuaillé.

— Je... écoute... écoutez...

— Oui, bien entendu, je remercierai de votre part ma mère, Madame Jaucourt de Villarnoul. Vous êtes un benêt, Monsieur. Et s'il m'a plu de ne pas vous détromper, c'est dans l'espoir que ma mère sera suffisamment blessée par votre méprise, pour accepter que ma sœur et

* On se tait.

moi nous nous vêtions autrement qu'en des sacs ! Votre servante, Monsieur...

Elle lui fit une révérence moqueuse et s'éloigna en courant. La charge pesait bien lourd, soudain, sur les épaules de Michel... « Vous êtes un benêt, Monsieur... Prenez, vous dis-je. »

*

* *

Quelque temps après son retour, Michel apprenait d'Isaac que la hautaine et railleuse demoiselle, qui rêvait de robes à fanfreluches, avait choisi la bure des prisonnières pour rester fidèle à sa foi, et se trouvait à la Bastille avec sa mère et sa sœur.

— Et je les envie, Michel, à toi je peux le confier. J'ai abjuré sur les instances de mes frères qui espèrent, par ce feint renoncement de leur Pasteur, conserver le berger de leur malheureux troupeau. Mais qu'elle est pesante, la volonté du Très-Haut !... Plus douloureuse à porter que la chaîne des galériens... Ton humiliation de jeune mâle orgueilleux, face à Mademoiselle de Villarnoul, que vaut-elle auprès de mon abaissement devant Bruslon ?

Lorsque Isaac fut condamné aux galères perpétuelles, trois mois plus tard, Michel pleura un ami. Il espérait cependant que la rame paraîtrait légère à cet homme épris d'absolu : pour le restant de sa vie, Isaac était courbé au banc de la chiourme ; pour le restant de sa vie, il se redressait devant le curé Bruslon.

Chapitre 4

Le prix du sel

À la Bêchée, l'eau atteignit la maison le lendemain du Jour de l'An 1687.

Elle se coula en nappe tranquille sous la porte, noya le feu dans l'âtre et continua sa placide montée. L'eau prenait possession de son nouveau domaine sans fureur ni violence. Indifférente. Assurée de sa force. Silencieuse et indolente face à l'agitation et aux cris des humains.

Belle-Marie, Nanette et la mère, jupons troussés, hurlaient leurs ordres en même temps :

— Vite, Michel ! Grouille de démonter la bonnetière !

— Jacquet ! La maie ! Sur la table, la maie ! Pas de même, grand sot, de l'autre sens !

— Attention, Louis ! Le vaisselier porte à faux, sur les fagots, mets-y une cale ! Non, pas sous ce pied, non-on-on ! Doux Jésus !

Le haut du vaisselier avait basculé, soulevant une gerbe d'eau sale dans sa chute, et la mère piaillait plus fort, que c'était-y Dieu possible, il avait pas de bon sens, son homme, pas les yeux en face des trous, juste il avait poussé du côté que ça voulait tomber !

Belle-Marie continuait de gémir, sa bonnetière*... que Dame Aubina lui avait donnée à elle, en propre, vite,

* *Bonnetière :* armoire étroite à deux portes superposées, séparées par un tiroir.

Michel ! Et Nanette houspillait toujours Jacquet : la maie, la maie...

— Arriveras-tu à la jucher, enfin, depuis le temps que tu virounes autour de cette table ? Tu finiras par l'échapper, de la façon que tu t'y prends ! Ça n'est pourtant pas si lourd, m'est avis, pour un gros patapouf comme toi !

Jacquet qui grimaçait sous l'effort... Jacquet qui tenait à bout de bras deux cents livres de chêne, pour les hisser sur une table, elle-même surélevée de trois coudées... Jacquet-belle humeur explosa :

— Si tu continues de m'emmerder, petite carne, ta putain de maie, c'est par la croisée que je la garroche ! À la une... À la deux... Houp-là !

La maie fit vaciller la table, il y eut un moment de silence et d'attente incertaine... puis l'ensemble se stabilisa. Jacquet souriait en regardant Nanette :

— Pas plus malaisé que ça, ma belle demoiselle. Mais t'as manqué de me faire tout foutre à bas, par l'énervement que tu m'as mis, poison de fille ! Bon. Qui qu'a besoin du gros patapouf, y'a qu'à dire...

Michel lui fit un signe du menton, c'était le père qu'il convenait d'aider : le pauvre homme, visiblement consterné de sa maladresse, s'était agenouillé dans l'eau boueuse et tâtait à l'aveuglette, et répétait : « Pas trop de dégâts, Marie, pas trop de dégâts... »

— Laissez, père. Je m'en vas le repêcher tout seul. Durant ce temps, mettez la cale. Sous la patte boitouse, cette fois, hein ? Pas sous la bonne... Ha-ha ! Faut bien rigoler un peu, pas vrai ?

Il était ainsi, Jacquet. Ne connaissait pas les limites à ne pas franchir. Tournait tout à la gaudriole. Quand même, c'était revigorant, la joie de vivre du bon Jacquet, même en telles circonstances...

Le père, lui, s'était fort renfrogné. Et il s'en prit aux trois femmes qui, cependant, ne pipaient mot depuis un moment :

— Foutez-nous la paix, à présent, les fumelles ! Et fais-ci, et fais-ça, croyez-vous de nous aider, avec vos criasseries ? Montez dans la salle haute du moulin, que je vous entende plus ferlasser à nos oreilles ! Dirait-on pas que ça nous survient pour la première fois, d'inonder ? Ouste ! Arrachez-vous de là. Vous faisez rien qu'à nous emmerder... heu... comme dit Jacquet !

Belle-Marie et Nanette quittèrent la pièce en silence. La mère demeura encore un instant, puis céda. Non sans avoir grommelé, avant de s'éloigner, que pour sûr, et malheureusement, ils avaient inondé souvent de fois, à la Bêchée...

— Mais grand jamais les meubles d'héritage de Dame Aubina n'en ont pâti. Et la chère femme, de son Paradis, c'est bien le premier coup qu'elle voit son haut de vaisselier démanché, noyé, pourri, perdu !

— Attention, mon gars. La corniche a fendu, je crois bien. Et la balustre de la première planche, celle qu'est chantournée en vrille, ça me semble qu'elle est en trois morceaux. Doucement, doucement, Jacquet... Eh ma din, quel malheur, regarde donc, Michel. Marie avait point tort de me disputer, j'ai fait du propre ! C'est-y réparable ? Toi qu'es adroit à la gosserie* ? Tu réponds pas ? Tu seras pas capable ?

— Je... je réfléchis comment m'y prendre...

Pauvre père ! Il avait l'air si malheureux, Michel ne savait comment lui avouer la vérité : les meubles cossus dont la Dame Aubina avait hérité de sa marraine, il pouvait en changer les chevilles, les étagères ou les planches du fond, mais il ne voyait pas comment rafistoler cette

* La *gosserie* : le travail du bois, la menuiserie.

mince balustre sculptée, ouvrage d'ébéniste et non de menuisier !

— Hé, frère ! Réfléchis pas trop longtemps, quand même ! Moi, ça me tarde de la reposer, cette saloperie ! Moi je suis là, derrière, et ça me pisse noir sur la goule, et ça m'écache les parties, et...

— Non, Jacquet, ne le repose pas déjà ! Michel, donne la main à ton frère pour soutenir, s'agit pas de gâter le bas après avoir ragouillé le haut. Quand il sera fini d'égoutter, je le bouchonnerai : je vas quérir de ma filasse, Dieu merci qu'elle est au sec, à la Vieille-Bêchée. Tenez bon, mes gars, du temps que je reviens. Grand malheur, elle avait raison, Marie ! Et moi, j'aurais point dû parler sur la grosse dent...

— Cause-lui, toi, Michel. Si on le laisse aller, il va prendre la crève pour cette nom de dieu d'âcrerie* ! Trouve moyen de l'empêcher !

Dès que le père avait parlé de se rendre à la Vieille-Bêchée, Jacquet avait soufflé ces mots à son frère, à voix basse. Michel lui fit un signe de la tête : d'accord, il allait essayer...

— Sur la grosse dent, oui, et même en crochant fort. Ça n'est point dans vos habitudes, elle doit en être retournée. Faites excuse, père, de me mêler à vous donner leçon, mais...

« Bien, bien », opinait Jacquet en silence — avec des yeux plissés de malice et des mines bouffonnes d'admiration.

— ... mais vous devriez vous en expliquer auprès d'elle, au lieu de reculer le moment, en prenant prétexte d'aller chercher du chanvre. Faites excuse, c'est ce que je pense.

— Il vous l'envoie pas dire, hein, père ? Même que je

* Une *âcrerie* : une vieillerie, un objet sans valeur, bon à jeter.

partage ses avis, moi j'aurais jamais osé. Il a du front tout le tour de la tête*, ce Michel !

— T'es un bon gars, Jacquet, oui...

— T'es un salaud, Jacquet...

Michel n'en pouvait plus de contenir son rire face aux grimaces de son frère : sa voix en avait pris des accents dramatiques de persuasion, alors qu'il ne cherchait qu'à brider son hilarité. Il répéta du seul mouvement des lèvres : « Un vrai salaud... » et se mordit la bouche pour ne pas s'esclaffer.

— ... oui, un bon gars, mais ton frère a raison, il a de la cervelle, lui.

« À toi, mon vieux, prends donc ! » fit Michel d'un clin d'œil. À l'abri derrière le vaisselier, les deux frères, à présent, se tordaient franchement de rire.

— Il a raison, pour sûr, je m'en vas près de votre mère. Michel, tu cours à la Vieille-Bêchée.

« À toi, couillon, attrape ça... » Jacquet réussit à articuler les premiers mots en silence, mais « ça » fusa aigu, comme un cri de douleur.

— Mon pauvre petit, dès que j'aurai defâché Marie, je reviens t'aider à soutenir.

Jacquet prit une profonde aspiration avant de répondre :

— Point la peine, père. J'y suffirai, c'est lui qui me dérange. Vous voyez pas comme ça branle, du côté qu'il tient ? Je sais pas ce qu'il a à la place des bras, la cervelle, d'hasard ? Allez, décampe, déguerpis, ôte-toi de là que je m'y mette ! Père ! En plus, il se fout de moi, et il rit son plein ventre à cause que je m'ai fait mal !

— Allons, mes enfants ! Vous allez pas mener le diable à quatre, comme du temps que vous étiez petits drôles ?

---

* Il est très effronté.

— Non, père, soyez rassuré, je monte à la Vieille-Bêchée. Jacquet, je te bouchonnerai, mon mignon, après le vaisselier. Tu y es ? Je lâche tout ? Prends garde à tes petites affaires, des fois ça peut servir !

Jacquet hurla de rire et parvint heureusement à transformer ce braiement de joie en menaces furibondes. Ah, celui-là, quel con !... Ha-ha ! Il perdait rien pour attendre !... Hou ! Ce pied au cul qu'il allait prendre, sitôt que revenu !...

Louis Jamonneau s'éloigna en soupirant : pour sûr que ça portait aux nerfs, l'inondation, mais quand même...

— C'est-y le moment, mauvais drôles, de vous gringuenacer pareillement ?

Dès que le père fut hors de portée de voix, Jacquet changea de ton :

— T'es le plus fort, frère. T'as été... admirable, t'as trouvé juste à dire pour le retenir. Mais grouille, asteure, ça n'est pas de la plume, cette merde de vaisselier. Surtout que j'ai manqué de me les recoincer, tant que je rigolais de nos babouineries ! Et toi, prends garde aux rats, qu'ils te les bouffent pas !

Pour un instant, avec Jacquet, Michel s'était retrouvé loin en arrière, aux heureux temps de l'enfance épargnée, étrangère aux tourments d'avenir. Leur vie quotidienne était faite de travaux nombreux, de rares distractions, et le ruisseau qui sortait de son lit leur apportait une aubaine de réjouissances et de jeux clandestins, que la désolation des adultes rendait plus délectables encore.

Ils devaient cependant se garder de montrer la moindre trace de jubilation en présence du reste de la maisonnée. Soupiraient très fort, à l'ordre de partir à la corvée de bois... Geignaient, demandaient pitié lorsqu'il s'agissait de rechercher les rats crevés, autour du moulin, pour monter les enfouir au sommet du coteau... « Père, j'ai peur de ces bêtes ! S'il vous plaît... Mère, ça me fait tort* d'y toucher, le cœur me soulève ! S'il vous plaît... »

Pas de discussion, il fallait y aller. En grognant, pleurnichant afin de donner le change. Mais sans pousser trop loin la comédie, au risque d'attendrir les parents et Dame Aubina ! Bien plus tard, la chère Dame avait confié à Michel qu'elle n'avait jamais été dupe de leurs simagrées : aux vieux singes on n'apprenait pas à faire la grimace !

Superbes batailles de rats, noyés par la montée des eaux ! Pour les deux frères, ils se transformaient en frondes redoutables d'efficacité, sans danger de blessures, et laissaient en outre les preuves incontestables de la précision du tir. « Je t'ai eu ! Je t'ai eu ! — Non point, juste un rien frôlé ! — Et alors, cette tripaille sur ta culotte, d'où qu'elle vient ? »

Un jour, la fronde de Michel était revenue à la vie par la force du moulinet ! La fronde lui avait échappé en couinant, s'était agrippée, des crocs et des griffes, dans le gras de sa cuisse, avant de se noyer définitivement ! Et jamais les deux frères n'avaient autant ri qu'à cette occasion.

Lorsqu'ils rentraient, après s'être rincés l'un l'autre des lambeaux de charognes, ils masquaient leur joyeuse excitation par des simulacres de disputes, inventaient des griefs réciproques : « Mère, il prétend, Michel, que je suis rien qu'un gros benêt ! — Non, c'est même pas vrai ! Lui, Jacquet, il me traite de noms, et pas des beaux ! »

La mère giflait chacun des adversaires, de façon équitable, sans réussir à les calmer. Dame Aubina lui proposait sa canne, en souriant. « Eh ! Je vais pas les tuer,

* *Faire tort :* causer une sensation désagréable, une vive répulsion.

quand même, pauvres enfants ! Louis ! Fais quelque chose, toi ! »

Le père soupirait : « C'est-y le moment, mauvais drôles, de vous gringuenacer pareillement ? »

Les batailles aux rats crevés, Jacquet et Michel les avaient abandonnées depuis longtemps. Ils étaient à présent des hommes faits, et cependant, Louis Jamonneau venait encore, en ce jour, de gourmander ses « mauvais drôles » avec les mots, l'intonation d'autrefois.

À chaque crue du ruisseau de Cathelogne, grâce à l'insouciance du bon Jacquet, l'allègre complicité de leur petite jeunesse resurgissait. Ils se retrouvaient de vingt ans en arrière, et c'était pour Michel une béatitude d'oubli : pour un instant, la gaieté noyait les soucis, les injustices, les révoltes, comme l'eau avait noyé les berges et le moulin de la Bêchée.

Il donna un coup de bâton à un rat qui dérivait, pattes en l'air. Quelle fronde magnifique il aurait faite ! La queue d'une coudée au moins, et le ventre gonflé, blanchâtre, prometteur d'un superbe éclaboussis de tripes, à l'arrivée !... Michel dut se retenir pour ne pas rattraper la bête et la faire tournoyer, et la projeter contre le tronc d'un saule. Cette impulsion de garnement, de « mauvais drôle », fut son dernier enfantillage, et il ne vit plus, dans les rats crevés, que des cadavres dont il faudrait se débarrasser au plus vite, avant qu'ils puent trop fort.

Il se mit à courir, dès qu'il sortit de la zone inondée, sur la pente qui menait à la Vieille-Bêchée. Le vent virait plein nord, balayait les nuages de pluie, l'eau ne monterait plus. Il allait pouvoir, comme prévu depuis huit jours, se rendre au moulin-haut et y tendre la toile, tranquillisé sur le sauvetage des meubles de Dame Aubina !

La bouffée d'enfance n'avait été qu'un souffle passager, il retrouvait son âge adulte et devait se hâter : François Veillon, de la ferme des Grands-Champs, venait faire moudre ce matin, au Défens. Et cette « saloperie de vaisselier », comme disait Jacquet, le retardait à l'ouvrage. L'inondation de la Bêchée, il ne la voyait plus comme une occasion de rire et de plaisanter avec son frère, mais comme une calamité supplémentaire en des temps d'infortune !

La nuit s'éclairait déjà du mince croissant de la lune montante, et Veillon n'avait toujours pas reparu pour prendre livraison de sa mouture.

Il était d'habitude un homme ponctuel, le tenancier des Grands-Champs. Il avait promis de venir à une heure de relevée. Il se vantait de reconnaître chaque son de cloches à cinq lieues à la ronde, et une heure tapante, c'était le gros bourdon des Cordeliers de Saint-Maixent qui l'annonçait. Il s'était montré particulièrement pointilleux ce jour-là, en avait exposé les raisons en déchargeant ses sacs : sa bourgeoise criait au perdu, depuis une semaine, en voyant diminuer le nombre des tourtes dans la panetière, alors ce chastafrain qu'elle mènerait si elle n'avait pas sa farine pour pétrir demain, dès prime, et qu'ils arrivent à manger en perdition des miches fraîches cuites...

— Et que lui répondre, elle a raison ! Faut cinq jours à rassir, au moins, pour que ça fasse service, et c'est rien le moment de gavagner* le pain. Au bourdon des Cordeliers, ça te convient, t'auras fini ?

— Pour sûr. Le vent tire de nord, sans rafaler. Quand mon moulin tourne rond-régulier, il me dit l'heure aussi juste que la cloche des moines, sois tranquille !

— Bon. Ça me donnera large de temps, pour être rendu aux Grands-Champs avant le noir. À cause qu'il

* *Gavagner* : gaspiller.

fait pas bon de charroyer la nuit, ce grand malheur qu'a arrivé à Aubin Rochefort ! À une heure, t'es sûr ?

— Je t'acertaine. Même un peu avant. Tu peux demeurer au pied du moulin, si tu doutes !

— Fais excuse, mon bon gars, je voulais pas te vexer. Tu ne languiras pas à m'attendre ; avec moi, l'heure c'est l'heure. Vous devez avoir gros de tracas, à la Bêchée, je te retarderai pas d'y revenir. Pas besoin de te dire méfiance, je sais que tu sortiras pas de ton moulin, même pour pisser, après ce qu'a survenu au Pont-de-Saivre. Putain de misère ! Le ventre vide, ça rend les gens plus pires que les loups ! Bon, ça sonne la messe basse, à Clavé, je me sauve : juste j'aurai le temps de rabistoquer ma porte de grange avant de revenir. Parce que même sur le fourrage, qu'il faut garder l'œil. Pire que les loups, je te dis ! À une heure, hein, j'y compte ? À la vêpre des Cordeliers...

Comment un homme aussi maniaque sur l'exactitude avait-il pu se laisser aller à un tel retard ? Et, du même fait, obliger Michel à monter la garde auprès de trois cents livres de farine ? Quoique la ferme des Grands-Champs ne fût guère éloignée du Défens, il n'était pas question de quitter le moulin pour faire remarquer à Veillon que les moines avaient fini de chanter vêpres, et même complies, depuis longtemps !

« Pires que les loups... » Michel soupira : il avait trouvé les justes mots, François Veillon. Le pauvre Aubin Rochefort en avait fait la cruelle expérience. Le bonhomme avait quitté le moulin du Plessis à grand noir, voilà deux mois, avec la totalité de sa mouture pour i'année. Entre Le Plessis et sa demeure de la Vérolière, il avait été assommé. Lorsqu'il était revenu à lui, il cahotait au pas de sa bourrique — qui tirait une charrette vide.

Le père Aubin assurait avoir reconnu les agresseurs. Il surgissait dans les fournils, menaçait : c'était sa farine, son pain, il irait à plaider pour cette volerie ! Contre Moinard, un jour... Gouband, la semaine suivante... Ayrault... Ricochon... Boisnot... Quiconque fourneyait, Aubin Rochefort le traitait de voleur et mangeur de pain gagné !

On le poussait dehors sans trop le bousculer : chacun comprenait qu'une telle catastrophe ait pu déviroler une vieille cervelle ! D'autant qu'il faiblissait, devenait pitoyable de maigreur, s'épuisant à courir les villages pour flairer aux portes des fours où toujours il retrouvait l'odeur de son pain.

Même à la Bêchée, il était venu. Nanette, qui promettait de le chasser avec son patrouillet*, s'il osait se présenter devant une de ses fournées, avait eu pitié de cette détresse, de cette folie :

— Tenez-vous tranquille, père Aubin. Je vous donnerai une tourte.

— Ah ! Tu en conviens, toi, bougresse ! Tes frères ont fait le coup ! Ça se plaidera, et tu pourras pas te dédire !

Nanette grinçait de rage en racontant la scène :

— S'il remet les pieds dans mon fourniou, ce ratfouin, même vieux et perdu de tête comme il est, je le tape ! N'importe quoi qui me tombe sous la main, je le garroche à sa face ! Douter sur mes frères, ça, je supporte pas !

Le fournil de la Bêchée avait été le dernier qu'Aubin Rochefort eût visité : depuis un mois, il avait abandonné sa traque. On le disait de jour en jour plus abattu, et plus lucide aussi, comme il arrive aux approches de la mort. Il ne désignait plus personne nommément, se contentait de héler ceux qui passaient devant sa porte. Et répétait toujours les mêmes avertissements :

— Fais attention, mon gars. Ceux qui m'ont volé, sur ce chemin perdu, ils connaissaient bien l'endroit. Et aussi, ils connaissaient mes habitudes à faire moudre d'un

---

* Chiffon entortillé au bout d'une longue perche, pour nettoyer le four.

seul coup*. Attention, mon bon gars, ils sont pas loin, mes assassins !

La démence passagère du vieil homme, son délire d'accusations avaient moins inquiété que son retour à la raison. La justesse de ses réflexions, à présent, frappait vivement les esprits : à l'évidence, quelqu'un du pays « mangeait le pain gagné » du malheureux Aubin Rochefort. La méfiance s'était installée, on ne charroyait plus qu'à grand jour, et on se munissait d'une fourche.

Les meuniers devaient eux aussi se tenir en vigilance, l'isolement des moulins en faisant des lieux vulnérables.

Le moulin du Pont-de-Saivre avait été vidé, nettoyé, récuré jusqu'aux balayures des cinq cents livres de farine que Jean Bourreau s'apprêtait à livrer, lorsque sa jeune épouse avait été prise des douleurs d'enfantement : « Vite, Jean, va chercher ma mère ! » Une première naissance : il était parti dans l'affolement. Une demi-heure d'absence, pas davantage. Bonne Bourreau n'avait rien entendu depuis la maison. « Et ça vaut mieux pour elle, assurait son mari. Ils sont d'ici, ceux qu'on fait le ménage dans mon moulin. Ils guettaient que je m'en aille quérir la belle-mère au premier cri de Bonne. Et ils auraient pas balancé de la tuer, puisque, forcément, elle les aurait reconnus ! Je suis à la ruine, ou guère manque, mais j'ai toujours ma femme, et le beau petit drôle qu'elle m'a fait ! »

Bonne ne partageait pas le soulagement de son mari. Pleurait depuis ce jour, jusqu'à tarir son lait. « À quoi bon, se lamentait-elle, mettre au monde un malheureux de plus ? Quelle vie qui l'attend, rien que peine et misère... »

Lorsque Jean Bourreau lui avait conté l'histoire, Michel s'était gardé de lui répondre qu'il partageait l'avis

* Les paysans faisaient d'ordinaire moudre leur grain au fur et à mesure de leurs besoins.

de Bonne, et qu'il avait décidé depuis longtemps de ne jamais fonder une famille !

D'autres vols avaient eu lieu : volailles, semences, fourrage... Que ce fût la misérable rapine de quelques œufs ou le pillage total d'un poulailler, on en venait toujours aux mêmes conclusions : les filous ne pouvaient être des bandits de passage, ils possédaient une trop parfaite connaissance des lieux et des habitudes de leurs victimes.

Michel était résigné à une longue attente — jusqu'au matin, peut-être. Il ne doutait pas que François Veillon ait eu une sérieuse raison de manquer à sa parole.

D'autant que cette veille forcée, le fermier des Grands-Champs la compenserait d'un surplus de farine, il n'était pas homme à demeurer en reste de service. Ce supplément serait le bienvenu à la Bêchée : l'année, une fois encore, avait été avare en grains. Grâce au gibier et au poisson de braconne, les Jamonneau n'arrivaient pas à famine, mais les tailles dans la miche devenaient transparentes à force d'être minces. Michel et Jacquet n'en mangeaient plus. Assuraient, sans s'être concertés, qu'ils préféraient rien du tout à rien-peu...

Et le père s'en désolait. Seul le pain tenait au ventre, selon lui. Et ces deux grands corps, qui pouvaient gloutir une anguille sans pain, premièrement ils lui faisaient lever le cœur en avalant le manger tout nu-tout seul... et deuxièmement ils allaient tomber en faiblesse s'ils continuaient à ces façons de bêtes carnassières !

Cependant, c'était le reste de la famille qui dépérissait en s'obstinant à mesurer la goulée de fricot plus menue que la goulée de pain. Les parents semblaient avoir vieilli de dix ans. Nanette avait perdu ses bonnes joues en pommes et ses rondeurs de fille. Belle-Marie, déjà si maigre et sèche, était arrivée à se décharner davantage.

L'inondation, en ces temps de pénurie, portait l'ultime

coup aux Jamonneau. Certes, l'eau se retirerait dans trois jours au plus. Mais l'humidité allait stagner longtemps, au fond du vallon de Cathelogne, et pourrirait le restant de provisions, racines*, fèves et châtaignes. Le chemin d'accès au moulin, perdu de fondrières, ne verrait plus aucun charroi jusqu'aux prochaines moissons. Le printemps était loin encore, qui apporterait quelque compensation à ce malheur par une fertilité accrue des terres de la Bêchée, engraissées de vase. Pour que la maisonnée tienne jusqu'à la belle saison, Michel devrait retourner au sel...

Il s'était pourtant juré, lors de son dernier voyage, de ne plus s'y risquer. Têtard avait failli crever sous la charge, en 85, et depuis, Michel ne l'avait plus jamais utilisé aux transports de faux-saunage. Pour un simple portacol, le profit devenait trop mince par rapport au danger grandissant. Michel l'avait compris lors de sa récente expédition, en novembre : pour dix livres et quarante sols de bénéfice, il était passé bien près de se retrouver dans l'horreur des cachots, à la tour de Fingall**.

Il lui faudrait repartir, cependant, dès que l'eau serait retirée et le moulin remis en état. Le peu de farine qui restait à la Bêchée... plus sa part de mouture aujourd'hui... plus un rajout de Veillon pour le retard... cela pouvait suffire jusqu'à son retour d'Anjou : ses parents et ses sœurs n'en viendraient pas aux mangeries sauvages.

Michel se sentait le jeune patriarche responsable d'une maisonnée : la farine sur laquelle il veillait, on l'attendait chez lui, il ne la laisserait pas filouter !

Il devait surtout se garder de dormir. Dans les buissons et les broussailles autour du Défens, un malheureux

---

* On appelait *racines* les légumes à végétation souterraine, tels que raves, panais, carottes.

** À Thouars. On y enfermait les faux-sauniers en l'attente des galères ou de la pendaison.

rôdait peut-être, en qui la faim effaçait tout scrupule, un homme prêt à dépouiller, voire à tuer son frère de pauvreté : un homme-misère, un homme-loup. Encore les loups ne se mangeaient-ils pas entre eux, même aux temps de famine, à ce qu'on prétendait...

Michel n'avait pas peur. Il savait que le faible clair de lune suffisait pour qu'un éventuel assaillant le distinguât, planté à l'embrasure de la porte, un bâton à la main. Et il regrettait de se trouver dans une telle assurance : il aurait mille fois préféré les tensions de l'alarme, devenir lui aussi une bête aux aguets, plutôt que se sentir écrasé de tristesse, de dégoût, à l'idée qu'il se tenait prêt, comme une sentinelle en armes, à frapper le premier !

Était-il possible qu'il en fût arrivé là ? Il jeta son bâton : au Défens, plus vif qu'en tout autre lieu, le souvenir de Maurillon brillait, écartait la désespérance. Dans l'âpreté d'une vie plus précaire d'année en année, Michel possédait à jamais une lumière que rien, ni personne, ne parviendrait à éteindre. Une immatérielle, intouchable fortune devant laquelle cédaient les noirceurs du présent et les incertitudes de l'avenir, les calamités de la nature et les scélératesses humaines : pour l'éternité, Michel était riche de l'amitié de Maurillon !

Nuit humide et froide d'hiver, vent porteur d'une haleine de cimetière, odeur de terres noyées, d'eaux boueuses, de bêtes mortes... Michel y retrouvait soudain une brise douce d'été, le parfum vert d'une aube de juin... Toujours plus hardi, plus libre, plus provocant, il prenait son envol aux ailes du moulin. Un petit cavalier le regardait, et restait impassible, figé, silencieux...

Va-t-il enfin ouvrir le bec, Monsieur le baron de Sainte-Maure de Montauzier ? Manifester de la colère, menacer ce croquant qui le nargue, l'écrase en paradant de sa force et de son agilité ? Voilà tant de jours que Michel le défie en vain ! Pas un mot en retour, pas même une lueur d'irritation dans les yeux !

Ce matin, Michel est resté plus longtemps encore que de coutume suspendu, tournoyant jusqu'à la nausée. Il tombe, plutôt qu'il ne saute, à la limite extrême de ses forces. Par une rage d'amour-propre, il réussit à ne pas s'affaler, à se retrouver droit sur ses jambes. Il s'est tordu une cheville, qu'importe, la mort eût été préférable à l'humiliation d'une chute !

Il se campe devant le petit baron. Croise les bras — l'attitude est fière, insolente, et lui permet en outre de maîtriser les crampes de fatigue qui agitent ses muscles. Il lève le menton, il crispe un sourire moqueur, il cherche le regard de l'autre... Sa tête tourne, les buissons tournent — reste debout ! Le brouillard rouge s'ouvre et se referme en ondes brûlantes — merde, je vas pas m'étaler devant lui ? Le paysage s'immobilise enfin, seules les ailes continuent à virer doucement dans le vent qui faiblit — si je les regarde, je dégueule !

Et Jacques de Sainte-Maure saute à bas de son cheval ! Michel reprend alors pleinement possession de son corps et de son esprit : cet instant, cette victoire, il les attendait depuis la première apparition du jeune cavalier au Défens ! Lui, il attache tranquillement son cheval à une borne de pierre — prends bien ton temps surtout, d'avance je me régale, Maurillon !

« Maurillon », Michel l'a surnommé ainsi, en lui-même, par dérision : le petit Maure, le « Maurillon » ! Le gringalet qu'il faut saluer bas lorsqu'on passe devant son banc, à l'église. Répond-il seulement d'un signe de tête ? Jamais Michel n'a pu s'en rendre compte, tant la bourrade du père Jamonneau le ploie durement, lorsque la courbette semble incertaine !

On l'oblige à s'incliner devant ce malbâti, du seul fait qu'il soit baron et futur maître d'Augé ! Michel peut comprendre les marques de respect qu'il doit au comte de Lauzon — à la Dame, surtout, qui sourit avec tant de grâce et de bonté : la Bêchée est de leur fief. Mais il n'admet pas de plier l'échine devant ce marmouset ! Si désavantagé de sa personne, malingre, souffreteux, que ses parents eux-mêmes doivent avoir vergogne d'un tel rejeton : ils le laissent à Augé, en seule compagnie d'un intendant et d'une nourrice, et viennent rarement l'y visiter !

Chaque salut à « Maurillon » est, pour Michel, un intolérable abaissement, une torture à sa fierté. Aujourd'hui, enfin, le moment d'intense revanche : ils sont en tête à tête... La naissance s'efface, qui de l'un fait un noble et de l'autre un manant ! Dans cette solitude, la nature remet une injuste balance en équilibre. Et même, elle inverse la pesée : au Défens, le plus fort, le plus grand, le vrai seigneur, c'est Jamonneau ! Qu'elle approche vite, cette mauviette... Qu'elle se plaigne d'insolence...

— Je te souhaite le bonjour. Je t'ai longuement observé, je crois que je pourrai... Si tu consens à me soulever, car je suis trop petit pour atteindre l'aile sans ton aide...

Que se passe-t-il soudain d'inexplicable, d'insensé ? Michel ne voit plus devant lui qu'un garçon de son âge, avide de partager un jeu. Ni l'attitude ni la voix n'exigent. Ne supplient pas non plus. Le tutoiement lui-même, loin de marquer la supériorité de rang, les met en position égale de camaraderie. Après un court instant non pas d'hésitation, mais de saisissement, Michel empoigne celui qu'il voulait écraser de sa morgue, le lève à bout de bras :

— Monte sur mes épaules. Ça va, tu tiens d'équilibre ? Attention, je te dirai « vas-y ». Faut pas prendre n'importe quelle, y en a qu'une de bonne, pour s'amuser à ça !

— Tu me diras aussi quand je devrai lâcher ?

— Tu penses ! Même, je me tiendrai prêt à te rattraper. Parce que t'as vu, j'ai manqué de biser ma grand'mère*, tout à l'heure, en sautant. Tu y es ? Vas-y !

Michel a hurlé « Vas-y ! » et un cri de joie lui a répondu : « Je l'ai eue ! » À présent le garçon s'envole, monte vers le ciel, redescend et s'élève à nouveau dans l'ample mouvement des ailes. Il se montre souple et adroit, il se laisse balancer au juste rythme de la ronde. Le vent, heureusement, souffle tout doux, le moulin tourne à la paresseuse, le compain-baron n'a pas la respiration coupée par la vitesse : il sourit béatement, et Michel est heureux avec lui, il l'encourage :

— Bon ! Bien ! Dis-donc, on croirait que tu fais ça à tous les jours ! Tu te débrouilles joliment, à la voltige !

Si léger, le vent ! Si paisible, conciliant, pour les pirouettes de casse-cou ! Si ténue, la brise de l'aube, que les ailes s'arrêtent — sans que Michel ait pris conscience du moindre ralentissement ! Elles ont comme une hésitation à repartir, quelques faibles balancements...

— Donne un coup de reins, vite ! Non, ne gigote pas de même, tu vas lâcher ! Seigneur Dieu !

Les ailes se sont immobilisées. Jacques de Sainte-Maure est suspendu à trente pieds du sol.

L'effroi. L'impuissance. Là-haut, il ne crie pas. Il ne s'agrippe plus que d'une main, l'autre bat dans le vide, cherchant à retrouver la prise. Il va tomber, s'écraser, se tuer... Lui, Michel, par ses fanfaronnades, il l'a poussé à cette entreprise folle, et ensuite l'y a aidé ! Il est un assassin, un criminel, et il hurle son désespoir :

— Tiens bon ! Tombant de si haut, je saurai pas te rattraper ! Tiens bon ! Ô Bonne-Vierge, venez à son secours ! Ayez pitié de lui, mon Dieu, je vous...

« Tais-toi ! Lui, il n'a pas peur. C'est toi, grand couil-

---

* *Biser sa grand'mère :* embrasser la terre, tomber.

lon, qui vas l'affoler en brâmant tes prières. Le vent va reprendre, et s'il joint le rollon, des deux mains il arrivera à tenir. Mais sacré nom de dieu d'imbécile, tape ta goule, asteure !... »

Michel sent qu'il perd la raison : il est seul, sur la butte du Défens, et il vient d'obéir à une voix venue de nulle part. Il est resté bouche ouverte sur un cri de silence qui l'étrangle, le déchire, l'étouffe, dès que la voix a ordonné « Tais-toi ! »

La main qui tâtonnait a réussi à trouver le barreau. Les poignets étirés sont trop menus, ils ne résisteront pas longtemps. Michel n'est plus que supplication muette : tiens bon, tiens bon ! Il ne quitte pas du regard ces membres fragiles qui vont lâcher prise, et lui, il ouvre ses bras en croix, sans espoir toutefois d'amortir une telle chute...

Et soudain, il voit les ailes frémir, incertaines. Pendant une éternité d'angoisse, elles vacillent, et dodelinent, et bercent. Puis elles prennent enfin le vent dans la toile : avec une lenteur de cauchemar, un bras géant rapporte vers le sol son infime fardeau.

Est-ce le petit baron qui a sauté, ou Michel qui a bondi pour le saisir ? Il ne sait pas, ils ont tous deux roulé à terre. Michel se relève le premier, il tremble, il renifle des larmes. Mais c'est l'autre qui parle :

— Je l'ai fait ! Je l'ai fait ! Merci, merci à toi, tu ne peux savoir combien je suis heureux !

À la renverse dans l'herbe, Jacques de Sainte-Maure exprime une félicité totale, et même il rit, répétant qu'il est heureux... heureux...

Aussi violente et incontrôlée que la peur, la colère ! Michel attrape le garçon aux épaules, le relève, le secoue, le retourne... et lui lance un coup de pied au cul qui le projette à dix pas !

— Ah ! T'es heureux, toi, petit con ? Et si le baron s'était cassé la tête par ma faute, moi j'aurais rigolé, d'hasard, à la potence ? Vermine ! Maurillon ! Vire de là, et grand galop, ou je te...

Il s'arrête net dans les insultes et les menaces : loin de déguerpir, Jacques de Sainte-Maure revient vers lui en boitillant. Il retrousse un sourire de coin et ne paraît nullement effrayé par les poings crispés de Michel, qui se sent ridicule et capon : c'est lui qui a envie de s'enfuir, et qui recule ! Il domine ce Maurillon de la tête et des épaules, d'une chiquenaude il le bousculerait, et il recule devant ce regard pénétrant et moqueur !

— Ne te sauve pas, voyons, Jamonneau ! Une aussi grande et forte bête, que peut-elle redouter d'une vermine comme moi ? Tu pensais à la potence, vraiment ? Pauvre garçon, fallait-il que tu sois épouvanté à cette perspective, cela t'a embrouillé dans tes prières ! « Bonne-Vierge, venez à son secours ! Ayez pitié de lui, mon Dieu ! » Ou peut-être, étant si... royal de stature, as-tu parlé de toi à la troisième personne ?

Michel est déconcerté par ce ton de raillerie, il ne trouve qu'à bafouiller :

— La... la troisième personne ? Mais je ne lui ai pas parlé ! Je ne lui ai... même pas... répondu !

Maurillon ne sourit plus. Son visage ne montre plus la moindre trace de raillerie :

— Je te demande pardon. C'est mal à moi de gausser ainsi, et fort injuste. Je voudrais savoir, mais tu peux ne pas répondre : est-ce au baron que tu as obéi, lorsque j'ai sollicité ton aide pour atteindre l'aile ?

« Tu peux ne pas répondre... » — et Michel en effet reste silencieux. Regarde bas, pour éviter les yeux du garçon. Et il l'entend soupirer d'une voix désolée :

— Je m'en vais. Tu peux être tranquille, dorénavant, je ne reviendrai plus.

— Non, écoute... heu... écoutez... j'ai rien songé que vous étiez baron, quand je vous ai...

— Alors oublie-le encore, dis-moi « tu » !

— J'ai eu envie de te faire plaisir. Pas au baron, non, à... à toi. Et, vrai, j'étais content de te voir... content, à si bien réussir ! Je pensais juste à ça, tu étais... content, je sais pas comment dire, tu paraissais...

— Content !

Un éclair vite éteint de moquerie dans le regard et dans la voix :

— Excuse-moi. Je ne t'interromprai plus.

— Je pensais juste à ça, et j'ai pas remarqué les ailes à ralentir. Et ensuite, j'ai eu si grand peur... mais pas pour moi, non, pas pour moi, je t'assure ! Alors, quand je t'ai vu parti à rire, une fois descendu, moi qu'étais tout en glace de sueur froide, la bile m'a monté, et... et voilà. Fais excuse du coup de pied et des gros mots.

— Je les ai sans doute mérités. Je veux dire... sûrement mérités. « Maurillon », était-ce une insulte, aussi ?

L'aveu est difficile, cependant Michel est décidé à l'entière franchise.

— Oui. Ça fait longtemps que je t'appelle de même. Parce que mon père, il me bourre l'échine pour que je te fasse salut bas, à l'église. Alors ça me revanchait de te surnommer « Maurillon ». Pour moi en-dedans, naturellement, pas aux oreilles de mon père ! Hou-là ! Si jamais il s'en vient à savoir ce qui s'est passé ce matin, il prendra une noire colère !

— Et le mien, donc !

— Il te battra, lui pareil ?

— Bien entendu que non ! Mon sort serait vite réglé, et plus détestable infiniment que le tien : le monastère. Vois-tu, mon père n'attend que l'occasion ! Je suis trop faible, trop... vermine pour le métier des armes, tu en es bien d'accord, n'est-ce pas, malgré mes prouesses à ton moulin ? Le cloître délivrerait mon père d'une progéniture peu glorieuse au nom des Sainte-Maure !

Il parle longtemps, le jeune baron, à voix presque basse — le moulin ne tournant plus, il n'est pas nécessaire de crier pour se faire entendre. Michel se fait peu à peu à cette expression railleuse, il la devine, il la comprend comme le déguisement forcé d'une détresse, d'une blessure. « ... Ne sera-t-il pas un novice convenable, le piteux héritier des Sainte-Maure ? — à la condition de faire un large rempli à la robe de bure afin qu'elle n'entrave pas ses jambes, surtout la droite, la plus courte ! Ne deviendra-t-il pas un père-abbé majestueux, l'avorton de Sainte-Maure ? — à la condition de scier à sa taille la hampe de la crosse ?... »

Michel veut interrompre la voix guillerette qui exprime une telle amertume — il a trop honte, à la pensée qu'il a frappé, injurié ce garçon qui manifestait son bonheur d'avoir oublié, pour un instant, qu'il était chétif et boiteux !

— Ta mère, je suis sûr qu'elle pense autrement. Je t'ai vu quelquefois avec elle, à la sortie d'église, elle ne...

— Tu as remarqué ? J'ai la meilleure des mères, elle a obtenu que je reste à Augé — tu sais que le fief et le château viennent de son héritage. Mais à mon premier faux-pas, a déclaré mon père, ce sera le cloître ! Alors tu imagines : me voilà à fréquenter le plus grossier des manants, de surcroît une bête brute qui traite un Sainte-Maure de petit... hum...

— De petit con !

— Qui lui envoie son pied au der...

— Au cul !

Jacques de Sainte-Maure lève les yeux au ciel, allonge une moue de mépris :

— Quelle bassesse d'âme et de langage !

Michel est déconcerté par cette attitude. Il a cru à une plaisanterie, avec « le plus grossier des manants » et la « bête brute », il en a rajouté, et voilà que le baron de Sainte-Maure lui fait à présent savoir, par le regard, le ton, les mots, qu'il ne badinait nullement !

— Ne prends pas cette mine, voyons ! Tu ne comprends pas que je fais de l'ironie ?

La voix est redevenue chaleureuse, et les yeux malicieux. Michel fait alors un vague signe de la tête : il comprend « l'ironie »... oui... non... oui...

— Donc, je te disais : te fréquenter, c'est davantage qu'un faux-pas, c'est une déchéance ! Ne fronce pas le nez, c'est mon père qui parle. Alors, si lui, mon père — excuse-moi d'insister, tu parais ahuri —, si mon père a bruit de notre... rencontre, et de celles qui suivront, j'espère, ce n'est pas à Ligugé que j'irai, mais à la Trappe !

À cet instant du discours, Michel reprend le fil qu'il avait quelque peu perdu :

— Quoi ? Il te tuerait ? Il te foutrait par une trappe ?

— Mais non ! À la... la Trappe ! C'est un monastère, je t'apprends, où la règle est le silence absolu. Uniquement rompu par les psaumes et les prières.

— Hé bé ! Ça te priverait fort ! Au sabre il vaut peut-être rien, Jacques de Sainte-Maure, mais pour la goule, ça, il est plus fort qu'un cent d'ageasses !

— Maurillon ! Je voudrais rester Maurillon pour toi. Et merci du compliment, j'y suis sensible.

Il dit merci et il semble fâché... Et retrouve immédiatement le sourire :

— À ce propos, puis-je rester un peu ? Je voudrais te confier mes projets. Tu as le temps que l'on discute ?

— Jusqu'au prochain vent. Mais alors tu caches ton cheval, et on rentre dans le moulin. Et surtout, surtout, tu ne bouges ni pied ni patte dès que ça reprend à tourner : parce que, là-dedans, c'est tout rempli de rouages, de poulies, et si ça te grippe, t'es mouliné mort en rien de temps ! T'as compris ?

— Bien sûr, mon cher, je comprends : tu ne tiens pas à gâcher ta farine.

Juste un instant de flottement, de perplexité, et Michel répond sur le même ton :

— Naturellement, mon ami. C'est juste cela que je veux éviter !

Puis il se laisse tomber à plat dos dans l'herbe, et il rit en contrefaisant les mots, la voix et les mimiques de Maurillon :

— Je l'ai fait ! Tu as vu, je l'ai fait ! Merci, merci à toi, tu ne peux savoir combien je suis heureux !

Au tour de Maurillon de paraître ahuri !

— Quoi ? Que racontes-tu ?

Michel se relève et lui donne une joyeuse bourrade :

— Jamais plus tu me couillonneras, Maurillon ! Moi aussi, je sais faire l'ironie !

— Très drôle ! Je te signale cependant qu'en langage correct, l'on dit : faire DE... DE l'ironie !

— Voui, Monsieur DE... DE Sainte-Maure !

— Mais c'est qu'il comprend vite, le croquant DE... DE la Bêchée !

Ils se regardent en riant, ils se tendent la main. Michel a la certitude que Maurillon, comme lui-même, vient de se couler dans une amitié et une entente que chacun d'eux reconnaît déjà pour éternelles...

En ce premier matin, le vent se fait leur complice : il ne souffle pas. Maurillon guette à la lucarne, au cas où s'approcherait du Défens un éventuel visiteur. Michel taille au couteau des barreaux d'échelle : le père Jamonneau ne tolérant pas l'inaction, il faut lui rendre compte du travail effectué lorsque la ventée se fait attendre.

— Tu me promets le secret, Michel ? Tu sais à présent ce que je risque ?

— Juré-craché. Moi non plus, je ne tiens pas que ça se raconte, mes mauvaises fréquentations !

— Bien ! Bon ! Tu te débrouilles joliment, à la voltige... À l'ironie, voulais-je dire !

— Y en a qu'une qui pourra comprendre — je te cause sérieux — et même aider à nous voir plus souvent : ma grand'mère, Dame Aubina. Tu ne sais pas, bien sûr, ce qu'elle a fait, elle, dans sa jeunesse. Mais tu peux me croire sur parole, Dame Aubina nous...

— Si, je le sais. Ses cousins du logis de Beauvais sont amis de mon intendant. Les journées sont longues au château, et cela désennuie d'écouter aux portes : elle était fille bourgeoise, et elle a épousé un journalier. Mais je... je n'ai pas... très bien compris comment... elle y est arrivée.

Maurillon a rougi, et Michel se hâte de répondre que lui non plus, il ne sait pas, le principal étant qu'elle y soit parvenue ! Dame Aubina, elle, est moins pudique sur ce point : « Mon père a fini par céder, me voyant grosse comme une tour ! » — cependant, Michel ne tient pas à évoquer le franc-parler de sa grand'mère, dont se choque toute la famille, à part lui.

— Alors, tu consens que je lui raconte ?

— Oui. Mais à personne d'autre, n'est-ce pas, à personne !

— Seigneur ! Tu me fais penser : la *troisième personne*, tu l'as entendue, toi aussi ?

Oui, Maurillon l'a entendue, la voix impérieuse qui ordonnait à Michel de se taire. Mais il entame alors une leçon, à renforts de « je t'apprends » et « je te signale », sur la signification du mot « personne » en grammaire !

— Écoute, tu me vires la tête avec ta grammaire, c'est pas ça qui nous éclairera ! Quelqu'un m'a causé, pour sûr, et y avait...

— Personne ? Tu vois, nous y revenons, mon cher !

— Arrête un peu de tes babouineries, tu me fatigues, tu m'embrouilles, à force !

— Excuse-moi. Cette... hum... ce *quelqu'un*, tu ne l'as donc pas vu ? Va, sois tranquillisé : il devait avoir intérêt à se cacher, il n'ira pas sonner carillon de l'affaire.

Michel n'est pas convaincu. Lui, en tournant aux ailes du moulin, il voyait de trois lieues à la ronde ! Personne

— Maurillon sourit en coin — ne s'était approché du Défens.

— En ce cas, le... personnage devait se trouver là avant ton arrivée.

— Non ! Je guettais ta venue, comme chaque matin, et, j'en suis certain, y avait pers...

Maurillon plisse les yeux et Michel se reprend :

— Pas un chat aux abords du moulin. Moi, ce que je crois, c'est une espèce de miracle : le Bon-Dieu m'a parlé. Des fois ça arrive, à ce qu'on dit. Oui-oui, tu peux hausser l'épaule ! Tu avais peur ?

— Non. J'étais trop... occupé, vois-tu !

— Et ça t'aidait, que je pleure pitié-secours, en bas ?

— À vrai dire, non. « Tombant de si haut, je saurai pas te rattraper... » : admets qu'il existe de meilleures formules d'encouragement !

— Tu vois si j'ai raison ? Personne... arrête de ricasser, tu m'énerves... Personne d'autre que le Bon-Dieu pouvait savoir tout ça. Ah, tu trouves rien à répliquer, pour une fois ? Ça t'en bouche un coin, pas vrai ?

Maurillon hoche la tête, non, rien à répliquer, et oui, il admet les conclusions de Michel, qui savoure un instant d'avoir eu le dessus en clairvoyance et raisonnement. Juste un instant...

— Certes, cela m'en... bouche un coin, comme tu dis. Mais, par-dessus tout, je suis bouleversé de découvrir que les Saintes-Écritures se trompent sur la parole divine : Dieu jure Son propre nom et S'exprime en patois poitevin ! Au Défens, le vingt-cinquième jour de juin, Dieu a dit à Michel Jamonneau : « Sacré nom de dieu d'imbécile, tape ta goule, asteure ! » Et montrant combien Il connaissait ce nouvel apôtre, Il l'a même traité de grand... ? de grand... ? Allons, répète !

— De grand couillon ! Et, pour sûr, j'en suis un. Mais tu me ramènes en peur et doute : celui qui m'a causé, il... tapera pas sa goule, lui !

— Je crois que si. Réfléchis un peu, voyons. La Bêchée, est-ce si loin ?

— À rien de temps, en prenant le raccourci du coteau. Mais... Mais t'as raison : ça fait longtemps que j'aurais plus de peau sur l'échine si la... *troisième personne...*

— ... était allée raconter à ton père ton double exploit — ton double crime ! Et d'un : tu aides le baron de Sainte-Maure à s'accrocher à l'aile de ton moulin ! Et de deux : lorsqu'enfin il est tiré de péril, tu l'insultes et le frappes ! Non-non, sois pleinement rassuré. Il s'agissait d'un vagabond, arrêté pour la nuit au hasard de sa route, à l'abri d'un buisson. Il ne nous connaissait ni l'un ni l'autre, et il est déjà loin. Nous n'allons pas palabrer la matinée entière sur ce point ! Nous avons plus intéressant à débattre : tu as entendu parler de la Nouvelle-France ?

L'allégresse d'une jeune amitié, et l'avenir qui s'ouvre pour deux adolescents, un matin de juin, au Défens...

Dès ce premier jour, Maurillon évoque pour Michel le « Livre des Merveilles ». Dès ce premier jour, la Grande Rivière roule l'immensité de ses eaux, au Défens, en Poitou.

Un moment, Maurillon interrompt son récit, tire une montre de son gilet :

— Regarde le soleil, Michel.

— Il est haut, déjà. Vers neuf heures, guère plus-guère moins. Pourquoi tu me demandes, elle ne marche pas, ta boîte à horloge ?

— Si, justement. Le soleil se lève, en Nouvelle-France : là-bas, il est quatre heures.

— Le même soleil que nous ?

— Évidemment — réfléchis un peu, voyons ! Tu vois l'aurore sur le Saint-Laurent. À Gaspé, son embouchure a cinquante lieues de large. Le soleil se lève, derrière Gaspé...

Michel jugeait que la mi-nuit était proche, et il n'espérait plus la venue de François Veillon avant le jour. Il aurait pu barricader la porte du moulin, demeurer à l'abri de ses murs jusqu'au matin. Il préférait rester à l'embrasure de la porte, et regarder le ciel. Il n'avait que trop rarement à son gré l'occasion de se laisser aller à cette contemplation : ses sorties nocturnes le rivaient à la terre, dans le guet du braconnage, dans la tension et l'alerte de ses transports du sel. Ici, l'inaction de l'attente lui offrait le ciel...

Il était sept heures du soir en Nouvelle-France, la nuit de janvier y était tombée depuis longtemps. Les mêmes étoiles scintillaient de leur éclat froid sur la Grande Rivière figée dans ses glaces d'hiver, et sur les berges inondées du ruisseau de Cathelogne. La même voûte céleste pour les neiges du Mont-Royal et pour les broussailles du Défens : le ciel étoilé abolissait les distances, entraînait Michel dans un immobile et vertigineux voyage, comme autrefois, en compagnie de Maurillon.

L'aurore sur le Saint-Laurent, au matin de leur rencontre, n'avait été qu'une modeste approche de l'enchantement : la lumière du jour révélait un paysage bocager trop étroit, trop connu, l'imagination y butait sur des enclos, des prés, des friches dont Michel avait parcouru la moindre parcelle. Quoique non avouée, sa déception avait été perceptible à Maurillon. « C'est infiniment mieux, la nuit. Si tu pouvais me rejoindre ici, la nuit... »

La complicité de la Dame Aubina avait permis à Michel ces escapades nocturnes. Deux étés durant, la chère Dame avait été prise d'étouffements, le soir venu : ce fond de vallon l'oppressait, elle ne saurait trouver le sommeil si elle ne montait pas d'abord à son coteau. Et surtout, pas d'inquiétude si elle s'y attardait — puisqu'elle avait son Michel auprès d'elle ! Personne n'avait osé s'opposer aux caprices de la vieille souveraine qui régnait sur la Bêchée. Elle, elle trouvait plaisir à favoriser les rencontres clandestines de son petit-fils et du jeune baron. Assurait à Michel que cela lui rappelait ses jeunes années : les élans du cœur, qu'ils fussent d'amour ou d'amitié, lorsqu'ils se montraient assez forts, ne se laissaient pas entraver par les barrières de naissance ! « Prends ton temps, mon petit. Ici, je suis bien. Une de ces étoiles, c'est mon Jamonneau qui me parle et m'attend... »

Michel courait jusqu'au Défens. En voilant les repères terrestres, les ténèbres donnaient libre champ au rêve, et la magie prenait corps. Le généreux seigneur canadien conduisait son « meilleur colon » sur un chemin d'astres, entre nord et levant, qui suivait le cours du fleuve : il suffisait de lever les yeux pour voir le ciel de Ville-Marie, de Québec, de Tadoussac... pour longer l'île de Mont-Réal, l'île d'Orléans, l'île aux Coudres... pour passer le Cap-Tourmente où l'eau de la Grande Rivière commençait à prendre une amertume saline, quoique l'océan fût encore à des centaines de lieues !

— Tu es certain, les mêmes étoiles ?

— Les mêmes.

— La rotation de la Terre, que tu m'as expliquée pour le Soleil, ça ne compte pas, pour les étoiles ?

Maurillon se faisait évasif, et Michel se gardait d'insister dans la crainte des « je t'apprends... » et « je te signale » qui auraient détourné le Saint-Laurent de ses rives célestes !

— Alors, cette grosse brillante bleue, en mitan de ciel, on la voit en ce moment sur ma concession ?

— Nous la voyons, Michel. Je t'apprends qu'elle s'appelle...

— L'étoile Maurillon ! Jamais je veux savoir son autre nom !

— Je suis flatté ! Je te signale, toutefois, que je tiens à rester longtemps sur terre, et ne pas prendre place au ciel avant l'extrême vieillesse !

Ils riaient, ils étaient deux enfants pour qui la mort n'existait pas...

— Tu y crois, toi, comme ma grand'mère, que les étoiles ce sont les bienheureux du Paradis ?

— Il s'agit d'un symbole, naturellement. Un symbole, je t'apprends, c'est...

Dans la nuit de janvier, au-dessus du Défens, ce n'était pas seulement dans la contemplation des astres de Nouvelle-France que Michel trouvait un réconfort. Les lumières symboliques de la Vie éternelle le rassuraient de leur clignotement : l'étoile Maurillon brillait toujours pour lui. Le père Grolleau se trouvait là-haut, lui aussi, depuis l'année passée... Si les esprits du Paradis conservaient leur parole de vivants, la vieille grolle curieuse trouvait-elle encore un imprudent à tancer ? Une âme éperdue de frayeur à réduire au silence en lui criant, comme un matin de juin :

— Sacré nom de dieu d'imbécile, tape ta goule, asteure !

Avec étonnement, Michel reconnut sa propre voix, amplifiée par le calme de la nuit. Et, plus stupéfait encore, il entendit François Veillon lui répondre que pour sûr, il comprenait ce coup de colère... mais fallait quand même écouter ce qu'il avait à prétendre pour sa décharge : son voisin Rautureau, qui l'accompagnait, pouvait en témoigner ! C'était encore un coup de ces maudits religionnaires, jamais donc on serait débarrassés de leurs simagrées, même morts fallait encore qu'ils emmerdent les mondes* ! Sa pauvre Veillonne et ses deux drôlesses

---

* Les *mondes* : les gens.

avaient eu des convulsions de nerfs, tant que ça les avait mises en épouvante, de voir cette horreur ! Et, de ce fait, il avait point pu les laisser avant qu'elles aient repris leurs sens, et ça en avait demandé, un temps, et presque le cruchon d'eau-de-vie y avait passé...

— Ça fait que me voilà en retard, la première fois de ma vie ! Cinquante livres de mieux, ça te va ? On pourra pas dire que François Veillon a manqué sur l'heure sans en payer bon prix ! Salauds de religionnaires, elle me coûte gros, la mascarade ! Cinquante, ça te convient ?

— Bien sûr. Mais de quoi parles-tu ? Quelles simagrées ? Quelle mascarade ?

— J'en ai assez vu, je veux pas y revenir en paroles, tant que c'est une abomination : je suis point si fragile que les femmes, mais peu a manqué que je rende tripes et boyaux ! Demain, tu seras à même de me comprendre, la procession passe au Plessis. Une honte ! T'as core rien dit là-dessus, Rautureau. À ton avis ?

L'avis de Rautureau, c'était que la dormie s'annonçait courte, pour la nuit. Et que moins on causerait sur ça, mieux qu'on se porterait !

Michel avait dû céder devant la colère du père, et les pleurs de la mère, et la tempête qu'il avait soulevée ! Il gravissait, avec toute la famille, le chemin qui menait au Plessis, et quoiqu'il s'attendît au pire, après les propos inquiétants de Veillon, ce qui le taraudait davantage encore, c'était l'obligation d'obéissance aveugle où il se trouvait !

Une seule phrase de lui, et la maisonnée Jamonneau en avait été agitée d'une violente scène...

— Je m'en vas aux nouvelles, à la cure.

Quoi ? — jamais le père n'avait crié si fort... Ce grand va-de-la-goule, il allait encore se mettre en travers de

Monsieur le Curé Bruslon ? Ça suffisait pas d'une fois, la coyonnade de 85 ? Un marguillier s'était détourné jusqu'à la Bêchée pour donner commandement de se tenir au Plessis, à midi, et y avait pas à demander à cause de, vu la mine qu'il faisait ! Ordre du curé, y avait pas à chercher la raison ! Et parole de Louis Jamonneau, si Michel s'avisait de se rendre à Augé pour lanciner Bruslon, il serait renié pour fils !

Hé mâ din ! — la mère pleurait en fontaine... Celui-là, Michel, il la ferait mourir avant son heure ! Toujours à se prendre pour un autre* ! Toujours à penser que juste en ouvrant le bec, il ferait tourner le soleil à l'envers !

— Le soleil, vraiment, mère ? Ce n'est pas l'idée qui me vient, devant le curé Bruslon !

— Mais vois-le donc, Louis, la bouche en coin qu'il me fait ! Je préférerais mieux une pochetée de sottises, que cet air à moquer le monde ! « Le soleil, vraiment, mère ? » Faut que j'endure ça !

Le retroussis de lèvres de Maurillon... L'ironie de Maurillon... Michel se força à changer de ton, et de visage :

— Pardonnez, mère, si je vous peine. Je voudrais juste me renseigner. Savoir pour quelle raison nous devons nous rendre au Plessis. Est-ce trop demander que prétendre être traités autrement que des bêtes ? L'on nous dit « hue ! », et il nous faut aller sans connaître le pourquoi ! Je ne l'accepte pas.

— Tu l'entends, Marie ? Et savoir... Et prétendre... Et connaître... Et Monsieur, il accepte pas... C'est-y dans ces manières que tu l'as élevé ?

— Moi ? Tu me ferais reproche ?

Le père avait tenté de protester, non-non, juste le contraire qu'il avait dit, elle s'était méprise — mais la

* Avoir une idée trop haute de soi.

mère hoquetait trop fort de sanglots et de courroux pour comprendre.

— Ses manières... et sa tête de mule... faut pas chercher... pas chercher loin pour trouver d'où qu'elles viennent...

— Marie !

— Tu me feras pas taire ! Rappelle-toi donc s'il était pas son préféré, à peine si les autres existaient pour elle ! Alors, va t'étonner de ses façons, à ton gars, il les tient de ta mère ! Et aussi...

— Suffit sur ma mère, je te préviens !

Et, ce disant, le pauvre homme avait levé la main en menace — geste insensé venant de lui — et l'agitait, comme on fait pour annoncer la gifle à un enfant. Michel avait tenté de les calmer, non, il n'irait pas à Augé, puisqu'ils s'en montraient si fort contrariés... Il était trop tard : ni l'un ni l'autre ne l'avaient entendu.

La mère poussait des cris déchirants, c'était bien la première fois que son homme la tapait, et jamais de la vie elle aurait cru ça possible ! Puis elle s'était effondrée sur un banc, comme si le coup était réellement parti et l'avait renversée par sa violence.

Nanette et Belle-Marie, qui jusque-là étaient demeurées en retrait au fond de la chambre, s'étaient précipitées vers leur mère et pleuraient avec elle. Michel, à ce moment, avait pensé à la réflexion de Veillon : « Je suis point si fragile que les femmes, mais j'ai manqué de rendre tripes et boyaux... » Vers quelle horreur les ordres de Bruslon conduisaient-ils sa mère et ses sœurs ? Un instant, il en avait oublié qu'il se trouvait au centre, à l'origine de la dispute... Son père le lui avait rappelé en le secouant aux épaules :

— T'as vu ce que t'as fait, mauvaise bourrique ? Arrête de pleurer, ma bonne Marie, je t'ai pas battue, rien ! C'est par la colère qu'il m'a jetée que j'ai levé la main. Sur lui, pas sur toi. Ça me ronge le cœur, que tu m'aies pensé capable de ça. As-tu pas vergogne, chéti* drôle, de faire pleurer ta mère ? Et tes sœurs, elles pareil, pauvres mignonnes ? Et même Jacquet, ce bon gars, qui dit rien, mais qu'a l'air tout détreviré ? Il ne sonne mot, mais vois donc sa mine.

Jacquet avait laissé tomber le panier qu'il confectionnait — depuis un moment, il roulait en effet des yeux effarés.

— Pour sûr que je me fais gros de souci : à force de leurs brailleries**, ce putain de ruisseau va remonter ! M'est avis que si ça continue, on n'aura pas longtemps le cul au sec, même dans la chambre haute !

Nanette avait ri la première... La gaieté de Nanette, si communicative qu'elle avait entraîné jusqu'à Belle-Marie la revêche ! Et la mère : c'était-y Dieu possible, ce Jacquet, avec ses rigourdaines, il ferait rire un mort ! Et le père : ah ! il s'en souviendrait longtemps, de ce jour où qu'il avait battu sa femme, et que la malheureuse en avait manqué de noyer dans ses pleurs !

Michel n'avait pas reparlé de se rendre à la cure. Avait hésité, au moment du départ, lorsqu'il avait entendu sa mère et ses sœurs parlementer sur leur tenue : devaient-elles mettre ou non les habits du dimanche ? D'un côté elles penchaient pour oui, sûrement qu'on allait voir passer une procession... Et de l'autre, elles estimaient que non, vu l'état du chemin, les cotillons seraient gâtés de boue. La mère avait tranché : seulement le bonnet, pour marquer un peu cérémonie, quand même...

Les trois femmes finissaient par se réjouir franchement de cette sortie imprévue — d'autant, avait ajouté Nanette, que ça ferait bonne occasion de rencontrer leur sœur Louise, qu'on voyait guère depuis qu'elle avait marié son

* *Chéti :* méchant.
** *Brailler :* pleurer.

Goumy ! Et Michel s'était tu : il n'avait pas su trouver les mots pour leur faire comprendre qu'elles s'en allaient vers un cauchemar dont lui-même ignorait la nature.

Il y avait eu encore un simulacre de dispute, au pied de l'escalier qui reliait la chambre haute et la maison*. Et des rires, à nouveau : qui allait porter qui ? Nanette, elle n'avait pas confiance sur Jacquet ! « Hé-bé, alors, on change, tu me prends sur ton échine, poison de drôlesse ! » Belle-Marie, elle aussi, se fiait davantage à Michel pour joindre le chemin sans encombres ! Et pareillement le père et la mère... Jacquet avait fait mine de grosse fâcherie : « Dans ce cas, pas de raison, Michel me portera moi avec, hue Cocotte ! »

— Quelle bonne pièce, ce Jacquet ! Allez, mes drôles, fini de la plaisanterie. Michel, tu fais passer ta mère, et Jacquet prend Nanette, puis vous revenez nous quérir, moi et Belle-Marie.

Jacquet avait henni et caracolé jusqu'à la porte, Nanette criait de joie en faisant mine de le fouetter : plus vite, allons, plus vite ! Même la mère riait de leur amusement, sur les bras de Michel !

Et cependant, qu'elle était sinistre, la maison où stagnait encore une coudée d'eau noire, avec ses meubles de guingois sur des bûches et des fagots ! Avec le vaisselier de la Dame Aubina, et sa corniche fendue ! Michel s'était senti seul, désespérément : Dame Aubina était morte, Maurillon était mort, et à cet instant il ne savait plus faire parler leur souvenir...

Ils avaient déposé Nanette et la mère, ils revenaient vers le moulin, et Jacquet — enfin ! — ne faisait plus ses singeries. « Dieu merci, s'était dit Michel, je ne l'aurais pas supporté... Il portera le père, ça le tiendra tranquille, peut-être ! »

---

* La *maison* : la pièce commune.

— Je suis pas aussi con que tu crois. Moi, j'ai pris prétexte de livrer de la toile à Augé, hier au tantôt, durant que t'étais au Défens. Et je sais ce qui nous attend. Valait mieux rigoler avant, je te le garantis. Toujours ça de gagné ! Tu me prends pour une andouille, souvent — pas la peine de branler non-non, ça se devine à ta figure —, et eux tous de la famille, pareillement. Mais s'il me restait pas ça, les bonnes ventrées de rire, qu'on n'a pas à payer l'impôt dessus ni demander permission... eh bien, je préférerais mieux me détruire tout de suite !

Michel n'avait pas eu le temps de questionner, ils étaient arrivés à la porte de la maison, et Jacquet avait changé de ton :

— Lequel que vous voulez comme bourrique, père ? Michel ! Parfait-bien : s'il vous laisse choir, vous aurez largement l'aise de sécher vos hardes, du temps qu'il vous fera ses beaux raisonnements !

— Vous vous étez encore gringuenacés, mauvais drôles? C'est-y le moment ?

Les gens du Bas-Plessis étaient présents, eux aussi. Et ceux du Rivalier, et de la Bernerie. Il y avait là de très jeunes enfants qui profitaient de l'occasion pour jouer à marelle, à loup-perché ; leurs cris joyeux détendaient l'atmosphère pesante d'inquiétude, et couvraient les interrogations, et les informations vagues échangées par les adultes.

— Moi, j'ai vu dire qu'on regardait passer un enterrement.

— Et de qui ? Personne est mort, le glas n'a point sonné depuis une quinzaine !

— D'après* qu'il serait pas de la paroisse. De Fonvérines, vers là, ou de Cerzeau.

— Un Monsieur de..., alors, pour qu'on déplace tous ces mondes ?

— Même pas. Un journalier. Un de la R.P.R. Mais converti, et bien fidèle à la grand-messe, depuis dix et des années. Je tiens ça de la Bénarde, elle est tant curieuse, pas vrai, que si ça se lâche un pet à deux lieues de sa porte, elle te dira le nom du cul qu'il est sorti !

La réflexion fit rire, se propagea de groupe en groupe, les enfants n'étaient plus les seuls, à présent, à se réjouir de cette réunion inattendue, une bonne idée qu'il avait eue, Monsieur Bruslon, de faire honneur à un vrai bon converti...

Michel tira Jacquet à l'écart. Jacquet qui, pour une fois, ne faisait pas le joyeux drille dans cette animation de gaudrioles et de gaieté.

— Qu'as-tu appris, Jacquet ?

— Ce converti, que Bruslon tient à lui faire honneur... oh putain de merde, c'est-y permis, ça fait trois mois qu'il... Les voilà. Vite, faut qu'on s'en retourne auprès de la mère et de nos sœurs !

Il y eut une longue pause de silence horrifé que rompit une voix de fillette, lorsque le curé descendit de sa mule :

— Monsieur le curé, il a tué son goret, donc ?

La mère de la petite la tira contre elle, lui couvrit la tête de son devantier : la mule traînait une claie sur laquelle un cadavre nu était attaché... Un cadavre marbré de dégoulinantes traînées rouges**... Un cadavre salé... Deux marguilliers suivaient, chacun portant un seau empli de sel.

---

* *D'après* : selon ce qui s'en raconte.
** Le sel de gabelle, dit « vrai-sel », était mêlé d'impuretés qui le coloraient, le distinguant ainsi du « faux-sel ».

Le curé Bruslon ouvrit les bras, comme au prêche :

— Laissez venir à moi les petits enfants..., a dit Notre-Seigneur. C'est sa voix que vous venez d'entendre dans les mots de cette enfant innocente. Qu'on ne détourne pas les yeux ! Qu'on ne gémisse pas ! Pleurez-vous devant une charogne ? Tous et toutes, je vous ordonne de regarder. Cette carcasse n'est point d'un chrétien, et telle, elle a été exhumée d'une sépulture qu'elle avait usurpée par une fausse conversion ! Charogne elle a été reconnue par jugement, et charogne elle finira aux ordures de la voirie ! Que les hommes s'approchent et jettent une poignée de sel sur ces restes immondes, en témoignage de leur foi catholique ! Qui se récusera sera tenu pour complice des religionnaires, et j'aurai soin de ne pas oublier leur refus. Faut-il donc vous le répéter ? Nul ne bouge ? Je suis le bras de Dieu, et craignez ma colère !

Les femmes poussaient leurs hommes : vas-y, je t'en supplie, on connaît bien assez de misères déjà... et ils avançaient, puisaient une poignée de sel, détournaient leurs yeux de la claie... « Regarde ! » tonnait Bruslon. Ils revenaient, face défaite, serraient contre eux leurs épouses et leurs enfants, chairs vivantes dont ils avaient entrevu le devenir...

— Faut qu'on aille, mes gars — souffla Louis Jamonneau, lorsque tous les hommes présents eurent jeté le sel sur le cadavre.

Et il pressa fort le bras de Michel en ajoutant :

— Mon petit... mon petit... faut que tu penses à nous...

C'était un gémissement, bien plus qu'un ordre, et Michel suivit son père et son frère. Il ne put cependant se contenir jusqu'au bout. Les yeux dans les yeux de Bruslon, il fit lentement couler le sel — sur la terre, et non sur la dépouille. Le curé ne cria pas, et les lamentations horrifiées que les femmes à présent ne retenaient plus couvrirent ses paroles :

— Tu devrais pourtant, mieux que personne, savoir le prix du sel, Jamonneau !

Puis, à voix forte, lorsque Michel fut retourné parmi les siens, Bruslon entreprit d'exhorter ses ouailles : s'ils avaient été choqués par cette ignoble pourriture, il ne tenait qu'à eux, désormais, d'en éviter la vue ! Qu'ils dénoncent sans pitié ni relâche tous ceux qu'ils soupçonnaient de fausse abjuration ! Que ce fût voisin ou parent, qu'ils traquent et fassent connaître les enragés religionnaires qui suivaient encore les prêches du Désert, malgré leur feint renoncement ! Qu'ils les désignent à la sainte colère de l'Église et du Roi — de leur vivant, non après leur trépas ! Ainsi les bons catholiques seraient-ils épargnés de l'effroyable vision de la claie, instrument de la vengeance divine*...

*

* *

Michel s'arrêta brusquement alors qu'il apercevait déjà entre les arbres les toits de la Bêchée : il venait d'entendre le sifflement de merle par lequel Nanette lui signalait le danger, lorsqu'elle faisait le guet durant leurs nuits de braconne. Il la vit apparaître à quelques pas de lui. Et s'approcher, un doigt sur la bouche. Elle se jeta contre lui, elle soufflait : « Va-t'en, va-t'en ! » — et elle pleurait.

— Que se passe-t-il, Nanette ?

— Cause tout bas, je t'en supplie. La mère, chaque

---

* La condamnation *post mortem* à la claie avait été pratiquement abandonnée dès 1686, tant elle choquait la population. Bossuet lui-même déclara : « Cela ne fait pas bon effet... » D'autres curés que Bruslon la pratiquèrent cependant en Poitou jusqu'au début du XVIIIe siècle, et les dénonciations de protestants restèrent très nombreuses.

soir, met de l'herbe aux chats* dans leur vin chaud, mais ça n'empêche, des fois ils se réveillent en mitan de nuit, et ils font une ronde alentour du moulin et dans le bois.

— Qui ? De qui parles-tu ?

— Des gens d'armes qui sont chez nous pour te crocher à ton retour. Le curé t'a dénoncé, pour le sel. Et Dubois, de la Cantinière, qui te le fournissait, il a donné aussi ton nom, sous les tourments. Lui, ils l'ont fermé à la tour de Fingall, paraît qu'on n'en sort que pour être pendu, ou bien pour les galères. Attention ! Ça me semble d'avoir entendu couiner la porte !

Interminable attente au creux d'un layon obstrué de feuilles mortes... Il semblait à Michel qu'il entendait les battements de cœur de Nanette. Dans quelle catastrophe avait-il entraîné les siens, en provoquant Bruslon ? Voilà qu'ils se trouvaient, par son inconséquence, à la merci de soudards tourmenteurs ! Il avait cru pourtant faire preuve de prudence en laissant trois mois s'écouler avant de repartir au sel. Trois mois durant lesquels Bruslon, jamais, ne lui avait marqué le moindre ressentiment... Ainsi pratiquaient les chats avant de croquer la souris : ils feignaient l'indifférence, attendaient qu'elle s'éloigne, et puis jetaient la patte, et la griffe, et le croc !

— Non ! Je me suis trompée. Écoute-moi sans me couper parole, le temps presse, et...

— Je vais me rendre à eux, Nanette. Je ne veux pas qu'ils vous tourmentent par ma faute.

— Si tu fais ça, je m'accroche à toi, et pour le coup qu'ils nous tenailleront, de les avoir si bien emberlificotés ! Le père et la mère, ils t'ont maudit sur la Croix, pour la honte que tu portes à une honnête famille. Jacquet, des fois, il les accompagne sur l'autre côté du vallon, et

* L'*herbe aux chats* : la valériane, employée comme calmant et léger somnifère.

leur prétend que ça sera pas besoin de corde pour te pendre, s'il est auprès d'eux quand ils te trouveront ! Moi et Belle-Marie, on pleure tout le temps de l'affront d'un si mauvais frère ! Mais tous on t'aime et te bénit, Michel, et on veut que tu restes à la vie : c'est la raison que je viens te guetter, chaque nuit. Voilà ton acte de baptême. Jacquet dit que tu dois t'engager soldat, pour loin-loin-loin, aux armées ils iront pas te chercher. Il dit pour la Nouvelle-France. Il dit que dans le temps, tu voulais y aller. Et aussi, il dit... de te dire... qu'il est point si... si... sot que tu croyais : il sera capable de tenir les moulins. Va-t-en, à présent, et doucement sans bruit. Ils finiront par se lasser d'attendre, les trois gars. Et ne tracasse pas sur nous, ils ne sont point mauvais, ils m'appellent la petite mignotte. Demeure en vie, Michel, c'est ce qu'on te demande. S'ils te rattrapent, on le saura, le curé a demandé d'être témoin à ton jugement : le vicaire Hennequin, qui nous a prévenus, lui aussi il te bénit, et te souhaite chance... On mourra de chagrin si tu es pris.

Nanette s'enfuit sans laisser à Michel le temps de lui répondre. Il resta longtemps immobile, dans un bouleversement tel qu'il n'en avait jamais connu. Cloué au sol. Incapable de décision. Les paroles de Nanette tournoyaient en délire dans sa tête : « On mourra de chagrin... on les a emberlificotés..., point mauvais les trois gars..., la petite mignotte... »

Et tout s'ordonna soudain : il lui fallait partir, et rester en vie, et écarter trois hommes « point mauvais » de Nanette, la petite mignotte, avant que l'inaction de l'attente ne les poussât à des élans plus précis...

Il remonta, en évitant le moindre bruit, le chemin qui conduisait au Plessis. Puis redescendit par le bois, cassant des branches, faisant rouler des pierres... À mi-coteau, il rebroussa chemin : les gens d'armes étaient sortis de la maison... Criaient : « C'est lui ! Sus ! Il pourra pas nous échapper ! »

Quinze jours de traque ! Quinze jours durant lesquels Michel s'était fait bête sauvage, silencieuse et insaisissable : il devinait aux bruits, aux odeurs même, que d'autres chasseurs avaient relayé les premiers poursuivants. Enfin il avait senti la côte proche, il lui avait fallu quitter l'abri des bois et des marais, entrer dans une ville, et...

... quelle chance insensée il avait eue lorsque, près d'être rejoint, il avait déboulé devant cette taverne de Rochefort où battait le tambour d'un sergent-recruteur !

Deuxième partie

Le Saint-Laurent

« Le 28 mai, environ les 5 heures, nous allâmes mouiller entre le Cap-Tourmente et le Cap-Brûlé, nous y jetâmes l'ancre à un quart de lieue de terre, avec la *Perle* et la *Bretonne*... »

(Extrait du journal de bord de l'*Arc-en-Ciel*.)

Chapitre 5

La première question, n'oublie pas...

— Pour sûr, t'en as eu de la chance ! Une chance de cocu, je dirais ! Si tu prends femme en Nouvelle-France mon gars, faudra que tu la surveilles, si Vive-l'Amour est de ton voisinage !

Michel répondit sur le même ton. S'il se mariait, et pour l'instant il n'y pensait guère, l'épouse de Laliberté serait pourvue d'amitié en suffisance, pour ne point faire câlin-câline avec le premier coq venu — surtout avec un coq quasiment déplumé !

Vive-l'Amour rit longtemps de la réflexion, ajoutant même, en frappant son front dégarni, que mieux valait ne pas s'y fier : à bon tambour, bonne baguette !

— Et la mienne, sacré bon-Dieu, c'est...

Vive-l'Amour s'interrompit brusquement à l'approche d'un sergent. Et changea de registre :

— Ça mais, mon Dieu, c'est... quoi, comme bête ?

Ce n'était pas la première baleine qu'ils voyaient depuis qu'ils faisaient route dans le golfe du Saint-Laurent, mais celle-là, elle arrivait à point nommé pour permettre à Vive-l'Amour de répéter : « Ça mais, mon Dieu ! mon Dieu ! », dans l'espoir — attesté par un clin d'œil en direction de Michel — de berner un sergent particulièrement pointilleux sur les jurements ! Jugeant sans doute qu'à trop vouloir prouver il allait obtenir l'inverse du résultat escompté, Vive-l'Amour finit par se taire après avoir jeté un dernier « mon Dieu ! », cette fois pleinement justifié : nombreux étaient les soldats qui, déjà, étaient tombés à genoux sur le pont et faisaient leur signe de croix !

La baleine, en effet, était colossale de taille, et paraissait prendre l'*Arc-en-Ciel* pour compagnon de jeu : elle surgissait à babord, comme une île soudain jaillie du fond de l'océan, ondulait un moment à quelques encablures du vaisseau, plongeait dans un vaste remous qui bousculait les hommes en tangage et roulis de tempête... et reparaissait à tribord, sombre, ruisselante montagne voguant à l'erre du navire... et s'enfonçait à nouveau, laissant un instant onduler la nageoire fourchue de sa queue, qui semblait presque aussi haute que le mât d'artimon !

— Tu crois qu'elle passe sous la quille ? Et si elle s'avisait de remonter à ce moment, nom de Dieu, ça nous...

Michel fit signe à Vive-l'Amour de se taire : le sergent se tenait trop proche, à présent, pour qu'il fût possible de travestir un blasphème en prière ! Vive-l'Amour haussa l'épaule, prit une mine forcée de contrition — mais souffla à Michel que tant pis, un jurement de plus ou de moins ne changeait guère, pour lui : ce gros lard de sergent l'avait déjà prévenu de ce qui l'attendait à l'arrivée...

— Et moi, je lui ai répondu tout carré que je m'en foutais !

Cependant, Vive-l'Amour se tint désormais muet... Se contenta de mimer ses jurons du seul mouvement des lèvres, à chaque plongée de la baleine... Il avait peur, sans doute, comme tout un chacun, et pourtant ses yeux se plissaient de malice, il jouait un bon tour au sergent, il sacrait en silence !

Probablement était-ce cette gaieté, et même cette verdeur de langage, qui avaient porté Michel en sympathie vers Jean Bénard, dit « Vive-l'Amour », dès les premiers jours de leur embarquement — alors qu'ils avaient failli se battre lors de l'attribution des surnoms de marine !

Ce bon luron lui rappelait Jacquet, rien ne parvenait à abattre sa joie de vivre. Des vers et du moisi dans le pain de biscuit ? — « Baste, ça se ressemble juste à la tourtière de Pâques, rien n'y manque, ni la viande, ni les œufs, ni la verdure ! » Les Anglais et les Iroquois qui préparaient les fusils et les flèches en Nouvelle-France ? — « Allez, les gars, ça sera toujours temps de serrer les fesses, faut pas se tuer avant que la mort vienne ! » Les êtres aimés qui pleuraient le départ du fils, du frère ou du trousse-jupons ? — « Tracassez pas sur ceux qui sont demeurés au pays : chaque jour, ils remercient le Ciel que nous, au moins, on soit tirés de la merde ! Y en a-t-y un, ici, un seul à prétendre qu'en France il était pas dans la chiasse jusqu'au cou ? »

Vive-l'Amour, par sa joyeuse gaillardise, donnait à Michel l'espoir qu'à la Bêchée, Jacquet avait repris à rire, et plaisanter, et lâcher ces « gros mots » qui offusquaient tant Belle-Marie ! La famille, à présent, était assurée que les gens d'armes étaient rentrés bredouilles de la chasse lancée par Bruslon, et la belle humeur de Jacquet, peu à peu, apaiserait le chagrin de la séparation... « Lui, au moins, il est tiré de la merde ! » Était-ce Vive-l'Amour ou bien Jacquet qui avait prononcé ces mots ?

— Cette saloperie de poisson, elle a quand même fini par lâcher de nous suivre, putain, ça m'a...

— Je te l'ai déjà dit, ce n'est pas un poisson, Jacquet, c'est...

— Ho ! Hé ! Mon camarade ! Redescends du grand mât ! Pourquoi je l'appellerais pas poisson, ce bestiau, puisque toi tu m'appelles Jacquet ?

— Moi, je t'ai... ? C'est que tu ressembles à mon frère, et je pensais à lui. Il aime la rigourdaine, comme toi, et va même jusqu'à prétendre qu'il préférerait se détruire, s'il ne pouvait rire à son aise.

— C'est donc un sage, ton frère. Mais je parierais ma culotte que ça t'arrivait de le prendre pour une andouille ! « Je te l'ai déjà dit, Jacquet, et gna-gna-gna... » Cette gueule que tu me faisais ! J'ai pas raison ?

— Si-fait. Mais cela ne le touchait guère. Il prenait mine de grosse colère, lâchait des bordées d'injures, puis revenait vite à la belle humeur. Je garde quelque peu de remords, cependant, d'avoir eu parfois cette attitude avec lui.

Hou-là ! Ce qu'il causait bien, Laliberté ! « Quelque peu de remords... » Vive-l'Amour s'en étranglait de rire ! Puisque le dénommé Jacquet lui ressemblait, il s'en foutait pas mal, que le grand frère prenne ses grands airs pour expliquer la différence entre ouaille et aumaille* ! Le dénommé Jacquet, à ces moments, il se pensait tout seul que le plus con des deux, c'était pas lui !

— Tu crois vraiment qu'il ne me tient pas en rancune ?

— Eh oui, que je le crois ! Dis donc, tu vas pas garder cette face à chagrin ? Moi, je sais pas consoler les garçons. Les belles filles, d'accord : je suis équipé pour. Mais, parole, même si la traversée durait jusqu'à la fin des temps, grand jamais je pourrais te dire : fais risette à Vive-l'Amour, ma mignonne ! Bon, je vois, rien qu'à l'idée, ça te déride. Vous étiez quand même une bonne paire de compains, toi et ton frère ?

— Oui. Je... Je te remercie. Et je...

— Arrête de violoner, pour peu tu me ferais verser des larmes ! Et puis, si... comment que tu m'as tortillé ça ? Si... quelque peu de remords te démangeait encore la

---

* Les *ouailles* : les moutons ; les *aumailles* : les bovins.

couenne, plutôt que de gratter la rogne* jusqu'au sang, aux premières nouvelles que t'envoies, tu fais savoir à ton frère que...

— Des nouvelles ? Mais comment veux-tu ? Si j'étais parti avec Maurillon, oui, cela aurait été possible. Lui il savait lire, et écrire. Et, j'en suis certain, sa mère aurait trouvé le moyen de...

Ta-ta-ta ! Vive-l'Amour non plus ne connaissait ni *a* ni *b*, et ses parents ils signaient d'une croix ! Vive-l'Amour, il voyait pas la différence entre un poisson et une baleine, sauf à la taille, et il était moins savant sur la Nouvelle-France que le Sieur Jamonneau, dit Laliberté-d'emmerder-le monde avec-ses-prônes, seulement voilà...

— Moi, je sais que ça existe des moyens autres que de tremper la plume et chier des mots d'écrit, pour donner des nouvelles. Y a donc pas un gars de ta paroisse qu'aye déjà foutu son camp au Canada ?

— Non. Je suis le premier.

— Alors, je vas te faire la leçon, à mon tour. Tu te présentes à un curé — c'en est plein partout, en Nouvelle-France, à ce qu'on prétend —, tu lui dis : « Je m'appelle Untel, venant de telle paroisse... Au bout de mes trois ans, j'ai reçu une belle concession à tel endroit, je me suis marié, et pan-pan-pan, j'ai déjà deux garçons, une fille, et ma femme encore pleine. » Le curé, il arrange autrement, bien entendu, en mots de curé, et... T'as pas l'air de me croire ? C'est pourtant la raison que j'ai quitté Poitiers, où c'était la misère noire pour un manouvrier comme moi : un dimanche, après messe, Monsieur Guilleminot a lu un écrit du curé de Trois-Rivières. Ça parlait de gens qu'on connaissait pas, et puis tout d'un coup : « Pierre Landreau — c'est un frère à ma mère — a une concession de trente arpents à Trois-Rivières, et son foyer est béni d'une nom-

* La *rogne* : la croûte sur une plaie.

breuse descendance. » Dame, faut point être pressé : tonton Landreau, ça faisait sept ans qu'il avait embarqué ! Mais n'empêche...

— Réfléchis un peu, voyons, c'est impossible!

Trop tard pour se mordre les lèvres et regretter d'avoir parlé avec les mots, le ton de Maurillon : Vive-l'Amour semblait vexé à mort par cette interruption et tourna les talons en grommelant que c'était pas demain la veille qu'il causerait à un pisse-vinaigre qui doutait sur sa parole, pour qui qu'il se prenait ?

— Ne te fâche pas, je te crois. Mais puisque je t'ai raconté mon histoire, peux-tu imaginer le curé Bruslon apprenant à ma famille que je me porte bien, que j'ai femme et enfants en Nouvelle-France, et une belle terre ? Ou encore que mon engagement dans la Franche-Marine m'a donné un joyeux compère, qui ressemble à Jacquet ?

Vive-l'Amour admit que là, pour sûr, il s'était montré vrai bourricot ! Ce Bruslon, ça devait lui rester une arête en travers du gosier, et qu'était pas près de passer au trou-de-balle !

— Mais un gars aussi fort en cervelle que toi, je suis certain, t'arriveras à trouver la musse dans la palisse*. C'est-y loin de Poitiers, ton trou de la Bêchée ?

— Comment veux-tu que je le sache ? Regarde, regarde ! Les Sept-Îles, au nord : nous entrons dans le Fleuve... Nous entrons dans le Fleuve, au 26 de mai...

Michel entendit un moment Vive-l'Amour s'esclaffer : ce couillon, il « sachait » pas où c'était Poitiers, mais ces grosses roches qui dépassaient l'horizon, à quatre lieues pour le moins du vaisseau, il « sachait » que...

Michel n'écoutait plus : il touchait au terme d'un voyage commencé quinze années plus tôt, un matin de juin, au Défens. Maurillon était près de lui, était en lui,

* Le passage dans la haie.

penché au sabord : l'*Arc-en-Ciel* traçait son sillage d'écume dans les eaux de la Grande Rivière. Fleuve encore, et déjà océan, le Saint-Laurent roulait le navire dans les courants contraires de ses flots affrontés à la houle du jusant.

Vive-l'Amour se trouvait « aux agonies », selon ses propres termes, depuis qu'avait débuté la remontée du Fleuve. Michel avait tenté de le réconforter, allons quoi, on ne mourait pas du mal de mer... Vive-l'Amour, entre deux vomissements, lui avait gueulé de lui foutre la paix ! Il demandait rien d'autre que crever au plus vite ! Il enviait les chanceux qu'avaient été balancés morts à la mer, durant la traversée ! Et... et... et surtout, il voulait plus voir-plus entendre ce grand con, qu'avait eu l'air d'arriver au Paradis, en entrant dans cette saloperie de rivière !

Ils étaient nombreux à souffrir et rejeter douloureusement leur bile, comme Vive-l'Amour — la plupart dans une demi-inconscience. Les gradés avaient d'abord tenté de relever à coups de pied les malheureux affalés dans leurs souillures, qu'est-ce que c'était cette mauviette, du soldat ou de la femelle ? Le sang avait coulé de faces tuméfiées, le mal de mer laissant insensible à toute autre douleur que son profond déchirement d'entrailles...

Le commandant d'Amblymont lui-même était alors intervenu : qu'on tienne quittes de manœuvres et de brutalités les nouveaux engagés ! Et ce, jusqu'au débarquement ! L'*Arc-en-Ciel* et les deux autres vaisseaux de l'escadre avaient à honneur de toucher terre avec la plus faible perte de chargement — seulement dix-sept hommes morts en mer ! Trois de plus jetés par-dessus bord, et c'en était fait de l'exploit, le moindre chiffre étant jusqu'à ce jour de dix-neuf ! Le commandant d'Amblymont rappelait à Messieurs de l'infanterie que le seul maître à bord, c'était lui. Après Dieu, certes. Mais avant Messieurs de l'infanterie...

Ce répit à la discipline laissait Michel à la fascination de la découverte : le Saint-Laurent, le Fleuve, la Grande Rivière lui ouvrait en majesté le Nouveau-Monde. À la fois familier et insoupçonné. Présent à sa mémoire, à travers le Livre tant de fois relu par Maurillon. Et cependant bouleversant d'inattendu, par cette démesure soudain offerte, palpable, et non plus enfermée dans la sécheresse des mots :

> *« Le Canada est un très grand pays, qui est coupé en deux par un grand fleuve... »*

Il avait cru se préparer au choc de l'immensité en un mois de navigation. Il se rendait compte, à présent, que l'océan n'était qu'un espace sans repères où se diluaient les distances, où se perdaient les regards dans des lointains toujours fuyants, toujours semblables. Seule cette route d'eau, cette énorme percée liquide et ses berges lointaines donnaient une dimension au « grand pays », au « grand fleuve », à l'impensable ampleur de la Nouvelle-France. La Grande Rivière offrait une mesure à l'infini...

La houle de la mer, unique horizon de la traversée, s'était soudain figée en hautes croupes pommelées qui déferlaient, immobiles, jusqu'à la rive nord dont le vaisseau se rapprochait parfois. À perte de vue, un chatoiement de verts, du plus tendre au plus sombre... À perte de vue la forêt canadienne déboulait vers le Fleuve, vers Michel, vers Maurillon...

À une telle distance, les arbres paraissaient des pelotons de mousse, leurs cimes seules étaient visibles et moutonnaient sur les pentes comme une toison serrée. C'était un paysage tendre et colossal à la fois, tout en rondeurs douces et profondes, et caressantes au regard comme un corps de belle femme. Les flèches noires des sapins rompaient parfois cette suavité de formes et de couleurs, et, loin d'en briser l'harmonie, elles la rendaient plus moelleuse et sensuelle à la vue, leur jaillissement aigu soulignant, par contraste, l'opulence charnue du paysage.

Et pareil émerveillement, lorsque la brume ou l'éloignement faisaient disparaître la rive : la Grande Rivière devenait alors son unique contemplation, lui révélait son foisonnement de vie. Il reconnaissait les morues — il s'était joint aux marins d'équipage pour jeter la ligne, aux abords de Terre-Neuve — et les marsouins blancs qui bondissaient hors de l'eau « en quantités admirables, extrêmement grands et gros » — le Sieur Boucher les avait décrits dans le Livre... Mais comment savoir si cette coulée d'argent, ce frétillement de nageoires qui semblait faire escorte au vaisseau des heures durant, avant de disparaître dans les profondeurs... comment deviner si ce ruissellement de poissons inconnus, dans le Fleuve, était un banc de saumons, de maquereaux, de harengs ou d'aloses ?

Et les anguilles ? Le braconnier de la Bêchée scrutait la Grande Rivière et n'en avait pas encore aperçu une seule ! « Certaines grosses comme la jambe... », selon le Livre ! Michel continuait à douter sur l'entière véracité des dires du Sieur Boucher : les anguilles, il les connaissait pour familières des eaux dormantes, des marais, des anses mortes ; pouvaient-elles vivre dans la vitesse et la force de ce courant ? « N'oublie pas, Michel, la première question que nous devons poser en touchant le sol de la Nouvelle-France. — Je n'oublierai pas, nous nous sommes tellement chicanés sur ce point, baron de Gobe-la-Lune : tel homme, pour sa part, a-t-il pêché cinquante mille anguilles ? Le premier habitant de ce pays que je rencontrerai, il saura nous départager, je l'espère ! »

Le doigt de Maurillon, autrefois, le guidait sur une

carte éraillée aux pliures. Les traits sinueux, les taches noires, le mystère des signes d'écriture, à présent s'érigeaient dans la réalité des baies, des caps, des îles, et Maurillon le dirigeait encore dans ce cheminement : « Les Sept-Îles, là-bas... Tadoussac... »

Michel reconnut ainsi que le 28, vers les trois heures d'après-midi, l'*Arc-en-Ciel* avait passé l'Île-aux-Coudres, toutes voiles dehors : à cette allure, ce soir il toucherait Québec ! Des nuées d'oies blanches, très haut dans le ciel, suivaient le Fleuve. Sur les battures de la Baie Saint-Paul, des hérons et des grues picoraient dans la vase, battaient des ailes, claquetaient. Toutes ces voleries et criailleries d'oiseaux donnaient, malgré la multitude, une dimension humaine au passage : la Baie Saint-Paul bruissait comme une gigantesque basse-cour.

Si proches étaient les rives, entre l'île et la baie, que Michel pouvait enfin discerner les arbres. Des chênes. Des ormes. Des frênes. Et d'autres, jamais vus en Poitou : seulement des noms, dans le Livre, seulement des rêves... « Les érables ? Les prusses ? Les cèdres ? Ce soir nous le saurons, Maurillon. »

Deux heures plus tard, un inhabituel vacarme se fit entendre sur le pont supérieur. Des ordres hurlés, des courses, des grincements de treuils et de poulies. Puis le claquement mouillé des voiles qu'on affalait. « Filez l'ancre ! » L'*Arc-en-Ciel* fut secoué de raides soubresauts qui bousculèrent les joueurs de cartes, de dés ou d'osselets. Le mal de mer n'avait guère duré au-delà d'une journée pour la plupart des soldats, mais les exercices n'avaient pas repris. Sitôt expédiées les corvées de propreté, ils s'acharnaient à l'enjeu de leurs parties, comme en un cabaret de village ! Les anspessades* et les caporaux, qui logeaient dans l'entrepont avec la troupe, se mêlaient d'ailleurs à ces distractions — c'était la belle vie, quoi, selon le jugement général, et vive d'Amblymont, qu'avait claqué le bec à « Messieurs de l'infanterie » !

L'*Arc-en-Ciel* s'immobilisa enfin. Jeter l'ancre en plein jour ? Merde, on touchait déjà Québec ? Les soldats s'étaient tous portés à babord, puis ils avaient repris leurs amusements, rassurés par le paysage : on n'était pas à Québec, toujours ça de gagné, le commandant il avait ses raisons pour jeter l'ancre, eux s'en foutaient, par ici la monnaie, atout et ratatout !

Michel, lui, reconnaissait l'endroit, s'il ignorait les raisons du mouillage : le vaisseau était ancré au large de Cap-Tourmente. Sur la carte de Maurillon, il se rappelait un minuscule crochet, une infime avancée de la ligne qui figurait la rive. Et, ici, il lui semblait voir une énorme bête allongée, un monstre de roc au pelage de forêts, qui avait jeté sa patte par le travers du Saint-Laurent avant de s'endormir pour l'éternité.

Selon Maurillon, il s'agissait d'un passage périlleux, redouté des marins, où le Fleuve et les vents se faisaient naufrageurs, ainsi qu'en attestait le nom funeste que lui avaient donné les découvreurs de la Nouvelle-France.

Et, par ce bel après-midi de mai, à Cap-Tourmente, le Saint-Laurent clapotait aussi doux que le ruisseau de Cathelogne, le Saint-Laurent léchait de tranquilles vaguelettes la patte du monstre assoupi : l'*Arc-en-Ciel*, et la *Perle*, et la *Bretonne* s'y reposaient comme des canards sur une mare, à peine bercés d'un imperceptible roulis.

Michel commençait d'entrevoir les multiples visages

* *Anspessade* : échelon le plus bas, au-dessous du caporal, dans l'infanterie du XVIIe siècle.

de la Grande Rivière, ses contradictions de quiétude et de violence, sa double nature de générosité et de barbarie : et telle, il la trouvait infiniment plus captivante qu'en ses rêves d'adolescent. Dieu, qu'elles allaient lui sembler longues, et pesantes, ses trois années forcées dans la vie militaire ! En compagnie de ces soudards qui gueulaient leur plaisir d'abattre la bonne carte et restaient insensibles aux splendeurs qui leur étaient offertes ! « Qu'est-ce que trois années, face à l'éternité ? Tu es vivant, Michel, et moi je... »

Un roulement de tambour interrompit la voix du souvenir : le capitaine de Monic, suivi de tous les gradés, faisait son entrée dans l'entrepont. Les bas-officiers n'eurent pas à hurler rassemblement et silence dans les rangs, l'expression du capitaine avait suffi pour ramener l'ordre et la discipline avant même qu'il eût prononcé le moindre mot. Il avait la réputation d'un homme irascible, aux colères foudroyantes, mais, en cet instant, il paraissait en proie à une fureur démente. Entre le dernier roulement de tambour et les premiers aboiements du capitaine, le silence était si absolu que l'on entendait grincer la chaîne de l'ancre...

L'explosion, après le départ du capitaine. Le débordement d'injures et de fulminations que les officiers n'essayaient même pas d'endiguer, puisque, visiblement, ils partageaient le courroux de leurs hommes : le commandant d'Amblymont, sous des prétextes de marée contraire, de tirant d'eau et autres « billevesées » — selon le mot d'un lieutenant —, refusait d'amener l'*Arc-en-Ciel* plus avant dans le Fleuve ! Et refusait aussi de charger davantage la *Perle* et la *Bretonne* ! Une chaloupe, avec deux marins d'équipage aux rames, était mise à disposition du capitaine et le conduirait à Québec, où il pourrait recruter des canots sauvages : aucun moyen n'étant plus rapide et plus sûr, selon d'Amblymont, « les "Monic" auraient la chance et l'honneur de toucher terre les premiers ! » La chance et l'honneur, mon œil...

— Alors, parce qu'ils se sont bouffé le nez durant la traversée, le commandant et le capitaine, faut que ça soye nous autres qu'on le paie !

— Mon pauvre ami...

Avait-on jamais entendu un lieutenant appeler un soldat « mon pauvre ami » ? Il fallait un bien grand bouleversement, pensait Michel, pour en venir à cette amicale familiarité !

— Mon pauvre ami, il n'y a pas à discuter. Le commandant de l'escadre aime à le rappeler : il est seul maître après Dieu.

Après Dieu ? Après diable, oui bien ! Vieille saloperie ! C'en était-y, d'un tour de cochon qu'il jouait ? Et y avait pas moyen de l'obliger à continuer, cette bourrique ?

Oubliés, les vivats à Monsieur d'Amblymont, qui avait épargné de coups et d'exercices la compagnie de Monic durant les derniers jours ! Le bon commandant qui avait « claqué le bec à "Messieurs de l'infanterie" » n'était plus à présent qu'une canaille, une fripouille, qui se vengeait bassement d'un brave capitaine — soudain paré de toutes les vertus — en livrant aux Sauvages* sa compagnie entière !

L'excitation et la hargne agitaient si fort les soldats, certains d'entre eux allant jusqu'à prétendre qu'ils défendraient chèrement leur peau si on les obligeait à quitter l'*Arc-en-Ciel*... les clameurs et les menaces montaient à de telles extrémités, que les officiers finirent par

* Ce terme, choquant pour nos mentalités du XXe siècle, était alors employé pour désigner tous les Amérindiens.

reprendre leur ton, leur rôle, leur roideur de commandement.

— Il suffit ! Le moindre mot de rébellion, à présent, sera considéré comme mutinerie. Sergents, faites exécuter les ordres. Vous en répondrez sur vos galons. Les caporaux et les anspessades qui ont toléré ce... ce tripot... seront associés aux corvées.

Autre langage, avec les sergents, après le départ des officiers. Le tripot, c'était le bordel, la chienlit ! Ces abrutis, ces saligauds, fallait qu'ils jouent de la brosse, du seau et de l'étrille, fini de rigoler à pique ou à carreau ! Qu'ils récurent leur soue et se décrassent la couenne ! Au soleil couché, que ça ne reste pas une râclure d'ongle de leurs merdes ! Et demain, branle-bas* deux heures avant l'aube. Puis rasage — quoi, y en a qu'ont à dire ? non ? ça vaut mieux pour eux autres —, rasage jusqu'aux trous de nez, cheveux court taillés, et grande tenue ! Ça suffisait à l'avanie, pour la compagnie de Monic, de joindre Québec en canot ! Le capitaine, il voulait voir arriver des soldats qui fassent honneur à son nom, pas des gorets mâtinés d'ours !

Et les sergents tenaient à leurs galons... Dès l'aurore, le lendemain, les chaloupes de l'*Arc-en-Ciel* déposaient sur la grève la compagnie de Monic. Le commandant d'Amblymont avait fait tirer une salve d'honneur pour le départ. Elle avait soulevé des nuées d'oiseaux et provoqué des discussions acharnées. Pour certains, il était honnête homme, quand même, d'Amblymont, il marquait son estime aux engagés de la Franche-Marine. Pour d'autres, il pétait au nez du capitaine de Monic en dernière offense, et les soldats payaient les pots cassés de leurs chicanes !

---

* Le *branle* : le hamac, que l'on décrochait au réveil.

Méconnaissables, les fantassins de la Franche-Marine, dans l'uniforme qu'ils venaient d'endosser pour la première fois ! Seuls manquaient les bas et les souliers, arrimés sur le fourniment, et que l'on mettrait seulement à l'approche de Québec.

Cela faisait d'ailleurs un contraste saisissant : les pieds nus, les mollets velus encroûtés de boue épaisse — soldats et officiers pareillement bottés de vase — et l'élégance de la culotte grise, du justaucorps blanc retroussé sur la doublure bleue, du chapeau tricorne galonné.

Dans leur condition précédente, dans ce qu'ils appelaient déjà le « vieux pays », aucun d'entre eux n'avait connu un tel luxe d'habillement. Ils paradaient l'un devant l'autre, comment ça me va de derrière, mon chapeau est-il au bon aplomb ? Oubliées, pour l'instant, l'humiliation et la peur de s'embarquer pour Québec sur des canots sauvages ! Les hommes caquetaient, minaudaient, vérifiaient l'éclat des boutons de cuivre, se désolaient d'une tache de boue en bas de la culotte, faut peut-être patienter que ça soye sec avant de gratter...

Michel jugeait ridicules et choquantes ces coquetteries de pucelles. Il ne pouvait cependant s'éloigner, les ordres étant formels : on demeurait groupés, à l'abri d'un bosquet, dans l'attente des canots dont trois sentinelles guettaient l'arrivée au bord du Fleuve.

— Laliberté, pas pour dire, mais ça te flatte, l'uniforme. Et la figure... t'es beau comme un Jésus qu'on lui aurait coupé la barbe ! Et moi, alors, comment que tu me trouves ? Le tricorne, ça cache que je suis dégarni de cheveux sur le devant, pas vrai ?

— Fous la paix, Vive-l'Amour ! En tous les cas, ton chapeau, il cache pas ta connerie ! Heu... Pardon-excuse. C'est l'énervement d'attendre...

L'énervement d'attendre ? Pressé d'embarquer, Laliberté ? Fêlé de cervelle, voilà ce qu'il était ! Lui, Vive-l'Amour, il avait plus un poil de sec, à l'idée de se saquer dans un canot sauvage ! Et c'était façon de point ruminer la peur, s'il causait de tricorne et d'uniforme : parce que les beaux affûtiaux de la Franche-Marine, ils retarderaient pas longtemps les poissons, pour bouffer les noyés ! Ou ce que les Sauvages en auraient laissé !

— Sois tranquillisé, mon vieux. D'après le Sieur Boucher, ce genre d'embarcation est au contraire le plus...

Le sifflet des sentinelles interrompit Michel.

— En avant, au pas de course, trois hommes par canot !

Michel fut le premier à s'élancer. Derrière lui, on renâclait et traînait les pieds. Il entendit Vive-l'Amour grogner que le diable les patafiole, le dénommé Laliberté, le Sieur Boucher et leur genre d'embarcation de merde...

Jamais Michel n'aurait pu imaginer une telle félicité pour les dernières heures de la longue traversée entre La Rochelle et Québec : un canot d'écorce, à ras de l'eau, l'amenait au terme du voyage.

Enfin respirer le Fleuve à pleine poitrine... Goûter sa saveur mêlée d'océan et de rivière, douceâtre et amère à la fois... Plonger la main dans le courant, en éprouver la puissance sur sa paume... Prendre possession de la Grande Rivière, de son eau vivante, de son odeur, la caresser et la palper comme en amour...

Le soleil de midi polissait le flot comme un miroir, une coulée d'étain où se reflétaient de puissantes architectures de nuages : le ciel lui-même était plus vaste, en Nouvelle-France, qu'au-dessus des bocages poitevins. Même soleil, mêmes étoiles, assurait Maurillon... Michel se prenait à en douter en contemplant ces montagnes de nuées qui auraient obscurci le ciel entier, à la Bêchée, et qui laissaient ici paraître des immensités de bleu entre leurs masses changeantes.

De ce ciel, de ces nuages, de cette voûte colossale sur le géant Saint-Laurent, le Sieur Pierre Boucher n'avait rien dit. Combien de découvertes, encore, et d'émerveillements, attendaient-ils Michel, dont le Livre ne parlait pas ?

« La Nouvelle-France est un très grand pays, coupé en deux par un grand fleuve... »

Grand... grand... Ce n'était qu'un pauvre mot qui explosait à présent dans sa splendeur totale et sa diversité, au cours de cette glissée sur le Fleuve, dans un canot d'écorce conduit par un Sauvage presque immobile dans l'effort, impassible et silencieux.

Silencieux aussi, les deux soldats qui avaient embarqué avec Michel. Et pareillement on se taisait dans les autres canots de la flottille qui emmenait à Québec la compagnie de Monic. Les visages tendus exprimaient davantage que de l'inquiétude, des chapelets s'égrenaient, les lèvres bougeaient en marmonnements de prières. Si frêle, le canot, comparé à la forteresse de bois et de toile qu'on venait de quitter... Si étranges, les Sauvages aux longs cheveux ramassés en chignon, et piqués d'une plume... Michel dut faire effort pour ne pas se laisser gagner par la peur de la mort, cette invisible passagère dont chaque canot semblait alourdi... « Rappelle-toi le Livre ! Toutes les rivières sont-elles navigables en Nouvelle-France ? Que répond le Sieur Boucher à cette question du lecteur ? »

— Je réponds que oui, elles sont navigables, avec les canots sauvages, non pas avec nos bâtiments.

Michel vit son voisin hausser l'épaule, toquer de l'index replié contre sa tempe. Et un éclair noir, vite éteint, dans les yeux du Sauvage qui s'étaient posés un instant sur lui.

Il venait encore de parler tout haut avec Maurillon ! Il s'en trouvait tout à la fois penaud — même un Sauvage le prenait pour un fou — et heureux, infiniment. Le petit seigneur de l'île Perrot ne promènerait jamais sa boiterie, son corps fragile dans la concession de son meilleur colon, jamais n'habiterait une maison de cèdre en Nouvelle-France. Sur la terre de ses jeunes rêves, il abordait cependant... Et cela, après tout, n'était pas plus invraisemblable que l'amitié, née au Défens, entre le baron Jacques de Sainte-Maure de Montauzier et Michel Jamonneau, manant de la Bêchée.

— Québec ! Là-bas c'est Québec ! Merci, Dieu, de nous avoir gardé la vie !

Le soulagement, la joie, les actions de grâces montaient en clameurs de toutes les poitrines. Un promontoire de roc, une haute étrave minérale semblait glisser vers la flottille, un vaisseau pétrifié s'avançait en direction des canots d'écorce. Le mouvement soudain s'était inversé, tant la disproportion était saisissante entre cette masse de rocher et ces coques de noix : Québec fendait le Fleuve comme un navire de haut-bord, Québec lentement voguait vers les minuscules embarcations qui paraissaient immobiles, malgré la cadence régulière des rames.

Des bâtiments de pierre sombre semblaient faire corps avec le roc, au sommet du promontoire. De sévères murailles grises, des clochers austères — vite disparus. Québec était trop proche, à présent, pour qu'on en distinguât autre chose qu'une pente abrupte plongeant dans le Fleuve : l'œil butait sur l'escarpement, sur des arêtes de roche nue, sur des coulées d'arbres qui mettaient une douceur de verdure dans cette âpreté de formes et de couleurs.

Peu à peu, dans l'ombre épaisse au pied du cap, apparurent les maisons de la ville basse. Un fouillis de toits pentus, de façades aux étroites ouvertures. Des plus imposantes aux plus humbles de taille, toutes les demeures offraient le même aspect de rude simplicité. Michel revoyait les rades de La Rochelle, les opulents hôtels des armateurs, le délabrement des masures où vivaient les pêcheurs. Sur le port de Québec, il découvrait avec bonheur une uniformité de construction qui disait pareillement absentes de ce lieu l'extrême richesse et la grande misère. Il arrivait en pays neuf, où tout homme courageux pouvait se bâtir une vie de dignité.

> *« Les personnes qui sont bonnes dans ce pays, ici, sont des gens qui mettent la main à l'œuvre. En moins de quatre ans vous les voyez à leur aise... »*

Le Sieur Boucher n'avait pas embelli la réalité, sur ce point : la ville de Québec en était la preuve, pour Michel. Au sujet des pêches d'anguilles, il demeurait encore perplexe : même en naviguant à fleur d'eau, il n'en avait pas aperçu une seule depuis Cap-Tourmente. « La première question, n'oublie pas... »

Les gradés débarquèrent d'abord. Un escalier de rondins permettait d'accéder à une plate-forme en planches, un rustique appontement sur le Fleuve. Le capitaine de Monic les y attendait, et des soldats, formés en cordon sur le quai, maintenaient les badauds à l'écart.

Les compagnons de Michel exprimaient hautement leur dépit. Quoi ? Tous ces gens qui leur faisaient bienvenue, on pourrait pas les approcher ? Et des femmes, y avait des femmes, juste de passer auprès, ça serait une félicité : sentir une odeur de femme après deux mois de privation...

— Cette brunette, tiens, qui fait bonjour-bonjour avec sa menotte, je lui...

— T'es pas fou ? Tu vois pas qu'elle ressemble tout craché à ce bestiau qui tire la rame ? Ta brunette, c'est une Sauvagesse, pour sûr. Moi, je préférerais mieux monter une chèvre que... Non, mais, quoi qui le prend, lui ? Il veut nous foutre à la baille ?

Michel s'était levé si brusquement que le canot roulait et tanguait, l'eau affleurant le bordage.

— Tais-toi ! Tu insultes cet homme, et une jeune fille de sa race. À toi, c'est une truie qui conviendrait. Dieu merci qu'il ne comprend pas notre parler, et...

La voix d'un sergent interrompit la colère de Michel.

— Sanschagrin ! Gâtinois ! Laliberté ! Fini de la causette ! On débarque, dans l'ordre que je vous ai appelés.

Michel était le dernier à quitter le canot. Le Sauvage bougea à peine les lèvres :

— La Grande Rivière te sera bienveillante, homme Laliberté. C'est un homme qui te le dit.

Une haute enceinte de bois cernait le Fort. Les portes en avaient été barrées après l'entrée de la Compagnie de Monic. Le capitaine restait visiblement ulcéré de la piteuse arrivée de ses hommes. Des quolibets lui étaient parvenus : les gens de Québec, après avoir tenté en vain d'approcher la troupe, avaient manifesté un vif mécontentement de se voir contenus à l'écart. Si Monsieur de Monic avait cru ainsi masquer le camouflet du commandant d'Amblymont, il avait manqué son but !

— Tambours, battez le pas de charge !

La compagnie avait paru s'enfuir, poursuivie par des huées...

Le « sol de Nouvelle-France », ç'avait d'abord été un

rude raidillon entrecoupé de hautes marches taillées à même le roc. Et « le pied sur le sol de Nouvelle-France », pour Michel, la torture jusque-là inconnue de souliers de cuir trop courts et trop étroits ! Maurillon n'aurait pas manqué d'ironiser à ce propos... Michel en éprouvait une trop cruelle incommodité pour sourire de la contradiction : les pieds au martyre, sur cette terre tant espérée !

Ensuite, cette impression d'emprisonnement derrière les fortifications : on apercevait juste la redoute de pierre, au sommet de l'escarpement. Les sergents maintenaient l'ordre, on ne rompait pas les rangs, le capitaine allait passer la troupe en revue. Pour l'instant, il se trouvait en vive discussion avec plusieurs gradés appartenant sans doute à la garnison du fort. Le débat semblait âpre et donnait l'impression d'un marchandage sur une foire.

Vive-l'Amour poussa Michel du coude.

— Va-t-y enfin la vendre, sa vache, ce fumier ? Si j'avais soulagé le besoin de pisser qui me serre à la gorge, depuis le temps qu'on est là, piqués debout, toute la compagnie aurait pris racine, par l'arrosage !

— Cause moins fort ! Ça me ferait grand bien, ton arrosage. Les pieds me damnent, dans ces cochonneries de souliers.

— Me fais pas rigoler, je me contiendrais plus... Le voilà. Vingt-dieux, de l'envie que j'ai, ça pissecanerait* jusqu'à son tricorne !

Un tambour battait le ban d'honneur. Le silence était total lorsque les roulements cessèrent.

— Lieutenant, veuillez donner lecture des punitions infligées à certaines de ces fripouilles durant la traversée — et qui seront immédiatement purgées.

Des murmures de satisfaction, durant que le lieutenant

* *Pissecaner :* jaillir sous une forte pression.

cherchait la bonne page du registre : un ou deux mois de cachot, baste, toujours ça de moins à la guerre...

— Et toi, Laliberté, qu'as jamais fait le con, ni trop bu ni juré, tu vas te retrouver tout beau-tout mignon dans la bataille.

— Silence ! Avant de vous réjouir à l'idée de l'eau et du pain sec qui vous attendent, apprenez que le régiment ne participera pas à la campagne contre les... les Tsonnantouans. Il est affecté à la garde des habitations de Québec.

Des clameurs de joie et des vivats montèrent, vite calmés par les sergents : toute la compagnie consignée un mois dans le Fort si ces braillards fermaient pas leur gueule ! Le lieutenant parut faire durer l'attente à plaisir, lorsque le calme fut revenu, en feuilletant longuement le registre. Puis s'éclaircit la voix en toussotant :

— Jean Bénard, dit Vive-l'Amour. Deux mois, par son sergent, pour avoir juré le nom sacré de Dieu, et lui avoir dit tout outre qu'il s'en moquait.

— Que je m'en foutais, mon lieutenant. Ça, que j'ai dit.

— Toi, je te garde à l'œil ! Un mot de plus, et ce sera trois mois. Je continue...

Vive-l'Amour se tint désormais au silence. Avoir juré le nom sacré de Dieu ne coûtait qu'un seul mois de cachot à Lafrisure, Beaudésir et Lapipe : eux n'avaient rien ajouté « tout outre » à leurs blasphèmes ! Jacques Cabasse, dit Lafureur, connaissait le même sort que Vive-l'Amour, ayant « vomi nombre de sottises » à la suite de ses jurements !

Vive-l'Amour restait impassible, en apparence. Mais donnait à Michel de discrètes bourrades. On devinait d'ailleurs présente, et prête à exploser, une tension de rire contenu ; punis ou épargnés, tous les hommes de la compagnie de Monic ressentaient le comique et le ridicule de ce moulinement monotone, où parfois les surnoms ajoutaient encore à la bouffonnerie. Le lieutenant précipitait son débit dans la hâte visible d'en finir :

— Louis Verdeuil, dit Tranquille : quinze jours, par son sergent, pour avoir excité ses camarades à se battre. Jacques Cabasse, dit Prêt-à-Rire, un mois, par son sergent, pour avoir pris un cheveu par... avoir pris un soldat par les cheveux et l'avoir mordu.

Les premiers rires étouffés, longs et sifflants comme des pets trop longtemps retenus... Le lieutenant était demeuré le nez sur son registre :

— Jean Clopeau, dit Laplume, tambour : trois mois, par son cap... Mon capitaine ? C'est écrit : capitaine...

Dans le fracas des rires enfin déchaînés, le capitaine arracha le registre des mains du lieutenant. Un seul regard de Monsieur de Monic : le silence se fit sur l'instant. Et le capitaine lut lui-même, en détachant et scandant chaque mot comme un coup :

— Jean Clopeau, dit Laplume, tambour : trois mois, par son capitaine, pour avoir crevé sa caisse, cassé ses baguettes et jeté les morceaux à la mer par colère*.

L'irascible Monsieur de Monic semblait prêt à imiter le tambour Laplume : son expression montrait qu'il eût volontiers balancé, par-dessus la palissade, le coupable du moindre plissement de paupières ! Officiers et sergents s'étaient figés dans la même impassibilité que les soldats. Seul à se mordiller les lèvres pour garder son sérieux, l'un des gradés en uniforme brun qui s'étaient retirés de quelques pas, derrière Monsieur de Monic...

Le capitaine scrutait les rangs... Immobilité et silence... Lorsqu'il reprit à parler, sa voix était bonasse, et même paternelle :

---

* Surnoms et motifs de punitions sont textuellement extraits d'un registre aimablement communiqué par Huguette V. Laurin, bibliothécaire de la Société généalogique canadienne-française, à Montréal.

— Un certain nombre d'entre vous, visiblement trop faibles pour le métier des armes, vont être réformés immédiatement. Ils resteront sous l'autorité de la Franche-Marine, mais seront employés, pour la durée de leur engagement, en qualité de domestiques sur les domaines de ces Messieurs (un aimable signe de tête vers les officiers au justaucorps sombre) qui reviendront demain vous prendre en charge. Toi... toi... toi... punition levée, bien entendu (Laplume, coléreux tambour, fut sorti du rang). Toi... toi...

Le capitaine continuait tranquillement son tri, laissant aller les conversations — tenues à voix basse, cependant : on se méfiait de ses sautes d'humeur ! Vive-l'Amour gémissait que mille merdes, il était quand même pas venu en Nouvelle-France pour se retrouver valet de ferme ? Michel le rassura :

— Sois sans crainte. Il a dit qu'il réformait les mal-en-point, tu ne cours aucun risque ! Et moi, je n'aurai pas la chance de...

— La chance ?

— Oui. Je préférerais la cognée au fusil.

— Même servant domestique ?

— Même domestique, oui.

— Alors tu peux garder espoir. Et moi, trembler dans ma culotte : j'en vois qu'ont l'air aussi drus de santé que nous, à la réforme ! Hou-là, Bon-Jésus, que je suis t'y soulagé ! Il vire les talons...

Les sergents crièrent repos. Ils reprenaient la troupe en main sans montrer leur habituelle rudesse. Répondaient même avec bonhomie aux soldats :

— La soupe ? Dans guère de temps, et bien grasse. Avec du vrai pain, oui !

— Les latrines ? Ça presse, mon gars ? Derrière ce petit baraquement, et vise droit le trou !

— Pour quand les punitions ? Peux pas dire, c'est affaire aux officiers. Mais, hein ? Y'a pas grand risque

que les bêtes s'échappent avant d'être à l'attache, la palisse est trop haute !

On sentait comme une détente, un relâchement : on était enfin à l'abri de noyade et de flèches, un identique sentiment de sécurité rapprochait les sergents de leurs hommes et tous l'exprimaient par leur attitude : la mer, le Fleuve, les Sauvages ne les menaçaient plus en ce lieu !

Michel s'était assis, desserrait les boucles de ses souliers. Regardait avec envie le groupe des réformés — plus nombreux qu'il n'avait cru d'abord. Et tous n'étaient pas souffreteux d'aspect, loin s'en fallait ! « Ces messieurs » faisaient leur choix dans le lot. Le jeune homme au sourire moqueur, à présent, se montrait fort en colère. Paraissait faire de vifs reproches au capitaine, et des éclats de voix en arrivaient jusqu'à Michel. « Moi qui suis né en ce pays... Honteux profit... Déplore... » Lui, il n'avait pris que trois hommes — visiblement en piteux état, et pour lesquels la réforme semblait s'imposer.

Le capitaine mit fin à la discussion.

— Vous en avez terminé, Monsieur ? Lieutenant, veuillez inscrire. Nom ? Surnom ? Au service dudit... fermier, du Sieur de... Nom ? Surnom ? Au service de...

Le capitaine pressait son débit et termina en élevant la voix :

— Que l'on raccompagne le Sieur de Grandpré à la sortie du Fort !

Le ton disait très clairement : « Que l'on m'en débarrasse ! », et le jeune homme, sans même un salut, se dirigea vers la porte, précédé d'un sergent.

Ils allaient passer près de Michel. « Moi qui suis né en ce pays ?... La première question, n'oublie pas... » Michel se releva :

— Monsieur, veuillez excuser mon audace. Pouvez-vous me dire, comme l'affirme le Sieur Pierre Boucher dans son *« Histoire véritable et naturelle des mœurs et productions du pays de Nouvelle-France vulgairement appelé le Canada »*, s'il est vrai qu'un seul homme a pêché plus de cinquante mille anguilles, pour sa part, dans le Fleuve Saint-Laurent ?

Le sergent le tirait en arrière, et Michel résistait. Il débitait sa question à vitesse folle, sans respirer, récitant le titre entier du Livre afin de prouver, à un homme « né en ce pays », qu'il connaissait parfaitement l'œuvre du Sieur Boucher, et que sa demande, pour incongrue qu'elle pût paraître, méritait une réponse.

Le jeune homme avait eu l'air stupéfait, tout d'abord... Puis intéressé... Et, à la fin, extrêmement satisfait :

— Viens avec moi. Laissez, sergent. J'ai oublié de... présenter mes respects à votre capitaine.

Michel peinait à suivre le jeune officier — un enseigne — tant celui-ci marchait allégrement pour « présenter ses respects au capitaine » ! Quel esclandre allaient-elles provoquer, les cinquante mille anguilles du Sieur Pierre Boucher ? Michel, tout en clopinant, se disait qu'au cachot, au moins, il serait débarrassé de ses torturantes chaussures...

— Mon capitaine, je désire engager ce soldat pour servir chez un de mes fermiers.

— Quoi ? Vous demandez que je vous cède ce gaillard, cette force de la nature, après votre diatribe sur le nombre de réformés dans ma compagnie ? Il suffit ! Votre insolence...

— Nulle insolence, soyez-en persuadé, mon capitaine. Un de plus, un de moins, convenez, n'y changera guère. Mais sans doute préférez-vous — et je le comprends fort bien — que le Marquis de Denonville* réforme lui-même ce soldat ? Il est fort attaché à ma famille, et je vais de ce pas lui en présenter la demande. Vous en recevrez note

* Gouverneur de la Nouvelle-France à cette époque.

dès demain. Avec ses... compliments. Mes respects, mon capitaine.

Le capitaine avait blêmi. Il semblait prêt à étriper son adversaire, qui s'éloigna d'un pas nonchalant.

— Enseigne, je vous ordonne...

— Oui, mon capitaine ?

— De... de m'écouter. Je réforme ce soldat. Pour cause de boiterie. Il boite ! Monsieur de Denonville lui-même ne pourrait en juger autrement : cet homme est boiteux !

— Certes, mon capitaine. Et même des deux pieds.

Monsieur de Monic, une fois encore, ravala sa fureur.

— Lieutenant, veuillez inscrire. Nom et surnom ? Je te parle, abruti ! Tes nom et surnom ?

— Michel Jamonneau, dit Laliberté.

— Michel... quoi ?

— Ja-monneau. Dit...

— dit Laliberté, réformé. Écrivez plus vite, lieutenant. Servira... domestique... sur une ferme dudit Sieur... Plus vite, lieutenant... en son fief de...

Michel n'écoutait plus. Il revivait ses chamailles d'autrefois avec Maurillon :

— Ça se voit que t'as jamais essayé d'attraper une anguille, pauvre petit couillon !

— Ce crotteux ignorant qui ne sait pas même compter jusqu'au bout de ses doigts, et ose mettre en doute la parole du Sieur Boucher !

— Baron de Gobe-la-Lune !

— Niquedouille de la Bêchée !

Les querelles ne duraient guère. Se terminaient toujours par la promesse jurée de se départager sur ce point litigieux, dès qu'ils auraient touché la terre de la Nouvelle-France.

Serments solennels de l'enfance entre deux garçons de même âge... L'un était mort avant d'atteindre sa maturité d'homme. L'autre, treize ans plus tard, avait retrouvé la naïveté de l'adolescence pour demeurer fidèle au souvenir, et il avait posé la question saugrenue.

S'il n'en connaissait toujours pas la réponse, il savait que cette constance de l'amitié lui offrait — par quelle bizarrerie ? — la cognée du défricheur, trois ans avant le terme. Il lui semblait vivre un miracle vaguement ridicule, et Maurillon retroussait son sourire de coin.

Chapitre 6

L'Histoire Véritable et Naturelle...

Le lendemain, ils attendaient sur le quai, bien avant l'aube, les quatre réformés pour les fermes du Sieur de Grandpré. Lui, il n'avait pas reparu au Fort : le capitaine de Monic devait lui conserver une male rancune et avait donné ordre à un anspessade de conduire au port les surnommés Avaletout, Lasagesse, Brisebarrière et Laliberté. La mimique montrait assez qu'il ne tenait pas à recevoir une dernière nasarde du jeune enseigne, un ultime et moqueur « Mes respects, mon capitaine ! »

L'unique vocabulaire de l'anspessade semblait limité à : « Je sais-t-y, moi ? », en réponse aux questions des trois compères de Michel — lui se taisait, il lui importait peu de savoir... Pourquoi ils avaient revêtu une chemise et une culotte de toile bise, un gilet de droguet bleu ? Pourquoi on leur avait laissé leur bel uniforme, plié sur le fourniment ? « Je sais-t-y, moi ? » Ils continuaient d'interroger, cependant. Le fusil ? Pourquoi qu'on leur faisait emporter le fusil et les cartouches : un valet de ferme avait besoin de ça, dans ce pays ? « Je sais-t-y, moi ? » C'était loin à combien de temps, le fief de Grandpré ? On pouvait y aller de son pied, ou bien fallait core endurer cette maudite rivière ? « Je sais-t-y, moi ? »

Ils finirent par se lasser. Ne firent plus entendre que des soupirs et des plaintes à voix basse. L'humide, le froid, ça lui remontait ses douleurs d'échine, à Brisebarrière... Lasagesse, il sentait venir la goutte aux dents, déjà qu'il en avait craché trois durant la traversée... Avaletout, s'il avait su ce qui l'attendait en Nouvelle-France, jamais il aurait quitté Aubigny, il changeait mésaise pour infortune...

Des fenêtres commençaient à s'éclairer. Le ciel pâlissait sur l'autre rive. Une brume fraîche montait du Fleuve. Michel espérait l'attente encore longue, il voulait voir le réveil de Québec.

— Les réformés pour le fief de Grandpré ? On désamarre !

Dans l'obscurité encore dense, dans le flou du brouillard, Michel n'avait pas distingué une embarcation à quatre rames, en bas du ponton. Deux hommes y étaient assis déjà, un troisième y sauta avec une légèreté qui disait la longue habitude ; la chaloupe oscilla à peine sous son poids. C'était lui qui avait donné l'ordre d'embarquer.

— Vous trois, assis à même le fond. Vous avez des couvertes, si le frais du petit matin vous pince. Toi ? (Il s'adressait à Michel). Sais-tu tirer la rame ?

Michel hésita... Pas longtemps. *« ... te sera bienveillante, homme Laliberté ! »*

— Je ne l'ai jamais fait. Mais je peux essayer. Je connais l'eau : je suis... j'étais meunier.

Prononçant ces mots, il eut conscience de leur absurdité : il venait de mettre au même plan le filet d'eau du ruisseau de Cathelogne et le flot opulent de la Grande Rivière !

— Alors, nous allons tenter d'utiliser tes... capacités, et tu vas partager avec moi un banc de nage. Parce que j'ai laissé mort-ivre, au Pot d'Étain, l'un de mes rameurs. Il va ronfler deux jours durant, le bougre, et pour moi le temps presse. Tu me suivras à la cadence de la voix, et je gage que tu t'y feras vite : je t'ai jugé aussi avantagé de cervelle que de force — quoique boiteux, ha-ha ! Anspessade, tu peux disposer. Et n'oublie pas de renouveler mes respects à ton capitaine ! Ha-ha !

Michel fut un moment à reprendre ses esprits : ce jeune homme rieur, habillé de toile et de droguet comme les domestiques qu'il avait engagés, c'était le Sieur de Grandpré !

Puis, bien vite, il se trouva trop absorbé, trop attentif aux ordres rythmés pour que nulle autre pensée ne vînt le soustraire à cette tension. À peine se rendait-il compte que le jour s'était levé : n'existait plus pour lui que la rame. Le paysage lui-même avait disparu, il tentait d'apprivoiser un effort nouveau, une eau sans nom, hooô ! nage ! hooô ! nage !

Combien de temps avait coulé avant de parvenir au mouvement machinal, à la meilleure attaque de la pale dans le courant ? Il l'ignorait : mais il eut soudain conscience que le Sieur de Grandpré ne lui donnait plus la cadence depuis un long moment.

Michel ressentit alors davantage que de la joie : de l'allégresse — malgré la douloureuse crispation qui le tenaillait, depuis la nuque jusqu'aux orteils ! Sa rame ne battait plus dans une eau anonyme, il retrouvait le Fleuve-roi, son ciel, ses berges... *« La Grande Rivière te sera bienveillante, homme Laliberté... »*

La prédiction, déjà, se réalisait-elle ? Elle semblait faire écho à la voix d'une vieille Grolle poitevine, chargée comme elle de mystérieux pouvoirs : hier, les anguilles du Saint-Laurent lui avaient épargné trois années de vie militaire, et aujourd'hui, par un autre miracle, il se sentait accepté, reconnu de la Grande Rivière, il affrontait sa force à celle du courant, et le flot s'ouvrait devant lui.

Le vent s'était levé : un souffle régulier qui frisait l'eau et poussait la chaloupe. La rame n'avait plus qu'à caresser le Fleuve... Le Sieur de Grandpré se redressa :

— Hisse la voile, Jean-Christophe, puis tu prendras la barre. Béni soit ce vent, nous allons connaître la relâche ! Tous au repos, mes gars ! Je te reprendrai à la gouverne dans une heure, ça va ?

Le nommé Jean-Christophe resta silencieux, ne répondit que d'un signe de tête, et le Sieur de Grandpré s'étira avec soulagement :

— Alors, meunier, qu'en dis-tu, de la rame ? J'avoue que tu t'y es joliment débrouillé !

— Ma foi, Monsieur, je vous remercie du compliment, mais j'ai idée d'avoir été moulu avec mon grain !

Le Sieur de Grandpré rit beaucoup de la réflexion, pour sûr que c'était échignant, de ramer ! Même lui, né au pays, il se trouvait...

« Né au pays... »

— Monsieur, pour les anguilles ? Comme je vous l'ai demandé hier, est-il vrai que...

— Tu y tiens ! Et j'en suis aise, puisque je t'ai engagé sur cette raison ! Il s'en pêche beaucoup, en automne. Mais, pour le nombre juste, tu t'adresseras à l'auteur de l'*Histoire Véritable et Naturelle*, et cætera... J'escompte qu'il en soit flatté au plus haut point.

— Mais... comment voulez-vous ?

— Quand l'aimable* capitaine de Monic dictait

---

* Le capitaine de Monic, par son autorité despotique et brutale, créa une situation intenable à Plaisance, où il commandait par intérim en l'absence du Gouverneur, au point qu'il fut rappelé en France en 1702 (d'après un extrait du *Dictionnaire biographique du Canada*).

l'ordre de ta réforme, tu n'as donc pas entendu mon nom ?

— Si fait, j'ai entendu, mais pas à ce moment, j'étais trop content pour prêter l'oreille à ce qu'il débitait. « Qu'on raccompagne le Sieur de Grandpré à la porte du Fort. » Là, j'ai saisi, il criait comme un enragé !

— Je m'appelle Lambert Boucher. Et ensuite de Grandpré, parce que c'est le nom de ma terre. J'ai aussi un frère... de Grosbois ! Un autre... de Montbrun ! Moi, je suis le troisième dans la lignée des quinze enfants du Sieur Pierre Boucher. Et, vois-tu...

Lambert Boucher jeta un regard vers les autres passagers de la barque : à part le barreur, tous dormaient.

— Je peux continuer : Jean-Christophe m'est fidèle. Vois-tu, mon père me juge un peu... léger, et je reconnais qu'il en a quelques raisons ! J'espère, grâce à toi, remonter en son estime : j'amène, sur ma terre de Grandpré, un domestique qui a lu son *Histoire Naturelle et Véritable* ! Or, j'ignore si l'on pourrait trouver, dans notre colonie, seulement dix lecteurs de cette œuvre qui lui est si chère !

— Dans l'autre sens, Monsieur : *Véritable et Naturelle.* Mais je ne l'ai pas lue, je ne connais pas les lettres.

— Quoi ? Quel mauvais plaisantin es-tu donc ? Tu ne sais pas lire, toi qui parles comme un livre ?

La face avenante de Lambert Boucher s'était renfrognée ; Michel se hâta de le tranquilliser :

— Je la sais par cœur, en entier. Un ami me l'a lue et relue tant de fois ! Pour preuve, je peux vous réciter... les arbres ? les oiseaux ? l'hiver? les blés ?... ou n'importe quoi d'autre, à votre gré.

— Tu me plais, toi ! Va pour l'hiver.

— « L'hiver, quoique il dure cinq mois, et que la terre y soit couverte de neige, et que pendant ce temps le froid y soit âpre... » Non, excusez, je me suis trompé, je reprends : « ... et que pendant ce temps le froid y soit UN PEU âpre, il n'est toutefois pas désagréable. C'est un froid qui est gai, et la plupart du temps on ne s'en trouve nullement incommodé... »

Lambert Boucher rit franchement. Prit le Sauvage à témoin : « Tu entends, Jean-Christophe ? » Et Jean-Christophe fit oui-oui de la tête, tout en demeurant impassible d'expression.

Michel, lui, retrouvait avec un tel bonheur les intonations de Maurillon, qu'il continua.

— « On se promène partout sur les neiges par le moyen de certaines chaussures faites par les... »

— Cela suffit de la prose paternelle ! Je ne garde aucun souvenir précis de ce livre, sinon le mortel ennui que j'éprouvai à sa lecture : j'avais huit ans quand ma mère m'y a obligé ! Le froid... *un peu* âpre, tu es certain ?

— Tout à fait : « ... y soit un peu âpre, il n'est toutefois pas désagréable, et la plup... »

— Pitié ! Tu serais capable de me le réciter à l'envers, ma parole ! Si ta mémoire est fidèle — et elle me paraît prodigieuse —, tu peux craindre sur la réalité de tes cinquante mille anguilles. Puisque, selon mon père, notre froid est UN PEU... âpre, ce nombre doit être UN PEU... forcé ! À mon tour de te questionner : tu tiens vraiment à éclaircir ce point ?

Michel tarda à répondre. Le Sieur Lambert Boucher pourrait-il comprendre, admettre ce restant d'enfance, chez un homme ? N'allait-il pas railler ? « Meunier, qu'en dis-tu, de la rame ? » Le ton avait été moqueur, déjà, et soulignait la balourdise du benêt qui faisait couler la même eau dans le bief de son moulin et dans le Saint-Laurent !

— Oui, Monsieur, j'y tiens. Toujours nous chicanons, Maurillon et moi, à ce sujet — Maurillon, c'est l'ami qui m'a fait connaître le Livre. Lui, il prétend que oui, cela est vrai, puisque le Sieur Pierre Boucher l'acertaine. Moi, je gage plutôt non, parce que je connais bien les anguilles.

Et nous avons juré de nous départager, sitôt que nous arriverions en Nouvelle-France.

— Comment ? Deux admirateurs de l'*Histoire Véritable et Naturelle* dans la compagnie de Monic ? Si j'avais su plus tôt, je l'aurais engagé aussi, ton ami ! L'affaire s'arrange mal : c'est celui qui doute — avec raison — que je vais présenter à mon père ! Je m'emploierai à le retrouver, ce Morion !

— Pas Morion, Monsieur : Maurillon. Parce que son vrai nom, c'est de... C'est sans importance. Maurillon est mort, cela va faire treize ans au prochain novembre.

Un moment de silence déconcerté chez Lambert Boucher. Et pas la moindre trace de moquerie dans sa voix, lorsqu'il répondit :

— Et tu en parles toujours comme s'il était vivant. Je comprends : une belle amitié mérite que l'on tienne la parole donnée, même et surtout à un défunt. Tant pis pour moi...

Il était aisé, pour Michel, de deviner la cause du soupir de Lambert Boucher : le domestique sur lequel il comptait pour se rehausser dans l'estime de son père, voilà que dès l'abord il allait ergoter sur quelques milliers d'anguilles en trop ! Michel se sentit dans l'obligation de le rassurer :

— J'ai déjà tenu parole ! Je vous ai posé la question, et vous y avez répondu : c'est moi qui ai raison ! Maurillon est... aurait été furieux d'avoir perdu, mais bien davantage encore si j'osais importuner le Sieur Pierre Boucher sur ce point ! Et d'ailleurs...

— Pourquoi t'arrêtes-tu ? Et d'ailleurs ?

— Je vous dois trop pour vous mettre en embarras devant votre père.

Lambert Boucher exultait : il venait de dénicher l'oiseau rare, et le Seigneur de Boucherville saurait enfin reconnaître quelque mérite à un fils trop fantasque et dissipé, selon lui...

— Votre père, un seigneur* ? Mais... Maurillon m'avait assuré qu'il était d'humble naissance, fils d'un Percheron à moitié menuisier, à moitié paysan. Nous n'en éprouvions pour lui que plus grande admiration !

— Ton ami t'a bien renseigné. Et mon père se glorifie de ses origines modestes, quand d'autres tenteraient de les faire oublier. Il tient même à honneur d'avoir servi domestique chez les Jésuites, à l'arrivée de sa famille dans la colonie : il avait alors treize ans. Comment pourrais-je parvenir à égaler un homme de tel mérite ?

Avec une passion mêlée d'amertume, Lambert Boucher se justifia longuement du désir de se mettre en valeur — pour une fois... — aux yeux de son père : ce modèle de toutes les vertus en viendrait (peut-être) à reconnaître que ce fils, trop turbulent à son gré, savait à l'occasion se montrer sage ! Et l'exemplaire patriarche de Boucherville pourrait même commettre — pour la première fois de sa vie... — un péché, celui d'envie, en considérant l'exemplaire domestique que cet insoucieux Lambert avait recruté pour son très mince domaine de Grandpré — si modeste auprès des fiefs de ses frères Grosbois et Montbrun, pourtant ses cadets !

Michel fut soulagé lorsque le vent tomba et que la rame devint à nouveau nécessaire : la dureté de l'effort obligeait au silence.

Les paroles de Lambert Boucher l'avaient ému, en même temps qu'elles l'irritaient par leur bizarre mélange d'admiration et de rancune, de respect et de jalousie... Et lui, il se sentait réduit à l'état d'une carte à jouer que le jeune homme allait tirer de sa manche, pour le gain d'une partie à l'enjeu équivoque : ce rôle le blessait.

---

* En réalité, il semblerait que Pierre Boucher n'ait été anobli « officiellement » qu'en 1707. Il reçut alors du roi le titre d'écuyer. *Cf.* la préface du *Messire Pierre Boucher*, d'Estelle Mitchell (VAC offset INC, Montréal).

« Orgueilleux croquant de la Bêchée ! Tu vas rencontrer l'auteur du Livre des Merveilles, et tu trouves à récriminer sur les circonstances qui te conduisent à lui ! »

La voix de Maurillon le ramena à la sérénité.

Au second et au troisième jour, le vent leur fut favorable et ils purent laisser souvent la rame. Jamais, en ces instants de détente, non plus qu'aux bivouacs du soir, Lambert Boucher ne reparla de son père. Il se montrait joyeux compagnon, s'intéressait à chacun de ses réformés. René Minaut, dit Avaletout, ne regrettait plus son village d'Aubigny, l'échine de Justin Frimaudeau, dit Brisebarrière, ne le faisait plus souffrir, et François Bourrasseau, dit Lasagesse, avait craché une quatrième dent sans en exprimer rien d'autre que du soulagement : « Té, core une qu'a fini de me tourmenter ! »

Michel s'était gardé de poser la moindre question qui pût ramener vers l'*Histoire Véritable et Naturelle...*

Au matin du quatrième jour, il fallut reprendre la rame. Lorsque, au bout d'une heure environ, le vent se leva, Jean-Christophe hissa la voile sans en attendre l'ordre, et prit le gouvernail en disant :

— Dans peu, nous saluerons grand-père Boucher !

C'étaient les premiers mots qu'il prononçait depuis le départ de Québec, et cependant Lambert Boucher ne lui répondit pas. Il se mordait nerveusement les lèvres. Michel ne put se contenir de demander :

— Est-ce possible ? Votre grand-père est toujours vivant ?

— Non. C'est de mon père qu'il parle.

Il jeta un regard vers ses autres engagés : ils bavardaient tous trois avec animation. Pourtant, Lambert Boucher baissa la voix :

— Mon père aime être appelé ainsi par ses habitants*. Et même les Sauvages l'honorent de ce nom, tu viens de le constater... Car tu ne sais pas tout, encore, de ses mérites : il est si fort attaché à ce pays qu'il avait épousé en premières noces une Sauvagesse huronne, élevée par les Ursulines de Québec. L'enfant de ce mariage n'a pas vécu, et la femme est morte de ses couches. Mais si ce demi-frère à moitié huron était resté à la vie, sois certain que ma bonne mère, la Seigneuresse, l'aurait élevé avec autant de soins que les quinze enfants de sa propre chair ! Tous vivants ! Et pour les petits-enfants, je me perds déjà dans leur nombre... La chapelle que mon père a fait élever à Boucherville s'appelle l'Église de la Sainte-Famille ! On ne pouvait la baptiser plus justement !

Lambert Boucher faisait ces confidences avec une telle verve joyeuse que Michel se crut permis de demander :

— Et vous-même, Monsieur, avez-vous femme et enfants ?

— Non.

La voix avait sonné sèchement. Laissait entendre que la question était déplacée, voire inconvenante. Puis Lambert Boucher changea de ton pour ajouter en riant :

— Quel est donc ton surnom, déjà ? J'ai oublié...

— Laliberté.

— Eh bien, nous sommes faits pour nous comprendre ! Méfie-toi, Laliberté : mes parents sont d'enragés marieux. Hors mariage, point de salut — sinon d'épouser le Bon Dieu, ha-ha !

Le dernier éclat de rire de Lambert Boucher... Jean-Christophe lui ayant demandé en quel endroit coster d'abord, sur l'île Saint-Joseph ou bien à Boucherville, la réponse tarda ; la décision semblait difficile à prendre.

---

* Les *habitants* : les paysans, colons ou fermiers.

— Eh bien... je crois que... Toi, qu'en penses-tu, Jean-Christophe ?

— Rien, maître. C'est toi, le maître.

Le « maître », pour l'instant, se mordait nerveusement les lèvres. Ne savait visiblement quelle solution adopter. Michel ne reconnaissait plus le jeune enseigne sûr de lui, qui narguait le terrible Monsieur de Monic avec ses insolents : « Mes respects, mon capitaine ! » Une profonde ride, entre ses sourcils froncés, lui vieillissait le visage, tandis qu'un désarroi enfantin se lisait dans son regard. Il soupira plutôt qu'il ne répondit :

— Ma foi... Il faut... En premier saluer mes parents. Tu costes dans la petite crique, en face du manoir.

Le manoir de Boucherville ne différait des autres maisons de la bourgade que par la taille et par la palissade de pieux qui entourait sa cour. Deux échafaudages de perches et de poutres encadraient le portail d'entrée : deux modestes tourelles de guet indiquant que le manoir pouvait, à l'occasion, servir de fort et abriter les gens du village.

Michel, s'en approchant, revoyait le Château-Gaillard, à Augé, si imposant malgré sa demi-ruine... Les tours et les murailles de Saint-Maixent, de Parthenay, et le donjon de Niort... Les forteresses de pierre du Poitou... Ses châteaux, ses manoirs aux façades harmonieuses... Le fort de Boucherville, lui, n'avait que des pieux pour défense, et le Seigneur habitait un « manoir » plus humble d'aspect que le moulin de la Bêchée : simple construction de bois où l'on distinguait les rajouts successifs qui avaient agrandi le bâtiment primitif. À un bourgeois de Saint-Maixent, le « manoir » du Sieur Pierre Boucher serait apparu comme un ramassis de cabanes !

Et Michel le trouvait émouvant, et superbe dans sa rusticité : il disait le pays neuf où chaque arrivant trouvait place selon son mérite...

Lambert Boucher, dès son entrée dans la cour, avait été happé par un tourbillon de jeunes femmes et d'enfants qui lui faisaient fête. Il était impossible de déceler, au vêtement, qui appartenait à la famille ou à la domesticité. Il fallait se fier aux voix joyeuses : mon cher frère... maître Lambert... oncle Lambert... pour identifier, dans ce virelis de jupons, les sœurs ou les chambrières, les neveux* ou les nièces ! « Maître Lambert... » embrassa, comme il avait fait pour sa parenté, les deux jolies sauvagesses qui l'avaient appelé « maître »...

Une femme parut à la porte d'un appentis. Elle essuyait ses mains et ses bras couverts de farine à la devantière de toile bise qui enveloppait sa majestueuse corpulence.

— Enfants ! Que signifie ce tapage ?

Le silence qui se fit alors indiquait assez que cette femme, interrompue dans sa tâche de bonne ménagère, était la maîtresse du manoir, la Dame de Boucherville, qui pétrissait le pain de la maisonnée comme une simple paysanne. Lambert Boucher s'avança vers sa mère.

— Mais... c'est notre fils de Grandpré ! Vous n'étiez pas attendu, mais voyez si votre arrivée est bienvenue. La compagnie de Lorimier se priverait-elle de vos services, au moment où se prépare la guerre iroquoise ?

— Non, mère, j'y compte bien faire ma part ! J'ai engagé des soldats réformés pour servir chez mes fermiers, et...

« Bien, bien », hochait la Seigneuresse en promenant ses yeux sur les trois compagnons de Michel.

— ... et dès que j'aurai réglé mes affaires à Grandpré, je gagne l'île Sainte-Hélène, où les troupes vont se regrouper pour la campagne. L'occasion était belle de vous saluer. Mais je suis, vous le comprendrez, extrême-

* Les petits garçons restaient en jupons jusqu'à six ou sept ans.

ment pressé, mes Sauvages m'attendent à la chaloupe... Et je voulais... j 'espérais...

Lambert Boucher bafouillait, à présent, sous le regard de sa mère.

— Je voulais... Mon père, est-il au logis ?

— Au logis ? En beau milieu d'avant-midi* ? À quoi pensez-vous ? Votre père est à l'ouvrage, comme chacune de nous devrait l'être à cette heure.

Juste une allusion, juste un coup d'œil impérieux de la Seigneuresse : jeunes femmes et enfants s'éloignèrent, disparurent, qui dans le manoir, qui dans les nombreuses bâtisses s'élevant dans la cour.

— Moi-même je dois me remettre à pétrir. Vous trouverez votre père dans l'enclos de ferme, à la petite étable. Une jeune taure est près de vêler, hors saison, et vous connaissez le soin qu'il porte à ses élevages. Ne le dérangez pas longuement, vous converserez au dîner.

— Je ne dînerai pas, mère. Je vous l'ai dit, je suis pressé. Je veux absolument lui présenter ce garçon (il désignait Michel) que je destine à Martineau.

— Quoi ? Ce...

La Seigneuresse avait crié aigu. Elle se reprit et continua sur un ton d'indulgence forcée :

— Toujours aussi plaisantin, notre cher Lambert ! Dépassera-t-il jamais les quinze ans d'âge ? Dieu merci, vous devez le connaître, Monsieur : je suppose que vous êtes officier à la compagnie de Lorimier, vous aussi ?

— Non, mère, il n'en est pas. Je l'ai engagé comme domestique. Sur de bonnes raisons, soyez sans inquiétude. Toi, tu me suis.

Michel, en s'éloignant avec le jeune homme, entendait la Seigneuresse gémir qu'elle les espérait bonnes, en effet, ces raisons ! Ou sinon...

---

* La matinée.

Dans quel guêpier le Sieur de Grandpré l'avait-il fourré en l'engageant ?

L'étable était sombre. Lambert Boucher s'était arrêté à l'embrasure de la porte.

— Père ?

— C'est vous, Pierre ? Déjà ? Vous en avez déjà fini, à la melonnière ? Avez-vous bien veillé, mon fils, à...

Lambert Boucher n'interrompait pas son père. Le laissait à son contrôle soupçonneux des soins qu'avait portés le dénommé Pierre à la culture des melons. Avait-il pincé à trois yeux ? Butté les tiges ? Griffé le terreau ? Paillé aux pieds, pour maintenir l'humidité ? Aucun silence, entre chaque question, où glisser seulement un oui, un non : Pierre Boucher donnait au « fils Pierre » une leçon de jardinage bien plus qu'il ne l'interrogeait, tout en bouchonnant un veau.

Le « fils Lambert », lui, respirait profondément comme un enfant qui cherche courage avant d'avouer une lourde faute.

— Vous ne répondez pas ? Auriez-vous massacré quelques pieds, comme l'année passée ? Je sais que c'est une culture des plus délicates ; cependant, vous devriez, à présent, y être...

— Père ! Ce n'est pas Pierre. C'est... C'est Lambert !

Pierre Boucher se retourna sans cesser de frotter le veau nouveau-né qui tentait de se mettre sur ses pattes.

— Lambert ! Que faites-vous ici ? Auriez-vous quitté...

— L'état militaire ? Soyez rassuré. Je conduis à la Grande Île Saint-Joseph quatre réformés du régiment de Vaudreuil, pour servir domestiques chez mes fermiers, et j'en profite pour vous saluer au passage.

— Heureuse idée, mon fils. Vous êtes ici tendrement

aimé, malgré vos... enfantillages. Je constate avec joie que vous vous souciez enfin de votre domaine. Mais toujours votre démesure : quatre domestiques pour trois fermes ! Approchez, voyons. Je ne peux laisser ce veau tant qu'il n'a pas grippé le pis.

Lambert Boucher pénétra dans l'étable après avoir fait signe à Michel de le suivre. Pour Michel, c'était un instant irréel, merveilleux : dans une odeur de fumier chaud, dans les relents de pisse et de sang d'un vêlage, il s'avançait vers l'auteur du Livre des Merveilles.

— Père, je voulais vous...

— À quelles conditions avez-vous obtenu vos réformés ? Le bonjour, Monsieur, je ne vous avais point vu.

Michel réussit à répondre au salut d'une voix que l'émotion oppressait. Lambert Boucher ne saisit pas l'occasion de détromper son père, comme il l'avait fait vis-à-vis de sa mère. Il laissa passer le « Monsieur »... S'étendit longuement sur la déplorable âpreté au gain du capitaine de Monic... Souligna comment il avait, à force de discussions et même de menaces, réussi à obtenir que ses domestiques gardent la totalité de leurs gages*.

— Bien. Il me plaît de vous trouver en accord avec moi sur ce point.

Allait-il enfin se décider ? Pourquoi retardait-il ainsi le moment de présenter Michel ? Craignait-il de le voir manquer à sa promesse au sujet des pêches d'anguilles ?

Le veau avait fini par trouver le pis, le Sieur Boucher le maintenait sous le flanc de la mère.

— C'est une femelle, le Bon-Dieu bénit mon élevage. Et, bien entendu, vous n'avez engagé que des hommes

---

* Les réformés demeuraient des militaires, et leur solde restait acquise au capitaine de la compagnie qui exigeait aussi, parfois, la moitié de leurs gages.

inaptes au service des armes ? Vous savez ce que je pense de...

— Oui, père. Mais l'un d'entre eux... celui-ci, justement, que je tiens à vous présenter, il...

Il s'interrompit. Son père s'était redressé, le toisait d'un regard où se lisaient colère et mépris.

— Ainsi donc, malgré mes efforts pour vous mettre dans le droit chemin, encore une fois vous me décevez en manquant à un principe, une morale sur lesquels nous n'avons jamais failli, chez les Boucher ! Au moment où l'Iroquois, manœuvré et armé par l'Anglais, s'apprête à fondre sur notre malheureuse colonie, vous la privez d'un défenseur en pleines forces et santé ! Non ! Taisez-vous, Monsieur de Grandpré ! Je sais que l'appât du gain, et l'abandon où nous laisse la France pour nos finances, conduisent certains capitaines à réformer des hommes en parfaite condition. Mais notre famille s'honorait, jusqu'à ce jour, de n'avoir jamais profité de ces pratiques !

Lambert Boucher recevait l'algarade, tête baissée. Lorsqu'il avait tenté de se justifier, il s'était fait cingler d'un « Monsieur de Grandpré », mordant comme un coup de fouet. Michel s'avança :

— Monsieur, si vous voulez bien m'entendre, je...

— Tu n'es pas en cause, mon garçon. Il est clair, au premier regard, que tu n'as pu simuler aucune infirmité ni maladie. Veux-tu nous laisser un moment ? Je te le répète, tu n'es pas en cause.

Michel hésita, juste un instant :

— Si-fait, Monsieur, je suis... la cause. Votre fils, je veux dire le Sieur de Grandpré, s'apprêtait à quitter le fort de Québec, après avoir engagé trois réformés, tous en mauvaise condition, je vous l'affirme, lorsque... Le veau... Le veau a perdu le pis ! Permettez...

Comme à la Bêchée, lorsque l'unique et précieuse vache mettait bas, Michel avait fait couler un jet de lait dans sa main, et le veau nouveau-né tétait son index. Et lui, en retrouvant ce geste d'autrefois, il se sentait plus assuré pour continuer à s'expliquer :

— ... lorsque j'ai eu l'audace de lui poser une question sur l'*Histoire Véritable et Naturelle du Pays de la...*

— Sur mon *Histoire* ? Le veau a repris la mamelle gaillardement, bien, très bien mon garçon. Tu disais donc : une question ? Cela n'explique guère ton engagement, nous en reparlerons. Mais je veux bien te répondre d'abord sur ce point. Car je gage, Lambert, que vous êtes resté coi. Ne prenez pas cette mine de contrition, mon fils. Moi-même, j'ai dû beaucoup oublier de cette vieille, très vieille *Histoire* — dont je suis, d'ailleurs, étonné, qu'un jeune soldat eût connaissance. De son titre, du moins... Que voulais-tu savoir ?

La « mine de contrition » du Sieur de Grandpré paraissait plutôt à Michel l'expression d'une vive inquiétude : à peine tiré d'un mauvais pas, absous d'un affectueux « Lambert » par son père, il devait se sentir à présent menacé par un déferlement UN PEU exagéré d'anguilles ! Michel se voyait dans l'obligation de trouver, et vite, une question qui ne mît pas en doute la véracité des affirmations du Sieur Pierre Boucher. Et aucune ne lui venait à l'esprit. Gagner du temps...

— Voilà, Monsieur. Dans le Livre des Merveilles... Oui, c'est ainsi que nous appelions votre...

— Le Livre des Merveilles ? Doucement, doucement, mon jeune ami ! Ma modeste *Histoire Véritable* n'est qu'une simple relation, assez médiocre de style, hélas !

Une lueur, dans l'œil de Pierre Boucher, démentait l'humilité des paroles. Le grand homme avait donc une faiblesse, un défaut à sa cuirasse de vertus. Curieusement, cette constatation délivra Michel d'embarras, et il continua avec assurance :

— Le style ? C'est la façon de parler joliment en écriture, n'est-ce pas ? (Trouver une question... une question...). Eh bien, l'ami qui m'a fait connaître votre *Histoire Véritable,* il était très instruit, il avait lu... peut-être trois livres, ou même davantage et... (vite, une question !...) et... lorsque vous assurez, dans l'épître : *« J'aurais sujet de craindre que cet ouvrage ne fût pas bien reçu de ceux qui recherchent les ornements de notre langue... »,* mon ami prétendait (Merci, Dieu, j'ai trouvé...) que vous n'aviez rien à craindre sur ce point.

Le Seigneur Pierre Boucher s'était occupé du veau durant que Michel parlait.

— Mille pardons, mon garçon, ce veau m'inquiète, il me semble faible d'arrière-train. Peux-tu me répéter ta question, je ne l'ai pas saisie.

— Voilà, Monsieur. Dans la dernière phrase du dernier chapitre, vous nous dites : « *Au lac Saint-François, qui est environ quatorze ou quinze lieues de Mont-Royal, il se trouve la plus belle... non... UNE des plus belles chênaies qui soit dans le monde, tant pour la beauté des arbres que pour la grandeur, elle a plus de vingt lieues de long, et l'on ne sait toujours pas combien elle en a de large.* FIN. À Paris, chez Florentin Lambert, rue Saint-Jacques, vis-à-vis Saint-Yves, à l'Image Saint-Paul... »

Emporté par son élan, il avait déclamé le mot « fin » avec l'emphase dramatique qu'y mettait Maurillon. Et s'il était retenu d'ajouter « fin, hélas ! », comme faisait son ami, il avait cependant récité le nom et l'adresse de ce Florentin Lambert « ... que nous ne saurions jamais assez remercier, n'est-ce pas, Michel, pour avoir imprimé le livre... C'est à Florentin Lambert, aussi, que nous devrons notre installation en Nouvelle-France... »

Il y eut un instant de silence, tout à la fois comique et impressionnant : à cette tirade superbe, si bêtement gâchée par l'intrusion des rues Saint-Jacques et Saint-Yves, à Paris, répondaient les clappements mouillés d'un veau à la mamelle, et le mâchonnement d'une vache qui tirait le foin du râtelier.

Le Sieur Pierre Boucher sortit enfin d'une visible stupeur. Son fils, lui, paraissait mieux que soulagé : il souriait béatement.

— Mais... Lambert, que signifie ? Il semble qu'il sache absolument par cœur ?

— Hé oui, père. Non seulement l'épître, et la fin, et... l'adresse du libraire-imprimeur : le livre en son entier ! Il m'en a récité de nombreux passages, ayant tout retenu des lectures que lui en faisait un ami — car il ne sait pas lire ! Convenez que j'avais de quoi être flatté : un simple soldat, juste débarqué du vieux pays, connaissait mot à mot l'œuvre de mon père. Mot à mot ! Vous avez remarqué, comme il s'est repris ? Une... Une... des plus belles forêts !

— Arriverais-tu du Perche, mon garçon ?

Lambert Boucher ne laissa pas à Michel le temps de répondre.

— Mais non ! Il ne vient pas de votre Perche natal, où les Boucher comptent encore des petits-parents* qui s'honorent de vous avoir connu : il vient d'une infime paroisse du Poitou ! Et il sait votre *Histoire Naturelle... Véritable et Naturelle...* par cœur ! Cela vous explique que je n'ai pu résister à l'engager. Interrogez-le vous-même sur n'importe quel chapitre à votre gré, et vous me comprendrez.

Pierre Boucher secoua doucement la tête, non-non, en posant sur son fils un regard de grondeuse indulgence.

— Que vous êtes léger, mon cher enfant ! J'ai, quant à moi, été... surpris, je le reconnais, mais pousser plus avant serait pure vanité, et vous me savez fort éloigné de ce travers, par la grâce de Dieu. Vous y avez succombé, quant

* Des parents éloignés.

à vous, en engageant ce garçon. Veillez à vous en confesser. Vous nous restez à dîner, bien entendu.

— Je... Oui, père, bien entendu.

— Allez en avertir votre mère, qu'elle égorge quelques volailles. Puis vous ferez visiter les bâtiments de ferme, et nos cultures, à vos domestiques. Même votre savant en *Histoire Véritable* y trouvera de meilleurs enseignements qu'en mes écrits. Allez. C'est trop avoir perdu de temps déjà, pour moi. La délivre* n'est pas sortie en son entier, il me faut l'aller chercher.

Après un long *Benedicite* prononcé par le Seigneur, son épouse, aidée des deux servantes aux tresses brunes, avait servi la soupe que l'on mangeait dans un silence de messe à l'instant de l'Élévation. Une soupe épaisse, de pois, de lard et de pain blanc longuement mijoté qui avait absorbé tout le bouillon. Une soupe à y tenir la cuillère debout, qui évitait heureusement les bruyantes aspirations : le moindre « gloup » eût paru sacrilège dans cette atmosphère d'église.

Si des murmures étouffés arrivaient parfois de la tablée des femmes et des jeunes enfants, il suffisait que le patriarche de Boucherville raclât, comme par mégarde, le fond de son assiette en étain, pour qu'un silence total revînt aussitôt. Juste troublé par le zonzonnement des mouches et le grésillement du jus des volailles dans la lèchefrite : même la broche était silencieuse. Elle était longue de huit pieds au moins, elle portait des volailles énormes, le mouvement d'horlogerie qui l'actionnait aurait dû cliqueter et grincer de tous ses rouages — et pas un son n'arrivait de la roue à claires-voies qui le dissi-

* Le placenta.

mulait : la roue tournait sans un bruit, à l'unisson de la famille Boucher, muette et recueillie...

Le Seigneur, ayant reposé la cuillère sur son assiette, promena son regard sur les deux tablées. « Pressez-vous... », chuchota Lambert Boucher à ses engagés — il les avait fait placer auprès de lui, au bas bout de la longue table que présidait son père. Celui-ci se leva lorsque toutes les assiettes eurent été vidées. Le silence, toujours, le vol des mouches, et la graisse qui friolait dans la lèchefrite... Mais un silence différent où frémissait une impatience...

Le Seigneur fit alors le signe de croix avec lenteur. Avec lenteur, au nom du Père... et du Fils... et du... Cela parut comme un signal : Saint-Esprit et *Amen* furent couverts par les exclamations joyeuses des enfants, et « grand-père Boucher » n'eut pas même un froncement de sourcils, il se rassit en souriant. Les conversations, alors, s'entrecroisèrent à chaque table. *« Ite missa est... »*, souffla Lambert Boucher à Michel en le poussant du coude.

Le Seigneur et la Seigneuresse avaient fait baisser le ton, d'un geste de la main, sans toutefois interrompre les bavardages. Lambert Boucher se pencha vers Michel :

— En visitant le domaine, tu as rencontré tous ceux de mes frères qui vivent au manoir, ainsi que mon beau-frère Le Gardeur de Tilly.

— Sauf... celui qui n'a plus qu'un bras.

— Lemanchot, nous l'appelons Lemanchot. Lui, il se trouvait à la pâture commune. C'est l'unique domestique mâle de mon père. Il est veuf, d'une jolie servante huronne, et ma mère élève ses deux filles. C'est un réformé, lui aussi. Tu comprends mieux, en voyant son infirmité, la savonnade que j'ai reçue de mon père lorsque je t'ai présenté ! À la table des femmes, à la droite de ma mère, c'est... Holà ! Le temps se gâte, je crois, pour nos jumeaux !

Depuis un moment, la Seigneuresse appelait en vain : « Jacques ! Jean-Baptiste ! » Elle finit par se lever et s'approcha de son époux. Les conversations s'étaient tues — sauf entre les deux jeunes garçons qui continuaient de rire et de parler entre eux.

— Constatez, mon ami. Vous devriez, comme je vous en prie depuis longtemps, éloigner vos deux garnements l'un de l'autre, aux repas. La foudre tomberait au mitan de la table qu'ils ne l'entendraient ni verraient !

— Sépare-t-on ce que Dieu a si fortement uni ? Voudriez-vous aussi séparer Jeanne et Louise ?

— Non pas, certes, je n'y ai aucune raison. Vous voyez mes jumelles attentives à leur service, elles !

Deux jeunes filles, en tous points semblables, apportaient sur les tables des saladiers de laitue, tandis que les servantes huronnes posaient sur chaque assiette une large et épaisse tranche de pain.

— Allez donc vous rasseoir, ma bonne amie. Je le reconnais, vous éduquez parfaitement vos filles. Et moi, je m'en vais les réveiller, mes étourneaux !

Le Sieur Boucher se leva et se porta près d'un billot qu'il frappa du manche d'un tranchelard.

— Bessons ! Je vous attends ! Et je ne suis pas le seul !

— Excusez-nous ! — Pardonnez ! — Ta faute à toi ! — Plutôt la tienne ! — Le chien ! — Vite, le pauvre !

Le Seigneur riait : les sacripants, c'était pour le chien qu'ils s'inquiétaient, et non pour les chapons en péril de brûler !

L'un des jumeaux dégagea la poulie de la broche, l'autre tourna la clenche d'une trappe, à la cage d'horlogerie : un chien superbe en jaillit, une bête rousse, puissante, qui courut d'abord s'abreuver dans un seau, à lappements bruyants, puis vint se coucher près du billot. Le silence du mécanisme ainsi s'expliquait : pas de rouages dans la cage ronde, seule la course d'un chien actionnait la broche ! Lambert Boucher avait remarqué l'étonnement de Michel :

— Bel animal, notre Tord-Loup, n'est-ce pas ? Il est aussi le chien de tête à l'attelage du traîneau, en hiver.

— À l'attelage ? Vous attelez des chiens ?

— Mais oui ! Mon père n'en parlait donc pas, dans son *Histoire Véritable* ? Il est vrai qu'à l'époque, on se gaussait, dans notre colonie, des pratiques qu'il empruntait aux Sauvages. À présent, ses justesses de vue sont reconnues, et certains des rieurs l'imitent, rendant ainsi hommage à son bon sens. Mazette ! À propos d'hommage, tu as droit au grand spectacle, mon ami, mon père te gâte...

Toujours le sarcasme, chez Lambert Boucher, après la louange...

— Jean-Baptiste ? Jacques ? Geneviève ?

À peine des ordres, tant la voix du Seigneur se faisait douce. Ils suffirent cependant à déclencher les allées-venues des trois enfants, dans un cérémonial que l'on sentait parfaitement réglé.

Jean-Baptiste faisait glisser une volaille sur un plat, l'apportait sur le billot, où Jacques avait posé une casserole fumante du jus recueilli dans la lèchefrite. La petite Geneviève présentait une assiette à son père. Lui, il avait retroussé ses manches et découpait avec une dextérité non dépourvue d'une certaine ostentation. Jacques arrosait de jus les tranches de pain avant que le Seigneur y déposât les morceaux de chapon.

On aurait dit une messe et ses servants, il n'y manquait pas même les révérences de la fillette pour rappeler les génuflexions des enfants de chœur, lorsqu'elle tendait une assiette à son père : « Pour notre mère... notre frère

Pierre... notre belle-sœur... », et révérence encore en rapportant l'assiette à chacun des convives.

Elle naviguait entre chaque tablée, gracieuse et souriante, selon un ordre qui paraissait établi avec rigueur. De mystérieuses préséances la dirigeaient vers tel ou telle, « notre beau-frère Le Gardeur », servi avant « notre frère Ignace », lui-même précédant « notre frère Lambert... ».

— Merci, petite sœur. On n'a pas oublié le morceau favori de Lambert !

Elle répondit d'une seconde révérence et ajouta :

— Et vous serez content aussi, pour le dessert : une trempette au lait sucré, et les premières fraises, et des petits...

Le Sieur Pierre Boucher ne la laissa pas terminer :

— Vous tardez, ma chère mignonne ! Nous allons dîner froid.

Lorsqu'elle se fut éloignée, Lambert Boucher se tourna vers Michel :

— Geneviève a onze ans, c'est la dernière-née, la préférée de mon père. Si quelque autre de mes sœurs s'était arrêtée au service, elle eût été rappelée à l'ordre sans « chère mignonne » ! Mais je dois dire qu'elle est une adorable enfant, un vieux père* ne peut avoir pour elle que les faiblesses indulgentes d'un aïeul.

Michel se détourna : il commençait à être irrité par les propos ambigus de Lambert Boucher. Et quoiqu'ils fussent tenus à voix sourde, il craignait qu'un membre de la famille les entendît.

L'unique fenêtre vitrée — les autres étant simplement

---

* Pierre Boucher avait alors 65 ans. Il mourut à l'âge de 95 ans.

garnies de papier huilé —, la seule échappée de la vue vers l'extérieur ouvrait sur les lointains de la Grande Rivière, embrumés par la chaleur humide de midi. À la Bêchée, il était six heures du matin... À la Bêchée, la mère trempait une mauvaise soupe... Le remords le tenailla soudain : il avait rarement pensé aux siens depuis son arrivée en Nouvelle-France. Pas davantage il n'avait évoqué Isaac ramant aux galères, durant cet enchantement de la remontée du Fleuve en chaloupe, de Québec à Boucherville. Le bonheur d'aborder au Nouveau-Monde le ramenait à l'égoïsme tranquille de ses quinze ans, lorsque le « meilleur colon » de Maurillon envisageait un départ joyeux, sans même un au-revoir, vers la Terre promise du Livre des Merveilles...

— Monsieur ! Monsieur !

— C'est à toi que l'on s'adresse. Tu rêves ?

La bourrade de Lambert Boucher le ramena sur terre : la petite Geneviève se tenait devant lui.

— Je vous ai demandé : que préférez-vous, dans le chapon ? Du blanc ? Ou de la cuisse ? Et vos compagnons ? Ils n'ont pas su me dire...

— Demoiselle, s'ils n'ont pas répondu, c'est que sans doute, tout comme moi, ils n'ont jamais mangé de chapon.

— Jamais ? Vous avez tort, vous savez, c'est très très bon, et...

— Geneviève, portez-là leurs assiettes sans plus d'explications, mon enfant.

— J'ai mal fait, père ? Aux nouveaux hôtes, je dois toujours demander ce...

— C'est moi qui ai péché, ma chère mignonne, en vous laissant dire. Péché par oubli de ma petite jeunesse au vieux pays, où les Boucher n'avaient jamais goûté au chapon, eux non plus. Que nos hôtes — et Dieu — me pardonnent. Ne prenez pas cette mine chagrine, Geneviève : nous allons leur donner du blanc, et de la cuisse !

Ainsi sauront-ils désormais ce qu'ils préfèrent, dans le chapon.

Geneviève posa devant chacun des « nouveaux hôtes » une assiette débordante de viandes.

— Admirable leçon, n'est-ce pas ?

Michel fit semblant de n'avoir pas compris la réflexion ironique de Lambert Boucher, et répondit, en regardant son assiettée, qu'en effet la leçon était appétissante...

Quoique tous les convives fussent à présent servis, personne n'entamait le repas. Le Sieur Pierre Boucher restait debout près du billot.

« Suite de la représentation... », marmonna Lambert Boucher entre ses dents.

— Eh bien, bon appétit à tous !

En prononçant ces mots, le Seigneur fit un pas vers sa chaise. Le chien se redressa alors, pointa le museau vers lui avec un méchant retroussis de babines et des rauquements menaçants.

— Geneviève ! Vous avez oublié le tournebroche, et il veut me dévorer !

— Je m'en vais vous sauver, père !

La petite fille se précipita, avec des grimaces forcées d'effroi, et saisit le plat où son père avait posé une carcasse de chapon. Elle l'agitait devant le museau du chien qui continuait à gronder férocement, et elle reculait vers la porte. Lorsqu'elle jeta la carcasse dans la cour, le chien, avant de s'élancer, la remercia d'un affectueux coup de langue sur la joue... La fillette eut l'air fort dépité — et cette fois sans aucune feinte :

— Méchant Tord-Loup ! Il m'a léchée ! Vous le gronderez, père ? Il doit faire semblant de me mordre !

Le Seigneur apaisa les rires d'un geste de la main : bien sûr, il tancerait Tord-Loup pour avoir failli à sa condition que Dieu avait voulue de stricte obéissance...

— Mais pas trop fort ? Vous ne le gronderez pas trop fort, tout de même ?

On riait de nouveau, les jumeaux imitaient leur sœur : « mais pas trop fort, mais pas trop fort, méchant Tord-Loup, il m'a léchée... »

Lambert Boucher fit remarquer à Michel que le dénouement de la sempiternelle comédie était imprévu, pour une fois ! Tord-Loup, habituellement soumis, aurait-il profité de la présence du cher fils de Grandpré pour manifester un appétit d'indépendance ? Le cher fils de Grandpré se sentait soutenu, tout à coup, par un brave chien indocile...

— Monsieur, cela ne me regarde pas. Vous m'avez engagé pour être domestique chez un de vos fermiers, et non pour me prendre à témoin sur vos embarras de famille.

Lambert Boucher hochait la tête avec conviction, comme pour marquer un accord total. Il avait pâli, cependant...

— Je suis de ton avis : excellent, ce chapon. Mon père ne nous quitte pas des yeux. Du caractère que tu montres (il servit à boire à Michel tout en parlant), tu me comprendras peut-être un jour. Évite de faire la grimace en buvant ce que je viens de te servir.

Un clin d'œil, l'air de dire : « Tu vas m'en donner des nouvelles... », et Lambert Boucher continua :

— Mon père prépare lui-même son bouillon*, et le réserve aux grandes occasions. Même le Gouverneur n'échappe pas à cette épreuve, tâche d'y faire bonne figure !

— Monsieur, croyez-vous que...

— Santé !

---

* Sorte de bière obtenue en faisant fermenter de la pâte à pain dans de l'eau.

Lambert Boucher ne l'avait pas laissé terminer, il avait choqué son gobelet contre celui de Michel. Atroce, le « bouillon » ! Un goût écœurant de vieille fûtaille, de pain moisi, une mousse grasse et amère qui engluait les dents, la langue, le palais, avant de râper longuement le gosier. Michel reposa son gobelet et remarqua que les conversations avaient cessé : tous les yeux étaient tournés vers lui. Sauf ceux de Lambert Boucher...

— Mon cher Lambert ? Que pense ce jeune homme de notre bouillon ? Il se fait de bon vin, je crois, en Poitou. Son avis m'intéresse. Lambert, bien franchement, qu'en pense-t-il ?

— Eh bien, père, il va vous le dire lui-même...

« Mon cher Lambert » regardait Michel avec un bon sourire.

— Alors, jeune homme ? insista Pierre Boucher...

— Excellent, Monsieur. Excellent. Mais très fort. On le boit comme petit-lait, puis l'on s'aperçoit qu'il chauffe aux oreilles, bien plus que nos petits vins de Poitou !

Pierre Boucher hochait la tête avec satisfaction durant que Michel parlait, puis il prit ses fils et ses gendres à témoin :

— Voyez, mes fils, l'avantage que l'on retire d'un avis donné en toute franchise : mon bouillon est trop fort. Monsieur de Callières* me le laissait entendre, pourtant, en le coupant largement d'eau, mais ce jeune homme, lui, l'a clairement exprimé : mon bouillon est trop fort. Je veillerai désormais à mettre moins de pâte. Mon bouillon est trop fort.

Le Sieur Pierre Boucher était visiblement très fier qu'on reprochât trop de force à son bouillon — en réalité moins chargé d'alcool qu'une piquette en fin de saison, quand le moût en a été dix fois rallongé d'eau !

---

* Gouverneur de Montréal à cette époque.

— Servez vos trois autres réformés avec mesure, Lambert. Ils semblent de faible constitution, et risqueraient d'être morts-ivres à leur arrivée chez vos fermiers !

Un fond de gobelet, pour les « faibles de constitution », qui sembla d'abord les décevoir par sa lésinerie. Puis René Minaut eut un hoquet de surprise, suivi de quelques rots. Les deux autres toussaient.

— Vous aviez raison, père. Beaucoup trop fort pour eux.

— En revanche, vous pouvez resservir... comment se nomme-t-il ?

— Michel Jamonneau, dit...

— Les surnoms d'armée sont ridicules, quand ils ne sont pas grossiers. Veillez, je vous prie, à l'appeler par les beaux noms de baptême qu'il reçut, ceux d'un archange et d'un apôtre. Resservez un gobelet à Michel-Jean : il est de carrure à supporter un breuvage un peu... fort.

— Croyez-vous vraiment, père ?

— Mais bien sûr ! C'est un solide gaillard. N'est-ce pas Michel-Jean, tu prendras bien une autre rasade ?

— Oui, Monsieur. Avec plaisir. Merci.

Lambert Boucher le servit largement. Ses yeux pétillaient de malice en regardant Michel avaler son gobelet, plein ras-bord — presque une pinte !

— Encore une rasade, Michel-Jean, archange et apôtre ? Oui, Monsieur ? Avec plaisir ? Merci ?

Il parlait tout en mordant une cuisse de chapon qui cachait le mouvement de ses lèvres et étouffait ses intonations moqueuses.

— Presse-toi, si tu veux goûter à la salade. Les jumeaux ont tout glouti leur saladier, et vont viser le nôtre. Dieu ! Que cela fait habitant*, de manger à plusieurs au même plat !

---

* Paysan.

— Fait... habitant ?

— Mauvaises manières, si tu préfères. Pourrait-on croire que mon père a été gouverneur de Trois-Rivières, en le voyant piquer son couteau dans le saladier ?

Michel ne répondit pas, feignit de s'absorber à manger. Lambert Boucher, décidément, l'exaspérait. Ce seigneur-paysan, cet « habitant » aux mains calleuses, lui, il l'admirait sans réserves. Il souhaitait que le « fils de Grandpré » en eût fini de ses réflexions acides sur son père. Et de ses railleries à « Michel-Jean » qui avait déclaré le bouillon excellent, oui Monsieur, excellent...

Le couteau du Sieur Pierre Boucher tinta sur le bord de l'assiette : le brouhaha des conversations s'apaisa. Seuls continuaient de discuter à voix haute le fils aîné et le gendre Le Gardeur, sur une question de bornage contestable entre deux colons de Boucherville. Le couteau tinta plus fort.

— Mes enfants, vous reprendrez ce propos au dessert.

— Excusez-nous, père.

Pierre Boucher le fils, futur seigneur de Boucherville, avait été interrompu en beau milieu de phrase. Il devait aller sur ses trente-cinq ans, et son beau-frère Le Gardeur paraissait approcher de la quarantaine.

— Encore un peu de bouillon, Michel-Jean ?

Michel ne répondit pas à Lambert Boucher. Il avait hâte que le repas se terminât.

Toutes les femmes et les jeunes filles étaient sorties de la maison. Les enfants s'agitaient, seuls à la table. Et crièrent de joie lorsqu'elles réapparurent et posèrent devant les hommes des jattes de lait, des paniers de fraises et des corbeilles de pains mollets.

Le Seigneur se leva, alla prendre la chaise de la Seigneuresse et l'apporta auprès de la sienne.

— Mon amie... Mes petits...

Les enfants se précipitèrent : « Père ! Papa ! Grand-père ! » Les plus âgés escaladèrent les genoux, les tout-petits furent hissés. En même temps, les jeunes femmes et les jeunes filles prirent place auprès des maris, des frères, dans un joyeux remue-ménage de bancs tirés, de tabourets renversés. « Grand-père Boucher » tenait deux enfants sur ses genoux : un garçon aux cheveux presque blancs à force d'être blonds, et une petite fille à la peau mate, aux yeux bridés, qui ressemblait à celle, un peu plus jeune, que Lemanchot serrait de son unique bras.

— Est-o les houmes, avour, ch'abeucheront les drôles ?

Dans son étonnement devant un tel spectacle, Justin Frimaudeau s'était adressé à Lambert Boucher en patois, et lui se tourna vers Michel :

— Que me dit-il ?

— Il demande... si les hommes, à présent, vont... abecquer... donner à manger aux petits enfants.

— Mais non ! Tu vas comprendre. Qu'on se taise, à présent...

Le Seigneur regarda longuement sa famille serrée autour de la même table. Les enfants avaient fait silence sur les genoux de leurs pères. Pierre Boucher leva la main droite comme pour une bénédiction :

— Que ma famille est belle ! Merci, Seigneur, de me l'avoir donnée...

Aussitôt, les jeunes mères et les tantes récupérèrent les enfants, et la Seigneuresse se retrouva avec les deux filles du valet Lemanchot dans le giron.

— À l'abordage, mes Français ! Dieu merci, les jumeaux n'attaquent pas le même vaisseau que nous ! Voyez comme il faut s'y prendre.

À l'évidence, Lambert Boucher ne jugeait plus que

cela « faisait habitant » de piquer au même plat ! Il prenait au contraire un plaisir enfantin à expliquer la manière de procéder, joignant le geste à la parole. Découpait d'abord son pain en cubes réguliers : « Pas trop gros, ça ne boirait pas jusqu'à cœur. Ni trop petits, faudrait repêcher à la cuillère : le déshonneur ! » Puis embrochait son pain sur le couteau : « Doucement, c'est du pain mollet, vite effrimé. » Plongeait couteau et pain dans la jatte : « Au fond, c'est plus sucré. Mais ça risque davantage. » De l'autre main, saisissait une fraise : « Attention, toujours le pain avant la fraise. Faisant le contraire, ça n'est rien aussi bon, la trempette ! »

La trempette, c'était un délice de lait crémeux, de sucre, de pain tiède où se fondait l'acidité des fraises... Et aussi un moment de gaieté, une occasion de rire et plaisanter, au manoir de Boucherville.

Les femmes et les jeunes filles faisaient trempette à la cuillère. Les hommes les accusaient d'aller trop vite en besogne. Oui... mais c'était pour la raison d'avoir à contenter leur petit monde ; eux travaillaient à propre compte !

— À la cuillère, beau-père, à la cuillère !

Le Gardeur tendait une cuillère au Seigneur Boucher qui venait de perdre son pain dans la jatte. Et toute la famille clamait : « À la cuillère... père... grand-père... » Même la Seigneuresse : « Vous devez vous exécuter, mon ami ! »

Pierre Boucher leva la main. Silence. Mais un silence habité de rires mal contenus.

— Je réclame justice contre mon gendre Le Gardeur. Il est venu braconner dans mes eaux.

— Moi ? Comment osez-vous ? C'est vous qui avez labouré sur ma concession !

— Je reconnais, je reconnais. Mais... arrêtons un instant le jeu. Vous venez de me rappeler... À propos de labour... Lambert, mon cher enfant ?

— Oui, père ?

— J'apprécierais que vous prêtiez un de vos réformés à la veuve Jaudouin, avant l'hiver. Pour renchausser* sa maison, terminer ses labours et lui faire son bois. Vous avez ma confiance quant au choix de celui qui sera de meilleur rendement à ces travaux, et vous avez le temps d'y réfléchir.

— Mais c'est tout réfléchi, père. Michel-Jean, qui connaît par avance notre colonie à travers votre *Histoire Véritable et Naturelle*, est le plus...

« Quoi ? Comment ? Ce jeune homme ? Votre livre ? Il a lu le livre ? » Et, dominant les exclamations étonnées, la voix doucement grondeuse de la Seigneuresse :

— Lambert ! Quel écervelé vous faites, mon enfant ! Vous alliez nous cacher que...

— Votre Lambert, ma chère, est bien plus étourdi que vous ne le pensez, car je croyais lui avoir fait comprendre qu'il ne devait plus être question de cela. Oublions ce détail, voulez-vous ?

— Il vous en avait donc averti ?

— Oui. Oublions, vous dis-je. Et reprenons notre...

— Pardon de vous interrompre, mon ami. Les soirs de mauvais temps, plutôt que repasser le Fleuve pour gagner l'île Saint-Joseph, Michel-Jean pourra coucher au manoir, naturellement.

— Naturellement. Reprenons notre trempette. Le Gardeur... en garde ! La cuillère vous guette, je vous en avertis !

Dans les cris de joie, dans les rires, Lambert Boucher n'eut même pas à baisser la voix.

— J'ai joliment réussi mon coup. Au-delà de mes espérances ! Grâce à moi, mon père va passer quelques bonnes veillées. Mais tu m'es sympathique, et je dois te

---

* Isoler contre le froid.

prévenir. Anne la Parisienne, veuve Jaudouin, est... redoutable. Chez la veuve Jaudouin, Michel-Jean ! Oui, Monsieur. Avec plaisir. Merci... Ha ! Ha !

Oubliée, la reconnaissance envers Lambert Boucher qui l'avait épargné de trois longues années dans la vie militaire ! Qui l'avait amené jusqu'à la source de ces rêves qui coulaient du Livre des Merveilles ! « Michel-Jean » ne ressentait plus que rancune et mépris pour lui... Il prit son temps pour répondre :

— Redoutable, vraiment, cette veuve... Jaudouin ? Pas plus que moi, sans doute : je me suis engagé dans la Franche-Marine pour échapper aux galères. Oui, je trafiquais le faux-sel , et le curé de ma paroisse m'a dénoncé, ayant bien d'autres raisons, d'ailleurs, à se plaindre de moi ! À la cuillère, Monsieur, à la cuillère !

Le Sieur de Grandpré repêcha son pain dans la jatte de lait. Sa mine montrait assez qu'il doutait à présent d'avoir tiré la carte gagnante de sa manche, pour s'attirer les bonnes grâces de son père.

Chapitre 7

Anne la « Parisienne », veuve Jaudouin

— Ça te reste qu'une souche à sortir, mon gars ? Baptême ! Toi, tu t'endors pas à l'ouvrage ! Quoi ? Qu'as-tu à redire, Madeleine ?

Madeleine Martineau, elle avait à redire que son homme, avant soleil levé, jetait le premier sacre de la journée ! Combien de fois qu'il offenserait le Bon-Dieu, hein, d'ici au soir ? Et l'autre, là, Michel, qui ricassait d'entendre ces abîmations !

— Excusez, maîtresse Martineau. C'est pour n'avoir point l'habitude encore des blasphèmes par le ciboire, le baptême ou le crucifix : cela me porte à rire, chaque fois.

Les irritations de maîtresse Martineau tombaient aussi vite que venues : elle était gentille femme, toute ronde de sa personne comme de son caractère.

— Je gage que tu t'y feras vitement, avec ce grand sacreux, ça doit t'en rester guère à apprendre, asteure ! Rien qu'une souche à tirer, pas possible ?

— Si-fait. Celle d'orme galeux.

Joseph Martineau secoua la tête :

— Non, cette-là, faut pas compter la défourrer à moins de deux journées. Et demain, c'est Saint-Michel.

— Déjà ?

— Hé oui, mon gars. Ça me flatte que t'aies pas connu le temps à passer chez nous. Une chance encore qu'on t'ait gardé jusqu'à Saint-Michel, vu que depuis huit jours déjà les arbres viennent à la vilaine couleur, et l'hiver s'annonce prime. Monsieur Jacques est passé hier me prévenir : demain, il viendra te chercher en canot, pour la veuve Jaudouin. Qu'a-t-elle à grommeler de plus, cette-là ? J'ai point sacré !

« Cette-là », elle se plaignait que grand-père Boucher les privait d'une souche qu'aurait tenu huit jours de feu ! Pour que la Parisienne, elle, n'ait point froid aux pieds ! Comme si...

— Arrête donc d'égrafigner cette pauvre femme, Madeleine. Pour sûr, la souche nous fera manque dans le bûcher : les Sauvages prédisent le gros-gros froid, et jamais ils se trompent. Mais on peut pas aller contre une demande de grand-père Boucher. D'autant qu'il m'a promis une taure de ses prochains vêlages, Dieu le bénisse, pour compenser du temps que Michel passera chez cette malheureuse qu'a eu sa suffisance de peines, crois-tu pas ?

— Possible. Mais, des fois, on trouve ce qu'on cherche...

— Ah ! Les fumelles, c'est des crache-venin, entre-z-elles ! Bienheureux qu'on serait, si on savait s'en passer, de ces poisons ! Et dire qu'elle m'a fait trois filles, avant le gars ! Trois bénitiers avant le goupillon !

Il se forçait au ton de la colère, et son épouse prenait l'air de « cause toujours... » Pas davantage que Michel elle n'était dupe : Martineau chérissait fort les trois petites filles qui avaient précédé le poupon Irénée, et la femme-poison qui les avait enfantés. Elle lui fit signe de baisser la voix.

— Crie pas si fort, surtout à dire des bêtises. Tu vas me réveiller toute la troupe, et c'est point déjà l'heure. Encore un rien de soupe avant de partir à l'ouvrage ? Tu dis pas non, hein, t'as pas peur de poisonner, avec ma godaille* ? Tu vois, la raison que tu peux pas te passer de moi ? Pour ma soupe !

— Sûrement ça, oui, ma grosse.

Les yeux de Martineau brillaient d'un sous-entendu coquin, et « ma grosse », qui l'avait cependant provoqué, lui fronça des yeux sévères et s'empressa de détourner la conversation.

— Mais, j'y songe... Pourquoi que t'irais pas dessoucher avec Michel, aujourd'hui ! À vous deux vous arriveriez.

— Sûr qu'on arriverait. Et toi, durant ce temps, tu viendrais à bout des trois charretées de blé d'Inde qui faut ramener depuis le bout du rang : le temps se chagrine, et m'est avis que demain, ça pourrait mouillasser.

— Alors, vaut mieux qu'il t'aide au blé d'Inde. Ça sera peine perdue, à la souche. Parce que toi, t'auras pas le temps de prendre une journée pour finir de la sortir. Y a gros de réparations sur la maison et sur la grange, et l'hiver il vient pas seulement pour la Pari...

— Rassurez-vous, maîtresse Martineau : cette souche, je la dépouillerai avant ce soir. Parole.

— Mais c'est qu'il en serait capable, ma foi ! Un mangeux d'ouvrage, ce Michel ! Quand je songe qu'on se prive un grand mois de lui, à cause de...

— Lui as-tu préparé son dîner de chantier ? Oui ? Alors, le retiens pas, avec tes javasseries. Va, mon gars, oublie pas ton fusil, et te mets pas à nuit pour rentrer. Parce que je la connais, ma grimacière ; elle te fait de gentilles manières : t'es un mangeux d'ouvrage, et ci, et ça..., puis, si tu tardes pour le souper, elle t'attend à la porte avec une brique et un fanal** !

---

* La nourriture, la cuisine.

** Menace pour plaisanter : le fanal pour ajuster le coup, la brique pour frapper.

Lorsque le soleil marqua midi, Michel eut la certitude qu'il pourrait tenir sa promesse : avant la nuit, la souche serait à nu au fond du trou, ébarbée de l'enchevêtrement des racines. Prête à glisser sur les premières neiges, tirée vers le bûcher par le bœuf Liset — auquel il faudrait sans doute coupler une vache, tant la masse à ébranler était énorme !

Tout était démesure en ce pays : Michel avait participé aux diverses activités de la ferme depuis son arrivée chez Martineau, et il n'y avait retrouvé aucun souvenir du Poitou où, pourtant, il faisait les foins avec Jacquet, moissonnait, récoltait sur les lopins de terre de la Bêchée. Ici, aux mêmes travaux, il découvrait des sensations inconnues, il vivait des étonnements quotidiens...

Plus profondes, les herbes des prairies où la faux crissait à peine en abattant les tiges grasses ! Plus lourds, les épis de blé froment, d'orge, d'avoine, dressés sur leur chaume épais ! Plus charnus, les pois et les fèves qui avaient grossi quasiment à vue d'œil, dans la chaleur du mois d'août ! Une telle générosité de la terre amenait d'ailleurs à des gaspillages, à une insouciante gourmandise : on se permettait, chez Martineau, de manger des pois encore verts, tendres et sucrés... des porées à peine grosses comme le petit doigt, qu'on trempait dans la vinaigrette... des épis de blé d'Inde aux grains juste formés, doux et laiteux, qu'on arrosait encore de sirop d'érable !

L'année 87 était pourtant, selon Joseph Martineau, une année de « pas grand-chose » : la mouche avait attaqué les fèves dans leur fleur, il n'en avait guère sauvé que trois minots... le blé sarrasin, il doutait qu'il vienne mûr avant les premières gelées, ça serait juste bon à fourrager les bêtes... les érables avaient donné petit-petit au printemps, faudrait chicher le sirop jusqu'à la prochaine coulée...

La ferme regorgeait de provisions pour l'hiver, un

cochon serait bon à tuer pour la fête de Tous-les-Saints, un autre après Carême, et Joseph Martineau trouvait encore à se plaindre. Même pour le bois ! Surtout pour le bois ! Il n'y connaissait, disait-il, ni bonne ni mauvaise année, c'était toujours misère, il se trouvait « réduit » à se chauffer avec les racines, les branches et les souches !

Huit jours de feu seulement, ce monstre de souche que Michel « défourrait » de terre ! Et Martineau osait se lamenter...

— Tu comprends, les colons, ils peuvent se permettre de brûler les souches sur place, et de débiter les fûts pour leur cheminée. D'abord, ça leur engraisse le terrain, la cendre d'essartage. Puis, c'est malaisé d'ouvrage, de fendre les souches, j'y passe l'hiver à moitié. Mais moi je suis fermier, et pour payer le bail à Monsieur Lambert, faut que je vende tout le beau bois aux faignants de Ville-Marie. À peine si je me garde un rien de bois d'œuvre, et pour la cheminée, faut que je me contente de ces ciboušres de souches !

Et cela l'indignait, Martineau ! Lui paraissait le révoltant symbole de sa condition de fermier ! Une montagne de bois dans son bûcher ? — mais ça semblait à rien, c'était tout biscornu-contrefait, il aurait voulu de ces longues bûches bien droites, alignées en cordées, de celles qu'on tirait des troncs d'arbres ! Des perches, des planches, des bardeaux dont les empilements atteignaient le toit de la grange ? — rien du tout, à peine de quoi resolider la maison et les bâtiments de ferme pour l'hiver !

Martineau était né en Nouvelle-France... Jamais il n'avait glané la ramille dans les sous-bois, ni cassé en maraude les basses branches des arbres. Il était forcé — Jésus de poil ! — de se contenter de branches, de racines et de maudites souches !

En une semaine, cet hiver, la souche serait brûlée ! Michel comprenait mieux, à présent, le rire du Sieur de Grandpré lorsqu'il avait entendu que, selon son père, le froid était *un peu* âpre en Nouvelle-France ! Sous sa pioche et sa cognée, en ce jour, l'hiver canadien lui laissait entrevoir sa véritable nature, son âpreté extrême : la cheminée des Martineau devait monter un feu d'enfer pour venir à bout, en huit jours, d'une telle quantité de bois ! L'orme avait été abattu trois ans auparavant, la souche était parfaitement sèche, elle promettait de hautes flammes et une abondance de braises encore rouges, au matin.

Madeleine Martineau serait contente, la veuve Jaudouin ne la priverait pas d'une montagne de bois que l'hiver canadien dévorerait en huit jours !

Il avait largement le temps de descendre jusqu'au fleuve pour manger. Il s'assit sur une roche plate, à quelques pas de la berge : il ne se lassait pas de la contemplation du Saint-Laurent. Et ces « vilaines couleurs », selon Martineau, ces couleurs violentes qui incendiaient les arbres depuis une semaine, ajoutaient encore à la magie de la Grande Rivière, la paraient de reflets de vitrail ; le Saint-Laurent coulait, roulait, mêlait tous les ors et les rouges de l'automne.

Les Martineau s'étonnaient de l'attirance exercée par le Fleuve sur Michel. Pour eux, il n'offrait rien d'autre que des avantages matériels. La facilité des déplacements : « Surtout l'hiver, tu verras, quand les glaces l'ont pris. On va de pied à Ville-Marie en rien de temps. » L'aubaine de la pêche, de la chasse au gibier d'eau : « Paraît qu'au vieux pays, y a que les gros messieurs à avoir droit, c'est-y croyable ? »

Le Saint-Laurent, pour Joseph et Madeleine Martineau, n'était rien d'autre qu'une commodité de transport, un chemin d'eau ou de glace, un fournisseur de viande et de poisson !

Jamais ils n'auraient eu l'idée de faire le tour de l'île Saint-Joseph, comme Michel en avait pris l'habitude, chaque dimanche après-midi. Eux, ils recevaient visite, ou traversaient en chaloupe le « petit bras » — presque deux cents toises de large — pour se rendre chez leurs amis Casard, à Boucherville. Souvent aussi, ils prenaient le « grand bras » — huit cents toises — pour aller sur l'autre rive, à Ville-Marie ou Pointe-aux-Trembles.

— Tu viens pas avec nous autres, Michel ? T'as peur de déranger, je parie. Martineau, dis-lui qu'on le considère comme de la famille !

— Hé ! Il le sait déjà !

— Ou alors, moi ça me fend le cœur de le voir esseulé de même, qu'il peut faire visite aux autres réformés de Monsieur Lambert, chez Girard et Cordier. C'est pas une raison, que nous autres on fréquente pas ces canailles, pour que lui ne s'y rende pas à voir ses camarades.

— Je les connais à peine, maîtresse Martineau, et je...

— Ça avec, Madeleine, je lui ai déjà dit. Non, lui, ce qu'il préfère mieux, pour son dimanche tantôt, c'est de regarder l'eau ! Tu vois, ma pauvre femme, on croyait d'être bien tombés, avec ce valet : un bourreau d'ouvrage, et serviable, et estimable. Mais rien n'est parfait sur terre, faut croire, et notre réformé, ça lui manque un bardeau* : il guette le Fleuve au cas qu'il se mette à la renverse et vienne à couler de l'autre sens ! Va, mon bon gars, qu'on soit les premiers avertis si jamais ça arrive !

La plaisanterie et le ton chaleureux n'avaient pas réussi à cacher que Joseph Martineau pensait vraiment que son bon gars de domestique portait un grain de folie...

L'abattis où Michel travaillait à dégager les souches, depuis bientôt un mois, donnait sur le petit bras du Saint-

* Il est un peu fou.

Laurent. En amont, sur l'autre rive, il apercevait Boucherville. Boucherville où, demain, il allait préparer l'hiver pour la veuve Jaudouin.

Il ne l'avait jamais vue : les Martineau fréquentaient l'office chanté, à l'Église Sainte-Famille, et la veuve Jaudouin allait à basse-messe. « Elle préfère mieux pas rencontrer trop de monde, faut croire ! — Arrête donc d'égrafigner cette pauvre femme, Madeleine ! »

Sur la veuve Jaudouin, Michel n'avait pas cherché à en savoir davantage. Une pauvre femme qu'avait eu son compte de malheurs, selon Martineau. Mais qui les avait cherchés, d'après son épouse. Anne la Parisienne — redoutable, aux dires du Sieur de Grandpré — lui permettrait de mieux connaître le Seigneur de Boucherville. Il espérait que les soirs de mauvais temps allaient être nombreux, pour l'empêcher de repasser le Fleuve ! Il se réjouissait à présent qu'on le « prêtât » à la veuve Jaudouin...

Sur l'instant, il en avait été violemment mortifié. « Vous prêterez un de vos domestiques... » On disposait de lui comme d'un outil : demandait-on avis à la charrue avant de la proposer au voisin ?

C'était Pierre Boucher qui en avait donné l'ordre, mais c'était contre son fils que « l'orgueilleux croquant » de la Bêchée s'était rebiffé, et d'une bien basse façon. Michel gardait encore remords de la panique qu'il avait provoquée chez Lambert Boucher, en se proclamant gibier de potence !

Le malheureux avait pâli, et Michel s'était complu à imaginer quel trouble devait l'agiter durant qu'il essayait de repêcher le pain que, dans son saisissement, il avait laissé échapper de son couteau. À son très vertueux père, au saint homme qu'il voulait flatter, Lambert l'étourdi offrait, pour compagnon de veillées, un vaurien trafiquant le sel, un mauvais catholique qui se vantait d'avoir provoqué le courroux du prêtre de sa paroisse !

Michel, cependant, n'avait pas voulu pousser trop loin cette méchante riposte à l'agacement où l'avaient mis les propos ironiques de Lambert Boucher, en particulier ses « oui, monsieur, avec plaisir, merci ! »

— Rassurez-vous, Monsieur, je n'ai rien fait d'infamant, et je suis bon catholique. Pourtant, je vous ai donné, en pure vérité, les raisons de mon engagement.

— Disons plutôt que tu me les as... jetées à la face, quand je ne te demandais rien ! Ainsi, tu trafiquais le sel. Si t'en vantes devant mon père, il te fera sans doute une belle morale, mais, au fond, ne t'en tiendra pas rigueur. Il nous a souvent raconté de ses souvenirs d'enfance, à Mortagne, où pesait si fort cet impôt dont le nom m'échappe... la gabelle, c'est cela ? Ses parents ont acheté le faux-sel, et considéraient sans doute les gens de ton espèce comme des bienfaiteurs, non comme des bandits. Ce n'est pas ton sel qui m'inquiète, c'est ton curé ! Pour mon père, un prêtre, c'est le bras de Dieu sur terre. Et qu'il soit bon ou mauvais homme n'y change rien à ses yeux : le bras de Dieu a toujours raison !

Depuis un moment, Lambert Boucher triturait nerveusement les morceaux de pain au lieu de les piquer avec son couteau.

— Votre père vous regarde, Monsieur. Il ne tardera pas à vous dire : « Mon cher enfant, vous gâchez le pain que Dieu nous donne... » Si votre père me demande les raisons de mon engagement, je ne lui parlerai ni du faux-sel, ni du curé de ma paroisse. Je pourrai, sans mentir, lui répondre que la raison de ma venue en Nouvelle-France, c'est son livre. Et si cela le porte a plus de... considération envers vous, je m'en réjouirai.

Lambert Boucher avait vivement ramassé les boulettes de pain et les avait gobées.

— Je te remercie. Pour m'avoir épargné la remontrance de mon père sur ma gaspille de pain, naturellement !

Michel trouvait soudain, en ce jeune homme, quelque chose de Maurillon...

— À vous, cependant, je dois l'entière vérité. Y a-t-il des religionnaires en Nouvelle-France ?

— Des... quoi ?

— Des protestants.

— À ma connaissance, fort peu, car un certain nombre de métiers leur sont interdits. Certains ont rejoint la Nouvelle-Angleterre, mais la plupart ont abjuré. Ainsi, depuis deux ans, Monsieur de Denonville s'est fait catholique. Ah ! ma revanche, enfin ! À la cuillère ! À la cuillère ! Mais... pourquoi me fais-tu cet œil rond ? Tu étais prévenu de la pénitence, pourtant ?

— Le Gouverneur de la Nouvelle-France, un converti ?

— Mais oui, qu'y a-t-il là d'étonnant ?

— Si le curé de ma paroisse m'a dénoncé, c'est parce que j'ai refusé de saler le cadavre d'un malheureux, déterré trois mois après sa mort et soupçonné de fausse conversion. Le curé le faisait traîner sur une claie, puis on l'a jeté aux ordures de la voirie.

Lambert Boucher réfléchit un moment. Puis déclara douter que son père — quoique hostile à toute barbarie — pût désavouer le bras de Dieu, même en des œuvres aussi horrifiantes !

Puis il se mit à rire :

— Excuse-moi, ton histoire est atroce, et tu pourras penser que mon père a quelques raisons de me trouver un peu... écervelé. Mais c'est à la pensée de notre cher Gouverneur : si jamais il s'en retourne au vieux pays, il devra se garder de mourir en ta paroisse ! Ce serait une ruine de sel pour ton bon curé, Monsieur de Denonville étant de forte corporance ! Et voilà que j'ai encore perdu mon pain... Mais l'idée de Denonville salé est si cocasse !

Michel aurait dû s'irriter de cette insouciance, de cet enjouement qui tournaient en bouffonnerie la sinistre évocation d'un cadavre profané. Mais, bizarrement, il ne balançait plus dans ses jugements sur Lambert Boucher : il le trouvait extrêmement sympathique...

Lambert Boucher était repassé par l'île Saint-Joseph à la fin de la guerre, vers la mi-août : une petite guerre, les Iroquois avaient été vitement défaits, sans grandes pertes pour les régiments en campagne.

Il avait cependant apporté les conseils pressants de son père : il convenait de rester en alerte...

— Parce que le Roi a donné l'ordre d'embarquer vers la France la majorité des prisonniers que nous avons faits. Il les condamne aux galères. Mon père est furieux, lui qui connaît bien les Sauvages : les tribus ne supporteront pas cette humiliation et vont chercher à se venger sur l'habitant. Mon père demande que vous ne sortiez plus sans le fusil.

— On obéira à grand-père Boucher, bien entendu. Mais vous savez, Monsieur Lambert, depuis cinq ans que je tiens votre ferme, jamais j'ai vu un Iroquois mataché de rouge et de jaune pour l'attaque. Les Sauvages qui passent, des fois, dans l'île Saint-Joseph, c'est des bons, des baptisés qui viennent pour la traite*, et...

— Et on n'a rien qui les intéresse à échanger...

Madeleine Martineau avait vivement interrompu son mari et regardait Michel d'un air inquiet : il avait vu, une

* Les Indiens troquaient les peaux contre des produits manufacturés, mais surtout contre de l'alcool.

fois, un Huron repartir de la ferme avec une outre de bière... Une petite bière, guère plus forte que le bouillon du Sieur Boucher, contre six peaux de castor. Rassurée par le silence de Michel, Madeleine Martineau continua :

— Vous pensez bien qu'on voudrait pas contrarier notre bon seigneur. Mais ça rend Michel tout songeux, votre histoire de fusil. Faudra pourtant que tu t'habitues à être sur tes gardes.

— Non, ce n'est pas... Je pensais à autre chose... À un ami.

Il avait eu, un moment, la vision d'Isaac le Jeune et d'un prisonnier iroquois entravés par la même chaîne au banc de nage d'une galère. Sauraient-ils se comprendre, se parler ? Pourraient-ils évoquer ce Grand Roi qui les avait faits compagnons de chiourme, rivés au boulet, l'un pour sa religion, l'autre pour sa race ?

— En tous les cas, Martineau, tu veilles qu'il sorte toujours armé : mon père est formel sur ce point.

Et « mon père » demandait aussi que, pour la prochaine récolte, l'on emblave deux fois plus en blé froment... Que l'on mette de la racine* pour les cochons, il en fournirait la semence... Que l'on tanne les peaux uniquement à l'écorce de chêne, il surveillerait la qualité des cuirs...

Après le départ du Sieur de Grandpré, Martineau s'était longuement étendu sur la chance qu'ils avaient : le bon grand-père Boucher prenait les mêmes soins pour eux, simples fermiers de son fils, que pour ses propres colons !

En mangeant son dîner de chantier, Michel regardait les toits du manoir, au loin ; les maisons de la bourgade, serrées autour de lui comme les poussins cherchant pro-

* La pomme de terre.

tection de la poule. Et les rangs* des concessions, leurs pâturages, leurs terres soignées qui montaient doucement vers la forêt.

Boucherville donnait une image de prospérité plus frappante encore si on la comparait aux bourgs de Varennes, en aval, et de Longueuil, en amont. Au manoir de Boucherville régnait un admirable vieil homme dont la sagesse, l'autorité éclairée profitaient visiblement à ses colons. Et s'étendaient même jusqu'au domaine de son fils...

« Seras-tu déçu de moi, Maurillon ? Dans trois ans, ce n'est peut-être pas au Sieur Pierre Boucher que je demanderai ma concession. Je le respecte et je l'admire : il est vertueux, généreux — ses colons lui versent une redevance infime —, mais je commence à comprendre son fils Lambert : ce doit être pesant aux épaules, un tel père... Et un bon « grand-père Boucher »... Moi, lorsque j'aurai fait mes trois ans, je voudrais être libre ! Semer ce que je veux ! Engraisser mes cochons à la glandée ! Tanner mes peaux à l'écorce de saule, si cela me plaît ! Je préfère payer dix fois plus, en cens et rentes, et avoir ma liberté !
— Tu devrais te faire coureur des bois, alors, tu y serais plus libre encore... »

Coureur des bois... Cette tentation venait parfois au braconnier de la Bêchée. Il en avait rencontré, lors de ses rares visites à Ville-Marie, il les avait écoutés... Ils devaient mener la bonne vie, à croire ce qu'ils racontaient. Surtout quand une belle Sauvagesse se coulait sous la couverte de peaux, le soir, au campement...

Michel savait qu'il lui fallait éviter l'évocation de si précises images. La Simounette de ses dimanches lui

* Les concessions formaient des bandes étroites, allongées perpendiculairement au Fleuve, afin que chaque colon ait accès à la rivière.

manquait : il avait trop de sève et de sang pour endurer la privation de femme. Martineau lui avait conseillé, hors présence de sa Madeleine : en faisant bien-bien attention d'être pas remarqué... dans la ruelle qui montait vers le Fort de la Montagne... c'était pas trop beau de marchandise, mais c'était pas chérant : quatre sols... Enfin, lui, il disait ça par oreille, il avait jamais été voir...

Michel non plus n'était jamais allé dans la ruelle du Fort. Simounette ne l'avait pas habitué à payer, pour les caresses. Simounette, personne ne pourrait parler d'elle comme d'une marchandise, on n'achetait pas Simounette, elle se donnait, et elle prenait aussi, joyeusement !

Il était temps qu'il revienne vers la souche : de travailler fort, de se tuer le corps à l'ouvrage, cela chassait pour un moment le souvenir des douceurs, des odeurs, des soupirs d'aise de la bonne Simounette qui disait en se relevant : « Eh là, je suis-t-y contentée ! » et non pas : « C'est quatre sols... »

Il jeta un dernier regard vers Boucherville avant de repartir au chantier. Il ne savait même pas laquelle de ces maisons proprettes était celle de la veuve Jaudouin.

Le lendemain, bien avant l'aube, il attendait au bord du Fleuve la venue du jeune Boucher. « Bon courage ! » lui avait dit Madeleine Martineau lorsqu'il avait quitté la maison.

Il allait enfin savoir à quoi s'en tenir sur la « redoutable » Parisienne ! Mais bah ! cela passerait vite, un mois, et elle ne pouvait se montrer plus irascible que le capitaine de Monic, plus roide d'autorité que les sergents.

— Je vous salue, Monsieur.

Michel n'avait pas vu le canot arriver, tant la brume d'automne était épaisse sur le Fleuve.

— Embarquez doucement, je vous prie, le canot est léger. C'est notre canot, à mon frère et à moi, que notre père vous met à disposition pour tout votre temps à passer chez la pauvre Dame Jaudouin. Je... Nous y tenons beaucoup, vous savez, prenez-en le plus grand soin, s'il vous plaît. Je suis Jacques, pas Jean-Baptiste, vous vous rappellerez ? Depuis treize ans qu'on est au monde, on nous confond encore, des fois...

Il maniait joliment l'aviron, Jacques Boucher ! On devait pourtant remonter le biais du courant pour traverser de l'île Saint-Joseph à Boucherville, et cela tirait fort les bras et les reins, Michel l'avait éprouvé dans la chaloupe de Martineau. Ce jeune colosse, lui, semblait n'y mettre aucun effort. Le contraste était saisissant : une force, une carrure d'homme, et un visage de poupon joufflu sous un ébouriffement de mèches raides. Comme était surprenant le désaccord entre une voix mâle et un bavardage enfantin : à peine Michel avait-il pu prononcer « salut ».

En peu de temps, Michel apprit beaucoup sur les épreuves de cette « pauvre Dame Jaudouin » que le garçon détaillait avec la fascination de l'enfance pour le drame, le sang, la mort. Il racontait presque allégrement, avec précipitation, il tournait des phrases maladroites, questionnait, puis reprenait sans attendre la réponse... Il était clair que, durant la traversée, il voulait énumérer la totalité des malheurs qui s'étaient acharnés sur la pauvre-pauvre Dame Jaudouin.

... Elle était vieille, à présent, largement passé quarante, mais dès jeunesse, elle avait vu gros de misère. Fille du Roi, elle avait été fille du Roi...

— Vous savez ça que c'est, les filles du Roi ?

... Ensuite, comme de juste, puisque c'était pour ça, elle s'était vitement mariée. Mais voilà qu'un militaire, il lui restait plus qu'un œil, un militaire borgne leur avait fait du tort, à elle et son mari juste mariés. Du gros tort, mais on sait pas quoi, et surtout faut pas en parler...

— Vous en parlerez pas, promis ?

... Après, elle avait perdu trois enfants, rappelés par la volonté de Dieu, mais c'était triste pour elle quand même. Et la dernière sépulturée on l'a vue, à cause qu'elle était filleule de notre sœur Madeleine...

— C'est tout blanc, un mort, avez-vous déjà vu un mort ou une morte ?

... Mais ça n'était pas fini encore, non-non. Son mari, Claude Jaudouin il s'appelait, eh bien, un nommé Jolycœur l'avait confondu pour un ours, à la brunante, et l'avait tiré sans mieux regarder, pan ! En rien de temps vidé de sang ! Juste il a pu se confesser et pardonner Jolycœur, et elle, la voilà veuve, en octobre de l'an passé...

— Vous auriez pardonné, vous, Monsieur ?

... Et alors, son aîné des fils, Claude, comme son père, il était parti à Québec faire le charpentier, comme son père, pour gagner des sous, en attendant que Jolycœur ait payé ce qu'il devait payer à la veuve par condamnation de jugement. Et il reviendra sur les glaces, mais trop tard pour la grosse ouvrage. Et Thomas, le même âge que nous, il peut pas, il est faible de corps. Mon père dit : il servira Dieu, et il faut qu'il apprenne à lire...

— C'est bien vrai que vous avez lu le livre que notre père a fabriqué ?

... Mais pas encore fini de misères ! La pauvre dame elle était en espoir, à la mort de son défunt mari, et voilà que lui arrive un enfant du père mort !

— Vous savez comment ça s'appelle, un enfant de père mort ?

... Ça s'appelle un enfant-costume. Un drôle de nom ! Jacques prétend que j'ai mal compris, lui il a entendu posthume. Moi je suis certain, c'est costume...

— C'est moi qui a raison, pas vrai ? C'est Jacques qui a tort ?...

Le canot touchait presque la rive, et, cette fois, le jeune Boucher attendit la réponse.

— C'est votre besson Jacques qui a raison. On dit « posthume », Monsieur Jean-Baptiste.

L'aviron s'arrêta et le canot se mit à dériver doucement.

— Oh, Seigneur ! Vous ne le direz à personne, Monsieur, vous promettez ? Jacques a horreur de canoter, il a peur de l'eau. Père veut l'endurcir, et c'est toujours lui qu'il désigne.

— Et c'est Jean-Baptiste, ni vu ni connu, qui le remplace ?

— Oui. Il me rend la pareille pour un travail qui me rebute : écorcher les anguilles.

— Et jamais on ne s'aperçoit de l'échange ?

— Jamais. C'est qu'on se ressemble tellement... Vous voilà arrivé, Monsieur. La première maison, en remontant, contre la palissade. Vous n'en parlerez pas, Monsieur ? Promis ? Ça n'est pas un bien gros mensonge, ni péché ? Avec mon frère, on se sent... la même personne.

— Je ne comprends rien à vos histoires, Monsieur... Jacques... c'est bien ça ? En tout cas, ce que je pourrai dire à l'occasion, c'est que Jacques Boucher est un canoteux de première force, son père peut se montrer fier de lui !

— Grand merci pour le secret ! Je me presse : mon frère doit déjà m'attendre pour partir à ramasser les pommes. Et surtout, il m'attend, moi ! Parce qu'il est si bête, si bête, qu'il a peur de l'eau, même restant à terre, quand je prends le canot ! Il a peur comme si je risquais le noyer, ha-ha !

Le jeune Jean-Baptiste s'éloigna en courant et agitant la main. Il était l'image même de la joie de vivre, il allait rejoindre son jumeau, son inséparable double. Il laissait Michel sur un éclat de rire à la mort, devant la porte de cette « pauvre dame Jaudouin » dont il avait détaillé longuement les malheurs...

De ce récit, Michel ne mettait pas en doute la véracité. Il allait trouver une vieille femme aigrie de chagrins et de dramatiques épreuves, et il se sentait prêt à toutes les indulgences envers la « redoutable » Parisienne : elle avait toute les excuses à son âpreté de caractère !

Il frappa à la porte. Et recula lorsque le battant s'ouvrit.

— Je vous demande pardon, je me serais trompé : je croyais être chez la Dame Jaudouin.

— C'est moi. T'es le soldat que grand-père Boucher me prête ? Je t'attendais pas avant demain. Mais tant mieux, y a gros d'ouvrage, je te dirai le plus pressé à entreprendre durant qu'on mangera. Rentre ! Reste pas piqué au seuil ! Rose ! Rajoute une assiette, le soldat est arrivé... Rose !

« Rose » s'avança depuis le fond obscur de la pièce.

— Je finissais d'habiller les petits, maman. Bonjour, Monsieur.

Elle ressemblait à la jeune, superbe femme qui avait ouvert la porte à Michel. Mais elle n'en était que le reflet assourdi, incertain, comme l'image floue que renvoie une vitre... Comme l'ombre auprès de l'arbre... Et Michel dut faire un violent effort pour détacher les yeux de ce reflet, de cette ombre, et pour répondre : « Le bonjour, demoiselle. »

Chapitre 8

La mort blanche serait douce...

Michel était arrivé avant l'aube, comme chaque jour, pour être au travail dès soleil levé. Anne Jaudouin servait la soupe du matin.

— Ça t'aura quand même retardé d'une bonne semaine, soldat, cette neige hivernante* dès fin octobre !

— Une bonne semaine, oui.

— Martineau doit colérer noir, c'était prévu que je te garde pas plus d'un mois, et voilà qu'on touche presque à mi-novembre. Tu penses d'en avoir fini demain, t'es sûr ? Ça te suffira, deux jours ?

— Oui, Dame Jaudouin. Deux jours.

Il restait seulement deux jours avant le supplice d'être privé de Rose. Et il restait encore deux jours à la torture de la voir. La « bonne semaine » de retard n'avait fait qu'ajouter un poids supplémentaire à ces deux désespoirs entre lesquels il balançait constamment.

— En tous les cas, soldat, je peux te dire : t'as bien travaillé. Comme si t'avais fais ça toute ta vie, d'encabaner pour le maudit hiver de ce maudit pays. Mais c'est vrai, aussi, que t'avais un bon compagnon. On dirait pas,

---

* Neige qui ne fondra pas avant la fin de l'hiver.

comme ça, à la voir toute menue-toute mignotte, ma petite Rose, mais elle est solide à l'ouvrage !

— Oui, c'est vrai, Dame Jaudouin.

À ces réponses trop brèves, elle dut comprendre qu'il n'avait pas envie de conversation.

— Allez, je te laisse manger tranquille. Mais je te répète, t'as fait du bon travail, avec ta compagnonne !

Avec sa « compagnonne », il avait haché la paille, gâché la terre pour renchausser le soubassement de pierre de la maison. « Là, tu vois, Michel, faut mettre plus épais, c'est le côté du vent des pays d'en-haut. » Il avait colmaté jusqu'au moindre interstice le caveau à légumes, la grange-étable, avec les bouchons de foin qu'elle tordait. « Tu fais attention qu'on puisse soulever les petits volets, quand ça vient le soleil. Ça donne de l'air aux bêtes. »

Et toujours, dans ces moments de travaux partagés, il souffrait de sa présence, il avait mal de la voir, de l'entendre, de s'efforcer à lui parler d'une voix naturelle : « Tu penses que ça ira de même ? » Il attendait d'aller abattre du bois, fendre des bûches loin d'elle ! Et lorsque elle n'était plus auprès de lui, il se retrouvait mutilé, misérable, tourmenté de brûlantes jalousies : un jour, il entendrait sonner la trompe, à l'église sans cloche de Boucherville. Madeleine Martineau dirait : « C'est les noces de Rose Jaudouin. Ça lui fait à présent... dix-huit ans, le bel âge ! Et guère plus de vingt, le gars qui la marie ! » Pourrait-il supporter de la savoir si proche, et pour toujours donnée à un autre ? Il s'horrifiait de ce qu'il découvrait en lui...

Coureur des bois. Il se ferait coureur des bois, à la fin de son engagement. Et jamais ne toucherait de femme, puisque jamais il n'aurait Rose... Sa Rose du Fleuve. Il l'appelait ainsi en lui-même : ses yeux étaient profonds, pâles, changeants comme l'eau de la Grande Rivière.

Il s'était trop attardé déjà à table. « À tantôt. Je vas à l'abattis de chênes, ça reste encore des rondins. »

Il venait de sortir la traîne du hangar quand de menus flocons se mirent à tomber. Une neige fine, douce, qui ne ressemblait en rien aux épaisses chutes de la fin novembre. Une neige si ténue qu'elle voltigeait longtemps avant de se poser sur la couche ancienne, durcie, tassée de gel.

Thomas et la jeune Barbe regardaient depuis le seuil de la porte. Les plus petits, Jacques et André, s'étaient avancés dans la cour et gambadaient, sautaient en essayant de saisir les « étoiles de neige ».

Anne Jaudouin parut à l'embrasure. Elle tenait la pouponne Louise à sa tétée, sous un châle de laine. Elle bouscula Thomas et Barbe à l'intérieur de la maison, et appela Rose :

— Tu me les ramènes, et vitement, les deux tord-vice !

La jeune fille courut derrière ses petits frères, elle riait, elle allait les gripper, ces méchants volaillons, les plumer, les mettre au pot pour la soupe !

Michel détourna les yeux... En d'autres hivers, Rose poursuivrait dans la neige ses enfants à elle, les enfants qu'un autre lui aurait faits. C'était une pensée indigne, choquante : ainsi jouant et riant avec les deux petits, elle semblait plus jeune encore, une fillette...

Anne Jaudouin finit par se fâcher :

— Vas-tu les rentrer, à la fin ? Quel âge que t'as donc ? C'est la mauvaise neige, tu vois pas ? Ça va leur faire attraper la purésie ! Et toi, soldat, range la traîne, tu vas pas à l'abattis de chênes, par ce temps. Tu restes à l'abri. Va écurer les bêtes.

Elle n'appelait jamais Michel autrement que « soldat ». Cela claquait comme un ordre militaire, incongru dans la bouche d'une femme. Il s'était habitué aux manières impérieuses d'Anne Jaudouin, mais, cette fois, il fut choqué d'être mis au rang des marmots qu'il fallait protéger du mal de poitrine. Ses vingt-neuf ans, qui lui pesaient si fort face à l'extrême jeunesse de Rose, devaient au moins lui épargner de telles vexations !

— Pour qui vous me prenez ? Ça tombe presque rien. Et ça faiblit, déjà. Je m'en vas. J'ai compté de faire deux tours avant midi. Puis j'ai l'âge de patter dans la neige si ça me fait plaisir. J'en ai vu d'autres, en Poitou !

— À la vérité ? Alors, puisque c'est de même, patte donc dans la neige, soldat ! Mais pas de discussion, c'est à la cédrière que tu vas. C'est encore moi qui suis patronne ! T'as pas besoin de la cognée, là-bas, remets-la au hangar. Et tâche d'être revenu avant midi ! Tu peux me croire, ça te suffira pour la jouerie !

— Maman ! Même à la cédrière, pauvre Michel, il pourra pas, il...

— Toi, tu te mêles pas à ça.

Anne Jaudouin tira Rose dans la maison et claqua la porte. Des éclats de voix arrivaient jusqu'à Michel ; pour la première fois, il entendit Rose crier, sans toutefois saisir ses paroles, le timbre en était trop aigu. Il perçut seulement quelques mots d'Anne Jaudouin : « Ça lui rabattra son caquet, au Poitevin qu'en a vu d'autres ! » Il ne rapporta pas la cognée sous le hangar : mince révolte face à la redoutable Anne, dite la « Parisienne »...

La cédrière de la concession Jaudouin n'était guère éloignée de la maison : à peine trois cents toises. La couche fraîche, pour l'instant, n'opposait qu'une légère résistance à la traîne. Au retour, avec la charge, il en irait sans doute autrement, surtout si la neige continuait à forcir...

Il n'était pas à mi-chemin de la cédrière que les patins s'enfonçaient dans la couche poudreuse, glissaient encore un moment, puis butaient sur l'amas de neige qu'ils avaient entraîné.

Michel dut déblayer deux fois avant d'arriver à la cédrière. Et la traîne était vide... « Ça te suffira, pour la jouerie. » Il y passerait la journée s'il fallait, mais il se promettait de ramener son chargement !

Perdre la face devant Anne Jaudouin, encore, il aurait accepté. Mais pas aux yeux de Rose ! « Pauvre Michel, même à la cédrière, il pourra pas... » Il se rappelait ses seize ans à lui : il les jugeait alors hors d'âge, au bord de la vieillesse, ceux qui touchaient à la trentaine !

Eh bien, il allait leur montrer, à l'une qui raillait, à l'autre qui s'apitoyait : il chargerait la traîne aussi lourdement que les jours précédents, quand elle glissait sans heurts sur la neige gelée.

Il ébranchait depuis une heure à peine, à ce qu'il lui semblait, lorsque la neige cessa de tomber. Il en fut grandement soulagé : un moment, il avait craint d'être dans l'obligation de rentrer à la maison Jaudouin sans les piquets, et même sans la traîne ! « Tu t'es bien amusé, soldat ? — Maman, je vous l'avais bien dit, il pouvait pas tirer ça, pauvre Michel ! »

Il lui fallait à présent égaliser les branches, puis les refendre. L'équilibre et la bonne glisse sur la neige exigeaient une charge régulière, bien carrée. Il tira les branches hors du sous-bois, les entassa près du traîneau.

Il jugea qu'il devait se hâter : même éloigné de la cédrière, il se trouvait dans un bizarre crépuscule, alors que l'on n'était encore qu'à la mi-matinée. Le ciel pesait d'un gris plombé, et le vent se levait. Un aigre vent de noroît, qu'ils appelaient ici « vent des pays d'en-haut ». Il laissait présager la grosse pluie, il portait les mêmes odeurs de froide humidité que le vent de galerne, en Poitou... Une averse, sur cette épaisseur de neige, allait donner une profonde bouillasse où il « s'amuserait » davantage encore !

Dieu merci, le cèdre était un bois résineux qui fendait aisément, d'un seul coup de hachette bien ajusté. La charge montait vite sur la traîne : il ne se permettait pas même un coup d'œil vers le ciel pour évaluer le temps qui lui restait avant la pluie.

Et soudain, il se trouva enfermé, aveuglé par un tourbillonnement blanc. Il ne distinguait plus rien : le ciel et la terre se noyaient, se perdaient, se confondaient dans le même farinage suffocant et glacé.

Tout avait disparu : les maisons, le clocher, le manoir pourtant si proches... Le Fleuve n'existait plus, ni les îles... Plus de collines boisées — et même plus de cédrière ! Michel se découvrait dans un infini de néant, la neige montait du sol comme elle tombait du ciel : les deux piquets qu'il venait de fendre et qui étaient tombés à ses pieds, il ne les voyait plus...

Il tâtonna pour rechercher la cognée inutile, qu'il savait menaçante ; il l'avait plantée fer en l'air, derrière lui, dans un tas de neige durcie. Il s'étonna presque de la saisir, de la tenir, rude, lourde, présente, dans cette obscurité irréelle et pâle, plus impénétrable à la vue que la plus profonde nuit.

Martineau lui en avait raconté sur ces tempêtes, ces « poudreries » ! Trois jours de long ! Des fois, il avait connu huit ! Les malheureux qui y étaient pris, eh bien, ça arrivait qu'ils tournent en rond, qu'ils vironnent, vironnent... et qu'on les retrouve morts-gelés, debout, à guère loin de chez eux, quand la tourmente était finie... « Voui-voui, mon gars, t'as pas l'air de me croire ! Attends de voir la première grosse poudrerie ! Ceux qui s'en sont sortis à toute extrémité, ils disent que d'abord les yeux éteignent, puis que tu sens monter ton sang en glace... Mais que c'est tout doux, à ce moment, t'es content, tu vas faire une bonne dormie. Probable que c'est vrai, ça doit être une belle fin, la mort blanche. Si on retrouve le défunt avant que les bêtes lui aient rongé la face, paraît qu'on lui voit le sourire... »

Dans quelle direction, Boucherville ? Michel avait tourné plusieurs fois sur lui-même, à la recherche d'une percée dans cet enfermement, d'une brèche où le regard aurait pu couler vers un arbre, un toit, un repère, enfin... et il avait perdu toute orientation. Il avait dû faire quelques pas sans s'en apercevoir, avec le dérisoire réconfort de la cognée ; la traîne ne se trouvait plus ni devant ni derrière lui... Nulle part... Et elle était son seul recours, il s'en rendait compte à présent : posée, prête à partir, l'avant vers Boucherville.

Il ferma les yeux. Il savait maintenant que ses efforts seraient vains pour distinguer quoi que ce soit dans cette blancheur brûlante. Il fallait se fier à d'autres sens que la vue, comme naguère, dans les nuits de braconne... de faux-saunage... de fuite vers les rades de La Rochelle... Il resta immobile.

Et le parfum du cèdre fraîchement fendu lui arriva, ténu, brouillé, mouillé... Michel marcha vers l'odeur, lentement, attentif à ne pas la perdre... Il n'avait pas eu plus de dix pas à faire lorsqu'il toucha la traîne...

Il resta longtemps immobile, calé à l'avant de la traîne. Loin de faiblir, la tourmente semblait forcir encore. Lorsqu'il ouvrait les yeux, il se trouvait dans une bouillie de neige... Attendre ? « Et tâche d'être revenu avant midi, ça te suffira, pour la jouerie ! »

Partir droit ! Marcher... droit ! Faire taire la voix de Martineau : ils vironnent, vironnent... Et celles d'Anne Jaudouin et de Rose : maman il pourra pas, pauvre Michel... amuse-toi bien, soldat...

Lui, il ne tournait pas. Droit devant lui, il avançait, affermi à chaque pas dans sa certitude..., droit... droit... il marchait droit ! Il devait se trouver à présent tout près de Boucherville... et il heurta du front l'arête vive d'une branche fraîchement coupée : il avait « vironné », il était revenu à la cédrière.

Combien de temps pour retrouver la traîne ? La charger avec les branches qui restaient à fendre ? Encorder le chargement démesuré, plus haut que lui ? Une heure ? Deux heures ? La durée n'existait plus, la poudrerie avait englouti le temps tout comme elle avait investi le ciel, la terre, le Fleuve...

Il enleva son capot, le coinça dans le chargement, avant de s'atteler, et ouvrit largement sa chemise : sur la peau nue, il sentirait mieux le harnais...

La traîne lourdement chargée pouvait le guider. Une pente insensible menait de la cédrière jusqu'à la maison d'Anne Jaudouin. Une pente si faible qu'elle obligeait à tirer toujours, non à retenir. Mais suffisante, peut-être, pour le garder dans la bonne direction s'il restait vigilant à la tension des courroies sur ses épaules.

Droit ? Droit ? L'unique sensation qui rattachait Michel à cette notion abolie, absorbée par la tempête, c'était la souffrance : lorsqu'il la percevait trop vive, trop mordante, il savait qu'il avait perdu la bonne direction, qu'il avait amorcé ce tournis au terme duquel attendait, souriante, la mort blanche. « Je vous l'avais dit, maman, il pouvait pas... »

Il s'arrêtait. Faisait pivoter la traîne. Repartait, avec les battements de la douleur pour seul guide. S'arrêter. Pivoter. Repartir. Combien de temps ? Le temps n'existait plus... Une chance, cette poudrerie... Le vent raclait la neige fraîche, dégageait les patins, pas besoin de déblayer. Une chance, cette poudrerie... Il sursauta : il commençait à divaguer, il était même sûr d'avoir souri.

Il reprit sa marche, les yeux écarquillés sur la brûlure de la neige, sur une autre souffrance qui le tiendrait en éveil. Et soudain, dans cet univers aveugle et sourd, il reçut l'odeur du Fleuve. Le Saint-Laurent émergeait de l'anéantissement...

À travers l'épaisse tourmente, il coulait ses senteurs d'éternité, la terre arrachée à ses berges, les arbres engloutis dans son flot et longuement roulés... La Grande Rivière appelait : je suis là, je suis là...

Michel se trouvait toujours dans un poudroiement blême, opaque, accablant, mais il tenait à présent la certitude qu'il avait réussi à descendre vers la rive, vers Boucherville.

Il se remit à tirer, guidé par l'haleine du Fleuve. Il perdait peu à peu conscience... Tout juste savait-il qu'il marchait vers le Fleuve : *la Grande Rivière te sera bienveillante, homme Laliberté...* Il ne sentait plus la douleur de ses épaules, il allait marcher, marcher, le Fleuve ne l'arrêterait pas...

Il s'éveilla : il venait de tomber et il sentait du sang couler sur son visage. Derrière les rondins qu'il avait heurtés, il entendit la sabotade et le meuglement de Flambant, le taureau de la Veuve Jaudouin.

Il se releva, commença de détacher le harnais. « Amuse-toi bien, soldat ! — Maman, pauvre Michel, même à la cédrière... »

Devant la porte de la maison ! Jusque devant la porte, il allait leur tirer cette traîne !

Avant d'entrer, il remit son capot qu'il avait coincé entre les branches.

Une grande rabalée de neige s'engouffra avec lui dans la maison. Quelqu'un avait crié. Quelqu'un vint refermer la porte qu'il avait laissée large ouverte...

Il ne pouvait pas parler. Il faisait trop chaud, trop clair, il cherchait sa respiration, et des tournoiements de brouillard rouge l'éblouissaient.

Il voyait seulement Anne Jaudouin qui s'était plantée devant lui.

— Alors, soldat, qu'en dis-tu, de ta première poudrerie ? Et encore, je t'ai pas laissé partir loin ! Tu vas apprendre à le connaître, ce maudit pays, toi qu'en as vu d'autres, en Poitou !

— Maman ! C'est-y le moment de...

— Mais t'auras jamais le droit de te plaindre, jamais ! Toi, t'as voulu y venir ! Personne t'a obligé pour partir de chez toi !

— Arrêtez, maman ! Pourquoi que vous le disputez ? C'est-y sa faute, à lui, si vous avez été fille du Roi ? Faut sortir vos médecines, et puis faut le soigner ! Vous le voyez pas, tout en sang comme il est ?

Jamais Michel n'avait entendu Rose parler à sa mère sur ce ton. Derrière lui s'éleva une jeune voix masculine.

— Faut surtout le laisser tranquille, le temps qu'il reprenne ses esprits. Viens-là t'asseoir... Pas trop près du feu, non. Ici, à ce bout de la table.

Michel se laissa guider, on lui tira un banc, un bras ferme le soutenait — et la voix aussi :

— Ça va passer, les éblouissements, regarde pas les flammes. Rosette, c'est pas de médecines qu'il a besoin : c'est d'un bon coup de teurt-boyaux, dans de l'eau bouillante, et t'épargnes pas le sirop. Grouille, ma belle !

La voix d'Anne Jaudouin, radoucie :

— Pierre a raison. La meilleure eau-de-vie tu prends, ma fille.

Pierre ? Le fils aîné, celui qui charpentait à Québec, se nommait Claude, comme son défunt père... Michel se retourna, ses yeux commençaient à se désembrumer du brouillard rouge. « Pierre » était un tout jeune homme qui paraissait n'avoir guère plus de vingt ans. Et Rose, il l'appelait Rosette, il lui disait : « Ma belle... »

C'était un beau garçon au visage franc et avenant, ses yeux noirs se plissaient d'un sourire en suivant les mouvements de la jeune fille qui versait dans une grande chope l'eau-de-vie, le sirop d'érable.

— Comme ça, ça ira, Pierre ?

— Un peu plus de fort. Faut pas lui mesurer, après ce qu'il vient de prendre sur la goule. Aie pas peur, tu le saouleras pas, ma jolie.

Michel se sentait ravagé de haine envers lui : c'était donc le promis de « Rosette »...

— Bois, Michel. Faut que tu boives. Pierre a dit que c'est ça qui te fera du bien. Entends-tu ? Maman, il m'épeure, il comprend pas ce que je dis, il a plus sa connaissance.

Un effort pour se ressaisir. Plus pénible, infiniment, que cette marche aveugle dans la tourmente, et que la morsure du harnais...

— Je n'en veux pas, merci. Ça va, à présent. Juste je reprenais souffle, avant de rentrer la traîne sous le hangar et la décharger. Parce que je l'ai laissée devant la porte.

Anne Jaudouin prit la chope, la posa devant lui :

— Bois ça, soldat, t'en as besoin, tu déparles. La traîne et les piquets, tu les as laissés à la cédrière, et y a pas reproche à t'en faire. Tracasse-toi pas là-dessus : la poudrerie, ça n'est pas le temps du bois de lune*.

Il faisait non-non de la tête et repoussait la chope, et répétait :

— Dans la cour. Devant la porte. La porte...

Rose poussa un « mon doux Jésus » effrayé et plaintif, avant d'accuser sur un ton de colère :

— C'est votre faute, mère, s'il a plus ses idées. Même à la cédrière, fallait l'empêcher d'y aller. Ça l'a déviré de tête, la poudrerie ! Votre faute, votre faute ! Pourquoi que vous avez fait ça, vous êtes une mauvaise ! En plus, vous l'avez disputé à son retour !

Avant de répondre, Anne Jaudouin envoya une gifle à Thomas qui, depuis un moment, répétait en riant que le

* Le bois volé la nuit.

soldat était devenu fou comme un balai ! Fou comme un balai ! Thomas jeta les hauts-cris, Barbe, Jacques et André se mirent à pleurer. Anne Jaudouin dut lever fort la voix pour dominer les piaillements.

— Ma pauvre petite, tu peux le croire, que je regrette ! Si j'avais songé que ça vienne si vite et si fort, jamais je l'aurais laissé partir. Je suis en maudit après moi, je te l'assure ! Et si je l'ai mal reçu, c'est pour cause de m'être si fort rongée en l'attendant. Je croyais juste... de lui donner une petite leçon ! Ce ton qu'il m'avait répondu, tu t'en rappelles ? Mais... où que tu vas, toi, Pierre ? Seigneur...

La porte avait claqué, le dénommé Pierre venait de sortir.

— Seigneur... Il est coléré après moi, lui aussi. Il pense comme toi que j'ai... Et il s'avise de rentrer à Varennes ! Lui qu'avait eu la chance, depuis Longueuil...

— Et vous aurez sa mort sur la conscience, jamais il ira jusqu'arrive, il noiera dans le Fleuve, il...

Une rafale de vent entra avec Pierre, poussant un grand abat de neige jusque sur la table. Le jeune homme dut s'arc-bouter contre la porte pour la refermer.

— C'est à pas croire ! Mais moi je le pensais, que votre soldat causait de vérité, qu'il avait point perdu la raison. La traîne, elle est à quatre pas du seuil. Et j'ai pas pu toucher le haut du chargement, tant qu'il a entassé de bois. Hé-bé, salut ! Un animal d'homme*, votre soldat !

Rose serrait les mains contre sa poitrine en regardant, en écoutant Pierre — comme pour comprimer les battements de son cœur. Elle était devenue toute pâle, ses yeux brillaient de larmes, son Pierre n'était pas parti sous la poudrerie...

À nouveau, une violente bouffée de haine et de jalousie monta en Michel. Et de la honte, aussi. Il découvrait qu'il

* Un homme très fort.

avait espéré, souhaité la mort du promis de Rose. Quoique dégoûté de lui-même, écœuré d'une telle bassesse, il se trouvait à présent au supplice de le voir vivant, et jeune : un beau petit mâle qui faisait la roue devant sa promise — « qu'est-ce que tu racontais, Rosette follasse, que j'allais noyer dans le Fleuve ? » — en lui jetant au visage des poignées de neige qu'il ramassait sur la table.

— Faut que tu boives, allez. Mais pas trop vite, tu risquerais dégueuler. Bois, Michel. Je peux te dire Michel, comme fait Rosette ? Ça te remmieutera, tu vas voir. Graisse-toi le gosier, tant que c'est chaud.

Pour le faire taire, pour ne plus entendre cette voix chaleureuse, Michel avait pris la chope et buvait à petites goulées — son estomac se révulsait sous la brûlure de l'alcool —, mais le jeune homme n'avait pas arrêté de parler pour autant. Lui, Godambert, il en connaissait pas un autre qu'aurait pu tirer ça dans cette poudrerie ! Surtout dans la première où il se trouvait pris ! Doucement, fallait boire doucement... Puis, quand même, cette coupe au front, Rosette avait raison, c'était besoin de soigner, autrement ça resterait une vilaine cicatrice cordée, Rosette avait...

Michel reposa la chope. Qu'il se taise, Dieu, qu'il se taise !

Anne Jaudouin, heureusement, l'interrompit.

— Je m'occupe à ça. Rose, tu me cherches le rognon de castor*, du temps que je lui passe de l'eau.

Il se laissa faire. L'eau fraîche apaisait la brûlure qui

* Glande à musc du castor, panacée des Amérindiens et des Anciens Canadiens.

tirait sa peau depuis qu'il était dans la tiédeur de la maison. Et Godambert, au moins, ne parlait plus...

— Y a pas trop de dégâts. Ça reprend formance de figure humaine, sans les croûtes de sang. La coupe n'est point si profonde, ça a la tête dure, pas vrai, les Poitevins ! « Pour qui vous me prenez, patronne, une si petite neige, j'en ai vu d'autres... », puis après, faut lui passer le museau à la débarbouillette !

Il préférait encore les moqueries d'Anne Jaudouin à la pesante sollicitude de Godambert.

— Maman ! Pourquoi vous le moquez ? Moi, je vous l'avais dit, de pas...

— Hé ! Laisse donc, Rosette ! Ta mère, tu comprends pas qu'elle a eu si grand-peur ?

Le garçon avait mis la main sur l'épaule de Rose, elle avait souri en répondant que oui, elle comprenait... Michel détourna les yeux du couple qu'ils préfiguraient, dans la crainte qu'on pût y lire une envie de meurtre.

— Merci, patronne. Je m'en vas décharger la traîne, à présent.

Mais pas question ! Fallait manger un morceau ! Personne avait eu appétit à dîner, personne avait touché à la soupe, sauf les petits.

— T'as pas idée du souci qu'on était ! Et Pierre...

— Causez donc plus de ça, puisqu'il est réchappé, votre soldat !

— Et Pierre, il prétendait d'aller à ta recherche, et Rose était d'avis. Non, tu me feras pas taire. Ose donc dire que t'étais pas en train de mettre ton capot pour y aller, et juste à ce moment il a ouvert la porte.

— Ce que je vas oser vous dire, asteure, Dame Jaudouin, c'est que... j'ai midi dans le ventre depuis longtemps ! Et lui, Michel, pareillement. Surtout que Rosette a essayé de l'ivrer, vous avez pas vu comme elle a forcé sur l'eau-de-vie ?

Jamais Michel n'avait entendu Rose rire si fort, si joliment. Elle répétait « Ah, ce Pierre ! ce Pierre ! » en disposant les écuelles sur la table. Ainsi animée de gaieté, elle était toute brillante, toute fleur, toute lumière. « Ah, ce Pierre ! » Anne Jaudouin riait elle aussi, et les enfants...

Michel se sentait un masque rigide sur le visage. Sa Rose du Fleuve aimait un garçon généreux, courageux, enjoué, et lui, il avait envie de le tuer... Il baissa la tête : Anne Jaudouin le regardait.

— T'es certain, ça va mieux, soldat ? Je te trouve une drôle de mine. Ôte ton capot, t'es en train de prendre une mauvaise suette. J'aurais dû m'en aviser plus tôt, ça n'a pas de bon sens. Allez ! Vite ! Puis faut le mettre à sécher.

— Je préfère le garder.

— J'ai jamais vu si contraireux ! Ça t'a pas suffi, donc, d'avoir fait ta tête de pioche, à matin ? Mauvais gibier, je m'en vas te dépouiller de force !

Il l'en savait capable : elle parlait sur le ton de la plaisanterie, mais elle n'hésiterait pas à tirer sur le capot dont elle avait déjà saisi l'encolure !

Il rajusta sa chemise avant de se dévêtir. Il espérait que les blessures du harnais, sur ses épaules, n'allaient pas suinter de rouge, à travers la toile. Il voulait au moins conserver cette image, pour Rose : le « pauvre Michel » avait réussi à ramener la traîne parce qu'il était en pleines forces, malgré son âge — et non parce que la morsure des courroies le guidait !

— Tu vois si j'ai raison, soldat ? Ta chemise est mouillée à tordre, par la suée. Pire que si t'avais perdu ton capot en route ! Pas de façons entre nous, faut que tu te changes... Rose ?

— J'en cherche une dans votre coffre, maman, tout de suite.

Godambert retint la jeune fille en lui saisissant le bras.

— Allez-vous le laisser en paix, la mère et la fille ?

C'est surtout d'être tranquille qui le changerait. Pas vrai, Michel ?

Il put faire « oui » de la tête. Ce garçon, qui lui épargnait l'humiliation d'enlever sa chemise, il le haïssait farouchement : il le sentait déjà chez lui, déjà l'homme de la maison. Anne Jaudouin avait répondu : « Pour sûr, t'as raison, on doit le désâmer*, faut qu'on le laisse en paix, asteure. » Et Rose avait renchéri : « Oui, pour sûr, t'as raison, Pierre, c'est de ça qu'il a besoin. »

---

* Fatiguer, faire « mourir » de fatigue.

Chapitre 9

La belle Rose du Fleuve

On le laissait en paix, comme l'avait demandé Godambert.

Les enfants avaient même été éloignés, Rose ayant fait remarquer que Jacques et André menaient trop de bruit : ils connaissaient rien d'autre que s'amuser à la guerre...

— Pour une fois, maman, ils peuvent pas aller dans le fournil ? Pierre a raison, faut de la tranquillité, à présent.

Et Pierre « avait raison » aussi aux yeux de sa future belle-mère : les deux petits avaient été relégués au fournil, sous la surveillance de Barbe et de Thomas. Avec des conseils de la grande sœur avant qu'elle ne referme la porte : pas écorner les pains... pas sauter sur les sacs de farine... pas toucher à la porte du four qu'était pas froidie... faire attention à la chandelle... pas brasser dans les noix...

Des rires, des petits cris de joie vite étouffés arrivaient parfois du fournil — à l'habitude interdit aux enfants, même à Barbe et à Thomas ! Eux aussi devaient penser que Pierre « avait raison »...

Michel tentait de se ressaisir lorsque le désespoir, la jalousie lui tordaient trop fort les tripes — jusqu'à faire monter d'âcres filets de bile dans sa gorge... Il s'affermissait alors dans sa décision : lorsqu'il aurait accompli ses trois ans au service de Lambert Boucher, il s'enfoncerait dans les bois. Une certitude, à présent. Loin du bonheur de Rose. Loin du Fleuve qui la lui rappellerait toujours. Loin... loin... loin... de ce lit qui occupait le fond de la pièce, ce lit-cabane en bois blond que la veuve Jaudouin laisserait aux nouveaux mariés. Les planches « belles et bonnes du pin » qui l'avaient fait rêver, dans son adolescence, elles enfermeraient dans le secret les joies d'amour, les étreintes, le plaisir de deux jeunes époux affamés l'un de l'autre. Godambert caresserait une poitrine tendre, un ventre chaud, avant de...

Le tuer. Cela montait, montait comme la bile dans sa gorge... Il fallait échapper à cette obsession, à ce délire. Qu'il s'oblige à parler ! À sortir de cette paix qu'ils avaient voulu lui laisser et où il ne trouvait que folie et torture !

— Vous... n'aimez pas... ce pays, à ce que j'ai cru comprendre, patronne ? C'est quoi, d'être fille du Roi ?

— Ça va mieux ? Ah, que je suis contente, soldat ! On causait pas, pour te laisser remettre... Non, j'aime pas ce pays — reprends de la galette — et on m'a pas demandé mon avis pour y venir. De la longue histoire...

— Maman ! Vous allez pas recommencer de vous plaindre ! Michel, il cause par politesse, vous voyez donc pas qu'il se force ? Les filles du Roi, c'est pas long d'expliquer, voilà ce...

— Si tu laissais parler ta mère, Rosette ? Ça n'est pas à toi que Michel a demandé !

« ... Et ce n'est pas non plus par politesse, ma Rose. Je parle pour ne pas me jeter à la gorge de celui qui t'appelle Rosette et qui se roulera sur toi, dans ce lit... » Malgré la violence crue de ces images, de ces pensées, Michel s'entendit dire, et il réussit même à sourire :

— Pierre a raison. Laisse causer ta mère.

Elle n'était qu'une fillette et se mordit les lèvres comme une enfant grondée.

Anne Jaudouin soupira :

— Eh non ! Raconte, ma petite. Moi, en peu de mots, je saurais pas.

Michel devait à présent se tourner vers Rose. Alors qu'il tentait de fuir son cauchemar, on l'y replongeait tout vif... Elle enroulait une natte autour de sa main tout en parlant. Des cheveux couleur de châtaigne où les flammes allumaient des reflets rouges.

— Tu comprends, ça manquait de femmes, ici, pour marier aux colons. Alors le Roi faisait une belle dot à des jeunes filles de France, et un trousseau aussi. Rendues en Nouvelle-France, elles trouvaient vite un mari. Maman, elle s'est jamais bien accoutumée au pays. Elle venait du village de Vincennes, tout auprès de Paris, alors ça se comprend qu'elle a regretté : c'est si beau, Paris, à ce qu'on dit.

— Bien, ma petite, en peu de mots ! Juste je vais ajouter trois fois rien : mon père a décidé de ça à ma place. Tout comme il avait fait, avant, pour me refuser à un garçon qui me demandait... et qui me convenait, à moi. Alors, imagine-toi à ma place : tu arrives en un pays loin perdu, et tu pleures, tu pleures. Les bonnes-sœurs du couvent où on t'a mise sont des gentilles dames, mais t'es là pour te marier, et un jour faut bien finir par dire oui... « C'est celle-là que je veux. » Les premiers mots de ton pauvre père. Je dis « pauvre », c'est pas à cause qu'il est mort. C'est qu'il a guère été heureux, lui non plus. Pleure pas, ma belle mignonne. Tu vois ? je m'étais pas encore plaint de tout. Mais t'es grandette, à présent, presque en âge de... Hé-là ! C'est-y le vent qui secoue de même la porte ?

— Laisse, Rosette, je vais voir.

Avant de se lever, Godambert avait posé sa main sur celle de Rose, pour la retenir. Un geste insoutenable de tendresse. Il semblait à Michel d'entendre grincer ses dents malgré les coups frappés à la porte.

— Mais quoi que vous faisez là, les bessons ? Et dans quelle nature ils sont, ces deux brise-culotte !

Lorsque Godambert avait ouvert la porte, les jumeaux Boucher avaient fait irruption dans la maison, dépenaillés, joyeux, tentant vainement d'interrompre Anne Jaudouin qui leur tournait autour en poussant les hauts-cris.

— C'est lequel ? Jacques ? T'as vu, ce raccroc large de deux mains à ton capot ? Et l'autre ? Il a perdu sa tuque* en route ! Ces ériflures fraîches de sang sur la figure... Par où que vous avez inventionné de passer, pour venir chez nous ? C'est pourtant pas difficile, en suivant la palissade ! Vous avez sauté par-dessus, je parie ?

— Dame Jaudouin, c'est...

— Et toi, tes mitaines** ? Ah, la pauvre Seigneuresse, elle en voit du diable, avec vous !

Il fallut les deux voix réunies des jumeaux pour qu'enfin elle les écoutât. Ils avaient suivi la palissade... mais, juste devant la porte... ils avaient buté dans un énorme tas de bois...

— La traîne ! T'avais raison, soldat, de vouloir la tirer jusqu'au hangar. Mais je pouvais-t-y me douter d'une visite ? Tu y avais songé, toi ?

Non, il n'y avait pas songé. Depuis le premier jour où il avait vu Rose, personne d'autre n'occupait ses pensées, elle avait pris toute la place, elle avait chassé les voix de Maurillon et de Dame Aubina, et le souvenir des siens, à la Bêchée... Et le Sieur Pierre Boucher, et le Livre des Merveilles...

La venue des jumeaux dans la maison Jaudouin venait juste de lui remonter en mémoire un passé qui lui semblait terriblement lointain : le temps d'avant la Rose du Fleuve... le temps d'avant cette passion qui avait déferlé

* Bonnet de laine.
** Les moufles.

en lui, emportant tout sur son passage parce qu'elle était sans espoir. Il y avait très, très longtemps, au mois de juin de cette année, la Seigneuresse disait : « Et naturellement, les soirs de mauvais temps, il chambrera au manoir. »

— T'as entendu ce qu'ils t'annoncent, soldat ?

— Non. Je... Non.

— Pas étonnant, ils font tout ensemble en même temps, les bêtises et les javasseries ! T'es invité au manoir, ce soir, pour la veillée et pour coucher. Et tant que la poudrerie durera.

Il fallut encore un moment avant le départ des jumeaux.

— Donne-moi ce capot, vaut mieux qu'il soit recoudu, même à grands points, tu finirais de l'éraler en retournant.

— Grand merci. Puis, si vous aviez une tuque rouge à prêter à mon frère...

— Et pour lui des mitaines grises...

— On va se faire rabâter, de les avoir perdues. On vous les rendra, comme de juste, quand vous les aurez retrouvées...

« Et déjà ils étaient à souper ? Et Thomas, il était couché malade ? Et les petits dormaient leur nuit, à peine à trois heures ? »

— Ils sont à s'amuser. Dans le fournil. Rose ? Vas-y voir ! Seigneur, j'avais oublié... Voilà. Ça ira de couleur, la tuque ? Et les mitaines ? Pierre va vous conduire, jusque passé le tas de bois.

Les jumeaux se confondirent en excuses : ils n'avaient pas vu Pierre, bonjour Pierre, c'était la poudrerie qui l'avait arrêté en chemin ? Il pouvait venir coucher au manoir et veiller, lui aussi ; leur père disait toujours : un bon garçon, ce Pierre...

— Pierre, coucher au manoir ? Depuis le temps qu'il est meilleur ami de mon Tit-Claude, on le considère tout comme de famille. Il couchera dans le foin, avec une bonne couverte, c'est pas la première fois ni la dernière !

« On le considère tout comme de famille. » Il ne coucherait pas longtemps dans le foin, Godambert !

— Allez, partez vite, à présent. Tu fais attention, Pierre : qu'ils tournent large, autour du bois.

Godambert riait en revenant. Cette traîne, allait falloir quand même l'enlever ! Les jumeaux avaient dit que Lemanchot viendrait prévenir pour la veillée...

— Et tu vois pas, Michel, que le pauvre homme y perde son bras, comme les bessons y ont laissé une tuque et des mitaines ?

Anne Jaudouin riait : « Pierre avait raison. »

Ils pelletaient à l'aveuglette pour dégager les patins de la traîne autour desquels s'était amassée la neige fraîche.

Anne Jaudouin avait d'abord prétendu les éclairer en levant à bout de bras un fanal. Godambert l'avait fait rentrer :

— Ça n'a pas de bon sens, vous allez attraper mal. Et ça nous aide rien, ça nous porte à écartiller les yeux. Allez donc plutôt aider Rosette, m'est avis qu'elle a dû trouver du beau chantier, au fournil. Donnez-moi le fanal, je vas le pendre sous le hangar, c'est là qu'on en profitera.

L'homme de la maison. Le gendre de l'impérieuse veuve Jaudouin, qui lui avait répondu gaiement :

— Bon ! Puisque tu veux pas de moi, je me rentre.

Ils n'échangeaient que de rares paroles tout en pelletant. De courtes questions de Godambert : c'est-y profond de ton côté ? y a-t-y de la glace sous le patin ? — auxquelles Michel répondait par des oui ou des non plus laconiques encore. Puis Godambert déclara :

— Pas la peine, on s'échigne pour rien. Y a trop haut de poudre. On n'aura pas fait trois pas qu'on sera obligés de reprendre à creuser. Faut décharger la traîne et porter à mesure sous le hangar. Le dernier nœud fait aux cordes, tu t'en rappelles ?

— Oui.

— Si t'arrives pas de le défaire, tu coupes. Ça doit avoir resserré. T'arrives ?

— Oui .

— Bon. Je tire ma brassée en premier — recule, je risque t'attraper. Puis j'attendrai que t'aies la tienne, et tu me suivras à la voix. Le prends pas en mauvaise part, je prétends pas te donner d'ordres. Mais ça fait deux ans que je suis en Nouvelle-France, et moi, à la première poudrerie que j'ai connue, je m'ai escabossé la face à tous les bâtiments de ferme, chez mon patron. Tu y es ?

— Oui.

— T'es guère causant. Mais, asteure, vaut mieux que ça soit moi, à la jasette. Attention, une grosse bosse. Je suis un réformé, moi aussi. Réformé pour bonne santé... de la bourse du capitaine, comme toi ! On y est presque. Baisse la tête. Y a un mauvais biais de l'avancée, à un endroit... Moi je passe juste, mais toi tu cognerais...

La neige entrait aussi sous le hangar, mais moins dense, et la lueur du fanal accroché à une poutre permettait de se diriger. Lorsqu'ils eurent déposé le bois, Godambert regarda Michel avec un bon sourire :

— Je cause plus, en retournant à vide. Crisse ! Je vas crotter de la glace, demain, par cette neige que j'avale ! Core un tour, puis je crois qu'on essaiera d'ébranler la traîne ! Tiens-moi à l'épaule.

... On serait presque pays, figure-toi. Moi, je suis d'un petit village, vers Angoulême : Villejésus. Mon surnom d'armée, c'est Desjardins. Tit-Claude et moi, on est presque de même âge : lui vingt, moi vingt et un. On s'entend bien. Jaudouin le père, je peux rien en dire, faut laisser les morts en paix. Pauvre femme... Baisse la tête. On dirait que ça faiblit un peu, tu crois pas ?

— Si.

— Je tire, et toi tu pousses !

Il fallut déblayer trois fois avant d'arriver au hangar avec la traîne, encore chargée plus qu'à demi ! Mais Godambert au moins se taisait !

Il recommença à parler sitôt la traîne garée sous le hangar :

— C'est pour sentir la pente que tu t'es attelé à même la peau, tu crois que j'ai pas compris ? Mais, pas vrai, fallait parader devant Rosette, elle te convient, la mignonne, ha-ha ! Tu la...

Le poing de Michel était parti à pleine force. Un seul coup, qui avait atteint Godambert à la mâchoire et fait taire la voix moqueuse sur un claquement de dents. Il était tombé à la renverse, avec un cri qui marquait davantage l'étonnement que la douleur.

Michel tremblait, crispé sur l'effort pour ne pas écraser ce visage stupéfait à coups de pied. Pour ne pas faire taire définitivement cette cruauté enfantine qui le narguait.

— T'es une vraie bourrique, toi...

Il s'interrompit brusquement, se releva en riant et geignant : t'es une vraie bourrique, toi, Godambert ! Ouille-là ! Son regard portait derrière Michel, qui se retourna. Anne Jaudouin se tenait à l'entrée du hangar.

— Vous en mettez un temps ! Je profite que ça calme un petit peu pour aller traire. Quoi qui t'arrive, toi ?

— Je m'ai ébaroui* en butant dans... je sais pas quoi. J'ai cogné du menton sur du bien dur. Supposément sur une bûche, que j'ai cogné.

— Tu t'as fait du mal ?

— Pas guère. Peut-être bien la bûche, qu'aurait besoin d'être soignée... On verra à ça plus tard. Viens-t'en, Michel. On va aider la patronne aux bêtes. Attention la bûche, soldat !

* Je me suis affalé.

Ce n'était qu'un enfant heureux de vivre, heureux d'amour... Un homme, aussi, maître de lui. La Rose du Fleuve allait s'épanouir auprès de Pierre Godambert. Une résignation pesante remplaçait la haine, tout à coup...

Michel se sentait désormais ailleurs, dans une affliction infinie, sans révolte, qui ne prendrait fin qu'avec lui. La mort blanche serait douce, ou l'éternité de la Grande Rivière, ou la flèche iroquoise... Il n'irait pas vers ce repos de sa pleine volonté, simplement il ne le fuirait pas : la mort guettait partout dans le beau pays de Nouvelle-France, elle lui serait miséricordieuse...

Ils étaient arrivés dans la grange-étable sans qu'il s'en fût rendu compte. Anne Jaudouin avait déjà commencé à traire, et Godambert tirait le fourrage à l'autre bout du bâtiment.

— Hé ! Tu dors tout debout, Michel ? Viens-t'en à la fourche, si c'est pas trop te demander. À moins que tu préfères remplacer la patronne à traire ?

Anne Jaudouin riait : un homme à tirer les vaches, ça serait de la belle ouvrage ! Ce Pierre, fallait toujours qu'il picosse* !

— Alors, qu'il prenne modèle de moi ! Pour picosser le foin...

La lueur du fanal arrivait à peine jusqu'à eux.

— Tu m'entends ? Faut que je te cause, mais pas qu'elle se doute. Reste dos tourné. Réponds tout bassement. T'entends ce que je dis ?

La voix de Godambert n'était qu'un chuchotis presque imperceptible dans le froissement sec du foin.

— Oui, je t'entends. J'ai regret de t'avoir...

— Ma faute à moi. J'aurais dû te dire autre chose avant de te moquer au sujet de Rosette. Je suis pas en tra-

* Qu'il taquine, qu'il pique.

vers de ton chemin. Je suis pas tombé en amour pour Rosette. C'est... pour Anne.

Michel continuait de tirer le foin. Encore une fourchée, puis une autre : trois vaches en lait à affener, et le taureau Flambant, et quatre brebis, et c'était sans importance ce qu'il venait d'entendre, ensuite il irait s'occuper des cochons, ça grouignait de faim dans leur soue...

— Je suis trop vieux pour elle. Ça fait rien, t'es bon gars de me le dire, je croyais que vous étiez promis. C'est la raison pour quoi je t'ai cogné. Je vas faire la litière de Flambant. Ça n'y change rien, je suis trop vieux pour elle...

Le rire de Godambert monta assez haut pour qu'Anne Jaudouin fît remarquer :

— Ça doit s'en dire des belles, là-bas ! Il s'a dégelé, faut croire, le soldat ! Quoi donc il te raconte et qui t'amuse autant, Pierre ?

— Pas répétable aux oreilles des dames. Il a l'air tout bien convenable, mais il trompe son monde, je vous le garantis !

Godambert reprit à parler bas en brassant fort le foin.

— Grand niaiseux ! Et moi, j'ai vingt ans de moins qu'Anne ! Et faudra encore patienter un moment. Les femmes sont mauvaises de jalousie pour elle, à cause qu'elle est si belle ! Jusqu'à laisser entendre — les plus enragées — que Jolycœur avait trop bonne vue pour confondre Jaudouin avec un ours ! Trois ans sans remarier, ça fera taire les langues fourches. Mais ça sera toujours la même différence : vingt ans. Et ça nous dérange pas plus l'un que l'autre.

— L'un... que l'autre ? Tu as osé lui dire ?

— Oui, j'ai osé. Je risquais qu'elle me rie au nez. Qu'elle me traîne en ridicule. Ou qu'elle me flanque une calotte, comme à un marmot. Faut croire que je suis mieux intrépide que toi. Ou plutôt, moins redressé de ma personne. Toi, tu veux pas hasarder de recevoir un refus.

Tu t'en remettrais pas de rajouter le chagrin d'orgueil au chagrin d'amour ! Tâche au moins de te décider d'ici deux ans. Des fois que ça serait « oui », ça me laisserait le temps... Le temps de me faire à l'idée de t'avoir pour gendre, grand bestiau ! Ha-ha !

La voix d'Anne Jaudouin s'éleva du côté des vaches.

— Attention en changeant la litière à Flambant ! Le vent l'énerve.

— T'inquiète pas... Michel, je m'en occuperai.

Pierre Godambert avait rattrapé à temps — du moins pour sa belle Anne — le tutoiement qui lui avait échappé. Il ne riait plus en s'adressant à Michel. Il y avait même dans sa voix supplication et menace étrangement mêlées.

— Tu sais rien. Je t'ai rien dit, tu m'as compris ? Elle veut pas que ça s'apprenne, ni famille ni étranger, avant qu'elle ait décidé le moment. Pour l'instant, y a que Tit-Claude à savoir. Crisse de crisse, quoi donc m'a pris de te raconter ça ? Si jamais tu risquais moindrement une parole là-dessus, je sais pas ce que je serais capable de... Un malheur. Je ferais un malheur. Et le sien, aussi...

Puis la voix s'adoucit :

— On se porte belle amitié, elle et moi. Faut que tu le comprennes.

— Je comprends. Tu n'as rien à craindre de moi, je te le jure.

— Merci. Je te crois.

— Ça serait plutôt à moi de te remercier.

L'odeur sucrée du foin qui portait encore parfum d'été, d'herbes vertes et de soleil... Dans la grange d'Anne Jaudouin, Michel retrouvait soudain le souvenir d'un matin de juin, au Défens, ce matin où le fragile baron de Sainte-Maure avait sauté de son cheval pour s'accrocher à l'aile d'un moulin... Et le coteau de la chère Dame Aubina — née Griffier — qui aimait y monter pour regarder le ciel où l'attendait son Jamonneau, simple journalier... Eux aussi, Maurillon et la petite Aubina, ils avaient été « mieux intrépides que lui » ! Comment avait-il dit, le vieil Amand Grolleau, en les évoquant ?

— Le courageux Jacques de Sainte-Maure... La vaillante Aubina Griffier...

— De qui tu causes ?

— J'ai parlé tout haut ? Vraiment ?

— Oui bien ! C'est la vieillesse, ça. Tu radotes déjà. Jamais Rosette voudra d'un pépé comme toi ! Je dis ça en plaisanterie, faudra que t'apprennes à me connaître.

— Je te connais déjà. Et justement, je parlais de gens qui te ressemblent. Te ressemblaient, plutôt, puisqu'ils sont morts. Un ami, il avait à peine seize ans. Et ma grand'mère, qui touchait à ses quatre-vingt-dix. Je n'avais pas pensé à eux depuis longtemps...

Pierre Godambert tira un moment le foin en silence. Puis déclara que Rosette, elle n'était pas au bout de ses peines avec un galant pareil : un vrai tue-monde ! Fallait du temps avant de comprendre qu'il faisait un compliment ! Et il répéta en riant : « Pauvre Rosette ! Pauvre Rosette ! »

La lumière du fanal, soudain plus vive, les fit se retourner : Anne Jaudouin était près d'eux.

— Je viens voir votre ouvrage. Vous tirez le foin pour l'entière semaine, supposément ? Et moi j'attends pour tirer Blandine : elle se laisse pas traire devant un râtelier vide. Pourquoi tu riais : « Pauvre Rosette ! », toi, Pierre ?

— Ma foi, c'est lui qui...

— Non. Laisse. Dame Jaudouin, j'ai du sentiment pour Rose.

Elle ne parut pas étonnée. Ordonna d'abord, pour toute réponse, de garnir les râteliers, puis de remonter sur la barge tout ce fourrage qu'allait s'éparpiller.

— Je vous ai dit, patronne, que...

— J'ai entendu. Mais ça n'est pas à moi que tu dois d'abord en causer. Tu voudrais que je dise à ma petite :

« Voilà. Untel... ou untel t'a demandée ? » Non. Jamais je ferai ça. Ça serait déjà lui faire comprendre... qu'untel... me conviendrait bien pour gendre. Déjà peser sur son choix à elle. J'ai décidé ça au jour de mon mariage : mes filles, elles seraient libres de leur cœur. Rose le sait. Ça sera à elle de me dire qu'untel... ou un autre lui plaît. Et c'est celui-là, après, qui pourra me faire la demande. Ça m'étonnerait que ça soit toi, ma Rose me l'aurait déjà dit. Où que tu vas, soldat ? Attention... Devant les petits...

Rose était penchée sur l'âtre, elle attisait la flamme sous le pot et elle souleva le couvercle :

— Tu reviens tout seul ? C'est de la sagamité que je prépare pour souper. C'est un manger des Sauvages. Comme une bouillie, tu vois : du blé d'Inde écrasé, des lichettes de viande boucanée et de la graisse. Je sais pas si tu trouveras bon...

« Ça m'étonnerait que ça soit toi... » S'il la laissait parler plus longtemps de son fricot, qu'elle s'était mise à tourner avec un bâton — « parce que c'est vif à attacher au fond, tu comprends, et ça donne un mauvais goût » —, s'il ne lui disait pas immédiatement son amour, dans le plein feu des émotions contradictoires qui venaient de le bouleverser... « Attention... devant les petits... » Thomas épelait ses lettres, penché nez sur le livre, à la table. Barbe chantonnait en berçant Louise. Jacques et André criaient à l'autre bout de la pièce : t'es mort, t'es mort, non, c'est toi...

— Rose, j'ai... de la grande amitié pour toi. Je te voudrais pour femme. Ne me réponds pas tout de suite. Jamais plus je ne t'en parlerai. Voilà, tu sais à présent : je t'aime pour être ma femme. Si tu le veux.

Rose s'était arrêtée de tourner la bouillie dès les premiers mots de Michel. Elle le fixait, regard incrédule, et arrondissait la bouche. « Ça m'étonnerait que ça soit toi... » Il ne pouvait détacher les yeux de ces lèvres fendillées de gerçures sur lesquelles elle passait toujours sa langue pour les adoucir de salive, et toujours sa mère lui faisait remarquer : arrête de te lucher de même, ça va crevasser pire... ça m'étonnerait que ça soit toi... arrête de te lucher de même...

Il l'embrassa à pleine bouche avec une violence qui fit choquer leurs dents.

Elle poussa un cri, un gémissement, et s'écarta de lui. Sa lèvre inférieure saignait. Michel aurait voulu mourir là, tout de suite. D'un revers de main, elle essuya sa bouche, et des larmes aussi...

— Je croyais... que tu... me remarquais même pas. Trop petite en âge... Pas assez belle... Oh oui, je te réponds oui ! N'approche pas, non, non ! Barbe nous regarde...

Il devinait au mouvement de ses lèvres, plutôt qu'il n'entendait. Lèvres râpeuses, écaillées de gerçures sur une pulpe tendre, une chair de fruit...

— Parle encore. Juste de voir bouger tes lèvres, c'est comme si je t'embrassais. Dis oui, encore, encore... Tu es belle. Ma Rose du Fleuve !

— Oui. Oui. Comment m'appelles-tu ? Rose de...

Anne Jaudouin poussa la porte à ce moment, à grand bruit. Avec une animation que l'on sentait forcée, elle parlait, parlait... Pour un peu, le lait aurait gelé sitôt tiré, c'était la raison qu'elle rentrait si vite ; Pierre s'occupait des litières... Un rude hiver qui s'annonçait, comme l'année passée, que le lait se vendait scié en morceaux dans les rues de Ville-Marie... Enfin, y avait pas que du mauvais à ce froid prime, le Fleuve ne tarderait pas à prendre, et Tit-Claude allait revenir. Son garçon, ça lui tardait de revoir son garçon...

La voix aiguë de la petite Barbe s'éleva :

— Alors, quand le grand frère Tit-Claude sera là, y aura plus besoin du soldat pour l'ouvrage, tant mieux ! Il est mauvais en diable, maman, vous savez pas ce qu'il a fait ?

— Et quoi donc, ma Barbette ? À l'habitude, toi qui l'aimes si bien ?

— Il a mordu Rose. Sur ses gerces. Elle a crié : ha-a-a ! De même, oui, ha-a-a ! Puis elle pleurait, puis elle saignait de la bouche. Si, si, maman, froncez pas les yeux, je vous dis pas des menteries. Et lui, il était tout content après. Je l'ai vu qu'il était content, ce méchant mordeux !

— T'as rêvé, ma Barbette. Tu vois bien que Rose pleure pas ! Au contraire ! Rose, tu dis à ta petite sœur, cette mignonne innocente, comment ça a pu arriver, qu'elle croie à ça ? T'as trouvé ce qui l'a trompée ?

— Bien sûr, maman. C'est tout simple. Voilà, tu m'écoutes, Barbe ? Je montrais à Michel ce que c'était, la sagamité... Il s'est penché de trop près pour mieux voir dans la chaudière*, et voilà, pan, on s'est cognés...

« Bien, bien », approuvait Anne Jaudouin. Michel, lui, n'en revenait pas, de l'aplomb de la petite Rose. Lui, il avait encore le cœur toquant de ce baiser que Barbe avait surpris... Et c'était une femme tranquille, assurée, qui continuait :

— On s'est cognés du nez, et ça fait monter les larmes, et saigner aussi, un peu. Mais il m'a demandé excuse, j'ai dit oui. C'est de ça qu'il était content.

Anne Jaudouin avait pris la petite Barbe contre elle et lui caressait les cheveux :

— Tu vois, grosse sottiche, il est point mauvais, le soldat. Mais trop brusque en mouvements. Faudra qu'il

* Tout récipient en métal destiné à la cuisson des aliments.

prenne garde, à présent, et plus cogner dans le nez de Rose. Je veux pas que ma petite Barbette, ça n'a que dix ans, s'effarouche de croire sa sœur mordue ! Compris, soldat ?

— Oui. Je vous...

— Ta-ta-ta ! Pas de discours, t'arrangerais rien. Rose, arrête de te lucher de même, ça va crevasser pire. Alors il t'a demandé excuse, et t'as bien voulu ?

— Oui, maman. Oui.

— Ça me convient. Il est bon garçon, et j'aurais eu regret, au fond, que tu le tiennes en rancune. Mais, pas vrai, je me serais rangée de ton côté, tu le sais. Va, à présent, Barbe. Va chanter dodo l'enfant à ta petite sœur. Avant, fais un bec au soldat, pour lui montrer que t'as plus peur.

Barbe s'éloigna après avoir embrassé Michel. Anne Jaudouin jeta un regard vers André et Jacques : ils continuaient à jouer et se disputer, André pleurnichait : jamais c'était lui les soldats, toujours les sauvages ! Thomas n'avait pas même levé le nez de l'Évangile, suivant les lignes du doigt : *pe-i pi, le-a la..., pi-la-teu...* Pilate !...

— Je suis quand même colérée de toi, soldat. Je t'avais dit : attention aux petits !

— Maman ! Je suis heureuse... heureuse... Fâchez-vous pas contre lui. Je suis...

— Ma Rose ! Ça fait joie à mon cœur, je t'en assure. Hé non, je suis pas colérée contre lui. Pas trop... Dieu merci, Thomas s'est aperçu de rien. Lui, ça aurait été malaisé de le faire accroire à ton explication, il est trop fin de tête, regardez-moi ça s'il s'acharne d'apprendre à lire pour entrer au séminaire ! Mais c'est pas la question, écoutez-moi bien tous les deux : vous vous tenez comme à l'habitude, comme si de rien n'était. C'est trop tôt pour la grande demande*, ça serait mal vu, vous vous connaissez pas d'assez longtemps. L'histoire de se cogner du nez, elle servira pas deux fois ; Barbe aurait vite fait de comprendre, puis, à cet âge, essayez donc de leur tenir la langue ! Et...

Michel faisait oui-oui de la tête ; d'accord pour tout, oui, comme si de rien n'était... oui, trop tôt pour la grande demande... oui... oui... Il se sentait prêt à attendre des années dans un éblouissement de bonheur, sans toucher Rose, fût-ce du regard, si les exigences de sa mère allaient jusque-là...

Thomas avait levé la tête ; Anne Jaudouin continua sur le même ton :

— Et peut-être plus pire que l'année passée : les oies ont descendu de bonne heure, c'est signe de gros hiver. T'as fini de la lecture, mon mignon ?

— La sagamité brûle, je crois. Ça sent.

— Mais... c'est la vérité, ma parole ! Enfin, Rose, pourquoi t'es-tu arrêtée de brasser, reprends-y vite, voyons, vilaine fille !

— Ne la grondez pas, maman. Elle a lâché le bâton quand...

Il jeta un regard vers le fond de la pièce, du côté de Barbe : elle jouait avec ses petits frères ; il baissa quand même la voix.

— ... quand Michel lui a dit qu'il la voulait pour femme, puis qu'il l'a embrassée.

Anne Jaudouin s'était laissée tomber sur le banc près de Thomas... Lui, il continuait :

— C'est dans l'étable qu'il vous a fait la demande ? Il faut toujours, n'est-ce pas, demander aux parents avant d'embrasser sa promise ?

— Dans l'étable. Oui. Il l'a fait. Seigneur-Dieu...

* La demande officielle en mariage.

— Un drôle d'endroit. Mais ne soyez pas fâchée contre lui, maman, il est juste un peu niaiseux, il trouve même que Rose est belle ! Je vous assure, il lui a dit : tu es belle, ma Rose du Fleuve ! Vous allez vite annoncer à Monsieur le Curé qu'ils sont promis, n'est-ce pas ? Ils seraient en état de péché, autrement.

— Dès le prochain dimanche, je comptais lui annoncer... mon petit ange... mon Thomas...

— Bien. Très bien. Il vous faut porter le lait au fournil, maman. Il ne caillera pas, si vous tardez.

Il s'était déjà remis à épeler son Évangile avant que sa mère ait saisi le seau... Lorsqu'elle eut gagné le fournil, Rose appela Michel près d'elle d'un signe de la main, et lui dit, à voix toute basse, en tournant le bâton dans la sagamité :

— Le petit ange, le petit curé, il nous épargne d'attendre trop longtemps. Dans moins d'un an, on pourra se marier... Ha ! Que veux-tu, Thomas ?

Thomas s'était glissé entre Rose et Michel sans qu'ils l'aient vu ni entendu s'approcher.

— Continue de brasser, toi, la belle Rose du Fleuve ! Je veux pas aller au séminaire, je veux pas ! Les curés, ils ont pas droit de se marier, ni de conter la pomme* aux filles, ni de leur faire des becs sur la bouche, rien ! Et je sais pas comment le dire à maman. Je vous ai bien aidés, pas vrai, les amoureux ? Alors je compte que vous me rendrez la pareille...

Anne Jaudouin avait raison : il était « fin de tête », son Thomas. Michel lui répondit que oui, pour sûr, ils l'aideraient...

---

* Conter fleurette.

Chapitre 10

À la table d'honneur

« Le premier de septembre mil six cent quatre vingt-huict, par moy Pierre de Caumont prêtre chanoine faisant les fonctions curiales à Boucherville...

... a été marié Michel-Jean Moneau, âgé de trente ans, soldat de la compagnie de Monsieur de Monic...

... avec Marie-Rose Jaudouin, âgée de dix-sept ans...

... en présence de Monsieur Boucher, Escuyer, Seigneur de Boucherville...

... et de Damoiselle Jeanne Crevier, sa femme... »

(Extrait des registres
de la paroisse Sainte-Famille.)

« Michel... Jean... Moneau. »

Monsieur de Caumont avait détaché les mots, avec un arrêt plus appuyé entre Jean et Moneau. Comme il l'avait fait la semaine précédente au cours des messes paroissiales, en lisant les bans de mariage. Mariage « auquel il ne s'était trouvé aucun empêchement », ainsi que Monsieur le curé de Caumont venait de le rappeler.

« Aucun empêchement... », avaient semblé répéter le

Seigneur et la Seigneuresse de Boucherville, les témoins de Michel et de Rose, en hochant la tête. « Aucun empêchement » au mariage de Marie-Rose Jaudouin et de Michel... Jean... Moneau.

La clochette de l'enfant de chœur... À genoux, tête dans les mains...

Le notaire Moreau, lui, s'était porté au manoir pour rédiger le contrat de mariage des futurs époux en présence des mêmes témoins, « Monsieur Pierre Boucher, écuyer, Seigneur de Boucherville, et Damoiselle Jeanne Crevier, sa femme. »

Maître Moreau, en relisant son jargon de notaire, par deux fois avait prononcé « Moineau » : Michel... Jean... Moineau. Rose s'était mordu les lèvres pour ne pas rire, sa mère lui jetait des regards furibonds. Le Seigneur et la Seigneuresse étaient demeurés impassibles. Aucun empêchement au contrat de mariage Moineau-Jaudouin. « Moineau », ils le reconnaissaient honnête homme, ils l'assuraient digne de recevoir la très modeste dot de la future épouse : leur belle signature en faisait foi, au bas de la dernière des quatre pages que le notaire avait noircies...

Anne Jaudouin, au retour, avait soupiré si c'était pas une honte, le contrat allait coûter deux fois tant que la dot, chaque mot devant se payer, même ceux qu'on n'y comprenait rien, qui mangeaient de l'encre rien que pour manger des sous.

Rose, elle, ne se préoccupait pas de ces détails matériels :

— Aussi, maman, pourquoi m'avez-vous fait une dot ? C'était pas obligé...

— Ça se fait, c'est tout. Je veux pas que ma petite, elle se marie en pauvresse, sans le notaire.

— Vous avez entendu ? Moineau... J'ai eu envie de rire ! Si grand, si fort — rappelez-vous de la traîne qu'il a ramenée sous la poudrerie, mon petit moineau...

— Moineau, Moneau, tu devras t'accoutumer, ma fille. Le Seigneur y verrait gros affront, autrement !

— Je sais. Tracassez pas là-dessus, maman. Michel ? Je pourrai continuer de te dire Michel, quand même ? Pas Michel-Jean ? Moi, de mon vrai nom, je suis bien Marie-Rose, et tout le monde m'appelle Rose... Sauf le Seigneur et la Seigneuresse, qui tiennent à Marie, mais eux, pas vrai, ils sont pieux à ronger les balustres*...

— Rose ! De la tenue, ma fille ! C'est-y des façons de causer ? Et devant ton futur ? Il va se demander la façon que je t'ai élevée, ton Moineau, ou Moneau !

« Moineau » pour le notaire, « Moneau » pour le curé. L'un ou l'autre nom, certifiés honorables par le vertueux Seigneur de Boucherville, l'un ou l'autre étaient gages de l'amitié toujours présente de Maurillon. Et la preuve que le curé Bruslon n'avait pas oublié le regard de Michel Jamonneau, lorsque le sel avait coulé à terre à côté d'une ignoble claie. Michel Jamonneau ? Le Seigneur de Boucherville ne connaissait personne de ce nom, il connaissait Michel... Jean... Moneau. Ou Moineau...

La clochette de l'enfant de chœur avait dû tinter, il entendait un raclement de pieds, les gens se levaient, et le curé entonna l'*Ite missa est.* Le Seigneur et la Seigneuresse, heureusement, n'avaient pu s'apercevoir de sa distraction, ils étaient toujours derniers à rester à genoux...

La main de Rose, sur son bras, à la sortie de l'église, lui indiqua qu'il devait s'arrêter. Une caresse de chaleur, de présence, à travers le drap de l'uniforme. Une pression légère et vite relâchée : ils étaient époux, l'un à l'autre pour toujours, mais jusqu'au soir ils devaient faire semblant de l'ignorer.

* D'une piété qui tient longtemps penché sur le prie-Dieu.

Le soleil de ce premier jour de septembre prenait déjà une rousseur d'automne. La Rose du Fleuve devait resplendir dans cette lumière... Ne pas la regarder. La voir, la deviner seulement dans les yeux des autres, dans leurs cris... Est-elle joliette, avec sa couronne de fleurs... Le maintien d'une sainte d'église... Vive la mariée !... Un beau couple, oui... Vive la mariée !...

Tous les colons de Boucherville étaient là : le Seigneur offrait le repas de noces dans la cour du manoir. Sitôt connue la généreuse invitation, Anne Jaudouin avait prévenu Rose et Michel. Ou plutôt les avait chapitrés :

— Ça durera jusqu'au soir, je vous en avertis. Alors vous vous causez pas. Vous vous regardez même pas. Je veux faire montre à tous ces gens de Boucherville, aux femmes surtout, qu'elle a bien élevé sa petite en vertu, Anne la Parisienne ! Vous m'entendez ? Vous restez comme deux bûches, l'un à côté de l'autre. Bouche cousue, et les yeux droit devant vous. À cause que je vous connais : rien qu'en vous regardant, je sais que... vous avez l'air... l'air pas trop convenable, voilà ! Rose semble près de pâmer, et Michel, lui... Enfin, je compte sur vous !

Michel avait promis, sans discuter. Rose avait protesté : un si beau jour... et pas même le droit de jeter un tout petit regard ? un tout petit sourire ?

— Non. Je veux me redresser fière sur la tenue de ma petite avant de quitter Boucherville...

« Avant de quitter Boucherville... » Rose s'était émue, comme à chaque évocation que sa mère faisait de ce départ si proche : un mois après le mariage, Anne Jaudouin s'installerait à Rivière-des-Prairies, sur la grande île de Montréal. Elle avait échangé sa concession de Boucherville contre une autre, là-bas, plus modeste de taille. Pour de généreuses raisons, afin que Michel, durant les deux années de service qui lui restaient à faire, ait le temps de commencer à défricher et bâtir feu et lieu, sur la concession qu'il avait retenue aux Sulpiciens, à Pointe-aux-Trembles. « Plutôt qu'être prêté à la belle-mère, pour préparer l'hiver ! »

« Avant de quitter Boucherville... » Rose avait embrassé sa mère :

— Oui. Je vous promets. Pas un regard.

— Et pas les mains non plus, en dessous de la table !

— Maman !

— Je veux dire : vous vous touchez pas la main, même sous la table. La façon que vous faites, elle se lit sur vos figures. Oui, j'ai vu ça aussi. Chez nous, je disais rien, j'étais toute seule à remarquer, mais devant les invités de la noce, pas question ! C'est-y compris ?

... Les mains qui se cherchaient, se trouvaient et ne se serraient pas... Juste un effleurement sur la peau, si fine entre les doigts de Rose... Juste les doigts ouverts, offerts à la caresse... Et les yeux baissés de la jeune fille, et le cœur qui se mettait à cogner trop fort, pour Michel...

— Je vous promets, maman.

— Compris, Anne.

— Puis, toi, tu arrêtes de m'appeler par mon petit nom. Ça non plus n'est pas convenable, j'aurais pas dû de te laisser dire « Anne ». Faut que tu t'accoutumes à « Belle-mère ».

— C'est que vous semblez si jeune, maman. Et puis vous êtes si belle ! Ça sonne vieille femme, « Belle-mère », jamais il arrivera à s'y faire, je crois.

— J'essaierai de m'y faire, à ma belle belle-mère ! Je ne veux pas la contrarier, et ça ne lui mettra pas des rides pour autant !

Anne Jaudouin avait pris un air de fausse fâcherie :

— Croyez pas de m'entortiller, tous les deux, les babines de velours* ! Je veux pas de flatteries en réponse. Je veux...

* Personne hypocrite et flatteuse.

— J'ai saisi ce que vous voulez, belle-mère.

— Maman... On fera tout comme vous demandez. Parce que... vous êtes une bonne, une très bonne mère, et il y en a pas beaucoup comme moi, des mariées par leur goût à elles, des mariées... de sentiment. Vous m'avez laissée libre de choix, alors ça compte guère, une journée, auprès de toute une vie. Je vous promets, et même je vous jure, puisque vous y tenez si fort, on fera à votre convenance, pour les noces.

— Et forcez-vous à manger. Des mariés qui mangent pas, on sait à quoi ça pense... Puis c'est des femmes du bourg qui feront le service : elle auront l'œil à vous !

Il semblait à Michel que des heures avaient passé depuis la sortie de l'église. Avec Rose, invisible, juste une ombre, une forme floue près de lui, hors du champ de son regard... Et le cortège arrivait seulement à l'enceinte du manoir, si proche de la chapelle !

Les tourelles de guet qui encadraient l'entrée de la cour avaient été décorées de fleurs, de branchages. La sévérité guerrière de leur bois sombre, de leur poutrage épais disparaissait sous une parure de couleurs.

— Arrêtez ! Arrêtez ! On n'est pas prêts !

Les jumeaux Boucher se penchaient chacun à une tourelle... puis ils reculèrent en ajoutant :

— Juste un petit moment.

Le silence se fit dans le cortège immobilisé. Michel pensa à la fierté que devait éprouver sa belle-mère en cet instant : on faisait même, à sa petite Rose, l'honneur du salut à la mariée !

Des canons de fusil apparurent sur les parapets de verdures. On entendit la Seigneuresse crier : « Mon Dieu, non ! » Et le Seigneur ordonner d'une voix calme : « Redressez, voyons ! »

Des rires, là-haut. Et les canons qui pointaient l'un vers l'autre s'élevèrent lentement. La double détonation fut suivie de cris de joie dans les tourelles. Au vu de la fumée qui s'en élevait, il était évident que Jacques et Jean-Baptiste avaient bourré à triple charge de poudre !

La main de Rose tremblait sur le bras de Michel : les jumeaux Boucher avaient failli s'entretuer en saluant la mariée ! Le brouhaha, les exclamations de soulagement dans le cortège... Fallait-il avancer ? La main de Rose n'indiquait plus rien d'autre que la peur... Et, pareillement, les gémissements de la Seigneuresse derrière lui...

— Le cœur me manque ! Je vous le dis toujours, ils sont trop étourdis pour tenir un fusil, un jour ils...

— Ma chère amie ! Ne gâchez pas un si beau jour. Prenez donc le bras du jeune époux pour le conduire à la table. Et vous, jolie Dame Moneau, faites-moi la grâce d'accepter le mien. En avant, mes amis ! Ce n'était qu'une malice de mes garnements !

La Seigneuresse s'appuyait lourdement sur le bras de Michel. Soupirait à fendre le cœur. Était secouée de frissons. Lui, il était trop heureux pour s'en apitoyer. Il pouvait enfin voir sa Rose, qui le précédait, au bras du Seigneur de Boucherville. La grosse femme qui s'accrochait à lui était trop bouleversée pour remarquer la caresse des yeux qu'il promenait sur Rose et s'en scandaliser ! La tête droite, le menton levé — sa belle-mère devait surveiller, derrière —, il regardait Rose avancer lentement dans la cour du manoir. L'étourderie — ou la malice — des jumeaux lui offrait une pause miraculeuse dans le désert de solitude et d'attente de cette journée.

La jupe de lin écru se renflait de tendres courbes sous la minceur de la taille que soulignait encore la corselette de velours noir. La jupe ondulait au rythme des hanches, des jambes... au rythme de ce beau corps à la fois menu et tout en douces rondeurs... Sa femme. Jusqu'au soir encore fruit défendu, jusqu'à la nuit absente, interdite à ses yeux, à ses mains, à sa chair...

Il eut soudain conscience de l'avidité forcenée du regard qu'il portait sur elle. Un loup guettant la proie... Un mâle éloigné de la femelle depuis plus d'une année... Dieu ! Sa Rose du Fleuve, un instant, il n'avait vu en elle qu'un assouvissement promis à sa faim ! Il baissa les yeux, il avait honte, ce n'était pas la Simounette qui marchait devant lui, c'était sa petite Rose de dix-sept ans...

Le matin même, avant le départ pour l'église, sa belle-mère lui avait dit :

— J'ai... pas pu bien expliquer, à Rose. Elle est devenue toute rouge. J'ai pas pu. Tu seras bien doux, bien patient ? Qu'elle connaisse pas... ce que j'ai connu. Elle est si jeunette, ma petite... Tu la brusqueras pas ?

Il ne la brusquerait pas. Des nuits et des nuits, il saurait se contenter d'embrasser ses lèvres, si douces depuis que les gerçures de l'hiver avaient disparu : elle n'avait jamais tourné la tête, jamais refusé sa bouche aux rares, courts instants où ils avaient été seuls, depuis qu'ils étaient promis. Et il caresserait ses doigts, là où la peau était si fine. Des nuits et des nuits de tendresse sans jamais la serrer contre lui : parce qu'il se méfiait de cette faim qui l'avait tenaillé en regardant Rose, ses reins, ses hanches... Et s'il le tenait tout embrassé, de tout son long, ce beau corps près du sien... Il avait peur rien qu'à imaginer.

Il fut soulagé d'entendre la voix du Seigneur Boucher :

— Ma chère femme ! Lâcherez-vous le bras du marié, qu'il prenne place auprès de sa jeune épouse ? Marie-Rose... Michel-Jean...

Les mariés occupaient la table d'honneur, dressée en haut de la cour, devant la porte ouverte de la grande salle du manoir. Une table : presque un autel, avec une nappe brodée et des bouquets de lis à chaque extrémité. Les mariés au centre, comme le tabernacle. Le Seigneur et

Monsieur de Caumont à la droite de Rose. À gauche de Michel, la Seigneuresse et le notaire.

Les autres tables, de simples planches sur des tréteaux, étaient disposées de telle sorte qu'aucun des invités ne fût privé de la vue des mariés. Tous les enfants Boucher, et les brus, et les gendres, y étaient installés, mêlés aux colons de Boucherville. Les trop petits pour se tenir aux tables, et même les poupons dans leurs berces, les servantes huronnes s'en occupaient à l'ombre d'un chêne... Et c'était comme une joyeuse fête de famille, d'une simplicité bon enfant, qui soulignait l'apparat et la solennité de la table d'honneur.

Toute de noir vêtue, Anne Jaudouin était assise entre une bru et une fille du Seigneur, habillées de robes claires. Elle se tenait droite, sévère. Nulle autre parure que son visage lisse, plus éclatant encore d'être étroitement enserré de noir. À ses vingt ans, pouvait-elle être plus belle encore, Anne Thomas, fille du Roi ?

— Vous ne mangez pas, Michel-Jean ? Vous n'aimez pas notre tourtière ?

La Seigneuresse avait parlé bas, sans tourner la tête. La question masquait, sous une apparente bienveillance, que le marié se tenait mal : « Des mariés qui ne mangent pas, on sait à quoi ça pense. »

Il devinait, auprès de lui, Rose qui picorait dans son assiette.

— Si, beaucoup, Madame. Je me disais justement... qu'elle ressemblait... à celle que ma mère faisait.

— Bien sûr. Goûtez-la, à présent.

Il se mit à manger, et c'était un supplice. Pourvu que sa belle-mère n'ait rien remarqué ! Pauvre Anne, si soucieuse qu'on pût reprocher à la « Parisienne » d'avoir mal élevé sa petite en vertu ! Chère femme qui avait décidé, pour avoir trop souffert, de laisser sa Rose de seize ans libre en son choix... Elle ignorait qu'il connaissait toutes les raisons de ses exigences pointilleuses sur les convenances, et qu'il les comprenait, comme il comprenait qu'elle cachât si bien ses propres amours avec le jeune Pierre...

« J'ai à vous dire que... »

Il s'apprêtait pour partir à la messe avec Joseph Martineau, le dernier dimanche de novembre. Il avait fallu attendre jusque-là pour retourner à Boucherville : l'embâcle du Fleuve avait isolé l'île durant deux semaines...

Chaque jour, Martineau s'était risqué sur la glace en tenant une longue perche, comme un acrobate de foire portant un balancier : « Ça me retiendrait sur les bords du trou, tu comprends, si la croûte cédait sous mon poids... » Et chaque jour il revenait, ça n'était pas possible encore à traverser, le courant trop fort en mitan du petit bras, ça faisait une soupe de glace, le Seigneur Boucher comprendrait qu'ils manquent la messe... Et c'était seulement le jeudi précédent qu'il avait annoncé :

— C'est bon. On pourra se rendre à l'église dimanche. Je cause pour nous deux, Michel. Madeleine, elle reste avec les petits. Ça, grand-père Boucher admet, les mois d'hiver...

Le dimanche matin, Madeleine Martineau avait soupiré :

— Ça me prive, quand même... Enfin, vu que vous êtes deux, pas vrai, vous me rapporterez double ration de pain bénit.

— J'ai à vous dire que... je ne rentrerai que ce soir. Après la messe, je suis invité...

Madeleine Martineau ne l'avait pas laissé finir :

— T'es invité encore au manoir ? Envers nous autres, c'est flatteur, Monsieur Lambert nous a bien honorés, de nous gager un domestique qui plaît tant à son père ! Trois veillées, durant la poudrerie, dis donc, puis à présent reçu au dimanche ! Mais, d'un autre côté, j'ai souci : grand-père Boucher, il pourrait bien finir par te prendre à nous pour son service, vu l'estime qu'il te porte !

— Non, ne craignez pas, maîtresse Martineau. C'est chez Dame Jaudouin que je suis invité.

Il n'avait rien ajouté d'autre. Madeleine Martineau avait ouvert la bouche... et s'était tue. Elle était allée brasser dans ses poêles, ses grils, ses pots avec des gestes brusques, montrant une vive agitation... et marmonnant comme pour elle seule que ça, c'était une autre affaire... que rien l'étonnait plus, venant d'elle, mais quoi, enfin, fallait quand même pas laisser ce bon garçon de Michel conter la pomme — et autre chose — à la Parisienne !

Son mari avait tenté en vain de la calmer, c'était rien que du racontage, et puis Michel il était libre de ses dimanches, il pouvait rendre visite chez qui ou quelle... Qu'elle taise donc sa goule !

— C'est pas pour rien, hein, mon gars, que t'as surnom Laliberté ? L'écoute pas. Profite donc de pas avoir encore la corde au cou !

Malgré le ton de plaisanterie, il était visible que Martineau se forçait au sourire. D'ailleurs, il n'avait pas protesté lorsque sa femme s'était retournée contre lui :

— Toi, le matou, n'en dis pas plus long. Sinon, je pourrais croire... que tu regrettes de pas être à sa place ! Ah ! Du racontage, vraiment ? Mais de l'écrivage aussi, vu que ça a passé devant le tribunal !

Il aurait suffi à Michel de dire : « J'ai demandé Rose Jaudouin en mariage. Les noces se feront la prochaine année, dans les premiers jours de septembre. » Et Madeleine Martineau se serait tue. À quel sentiment avait-il obéi en la laissant parler ? Une curiosité malsaine ? Ou de la compassion pour celle dont Pierre Godambert disait : « Tu peux pas imaginer comme les femmes sont mauvaises de jalousie à cause qu'elle est si belle... ? »

Il l'avait laissée parler sans la regarder, tout en ajustant longuement ses mitasses*.

— Ça faisait quatre mois qu'elle avait marié Jaudouin. Déjà enceinte de même temps, et là rien à dire : Tit-Claude ressemble à son père tout craché, en plus tendreux de caractère. Et...

> (Quatre mois depuis le mariage de la fille du Roi, avec cet inconnu qui avait dit : « Celle-là que je veux... » La petite Anne qui pleurait... pleurait... Arrachée à son premier amour, à son village près de Paris... Déracinée. Perdue. Qui avait fini par dire : oui...)

... juste quatre mois, et on demande Jaudouin, avec d'autres, pour trois jours à monter le poutrage de... quoi donc, le nom m'échappe, Martineau ?

— Des redoutes pour fortifier Ville-Marie. C'est-y besoin de remuer ça ? Le Seigneur, il aime pas qu'on touche à la réputation des gens de Boucherville. Il dit toujours : à Boucherville, je m'honore de n'avoir concédé qu'à des gens de vertu !

— Possible, qu'il dise ! Mais crois-tu qu'il sait pas ? Sa belle-mère, tiens : il est forcé de connaître qu'elle est la meilleure fournisseuse d'eau-de-vie aux Sauvages ! N'empêche qu'elle est toujours bien reçue, au manoir ! Et les petites servantes huronnes, baptisées, et faites aux bonnes manières par la Seigneuresse, il sait pas, non plus, qu'elles accouchent vers sept mois, quand il leur a trouvé un bon mari ? Tu me ferais fâcher, Martineau ! Il sait, et mieux que moi sans doute, ce qu'elle vaut, la veuve Jaudouin ! Mais ça le désaviendrait, lui, de le reconnaître ! Comme le reste ! Les redoutes, à Ville-Marie : c'est le

* Sorte de guêtres en lanières de peau enroulées jusqu'au genou.

mot que je cherchais. L'homme qui commandait la garnison à ce moment, c'était un coureux de jupon, un éborgné, vilain à faire peur, à ce qu'on dit. Oui, mais... un capitaine ! Un Monsieur de ! De la Freydière ! Alors, pas vrai, pour une... une...

— Madeleine, tu vas trop loin !

— Pour une... Parisienne, Monsieur le Capitaine de la Freydière, même n'a-qu'un-œil, c'est flatteur ! Et le pauvre cocu, le capitaine lui disait : « Encore un jour, Jaudouin, sans toi y aurait rien de fait convenable, et ça reste ça... et ça... encore à monter ! » Dix-neuf jours ! Dix-neuf jours il l'a gardé...

> (La voix de Jean-Baptiste Boucher : « Un militaire borgne leur a fait du gros tort, mais faut pas en parler. » Et le soupir d'Anne Jaudouin : « Le pauvre Jaudouin, il a guère été heureux, lui non plus... »)

Alors, à son retour, bien entendu, des gens lui apprennent son malheur, au malheureux. Et il peut pas supporter, il va soldat. Même, par le chagrin et la colère, il a manqué de passer avec les Iroquois ! Et puis, le voilà qui s'en revient chez lui au bout de quatre mois ! Y a des femmes qui savent bien y faire pour attacher les hommes à leur cotillon ! Il s'en revient ! Et pour pas perdre la face, je pense, il va plaindre au tribunal, oui-oui ! Avec elle grosse à plein jabot, presque neuf mois ! Et avec des témoins, oui-oui ! Il dit que le grand éborgné, il a tant magané* sa pauvre petite femme de ses demandes — jusqu'à envoyer son tambour musiquer devant chez elle —, il l'aurait tant menacée de la faire périr de faim, puis cajolée en lui donnant des pommes sucrées, qu'à bout de la

* Fatiguer, épuiser.

résistance sa petite femme a cédé. Oui, tout ça, dit et écrit devant le tribunal ! Et il assurait, lui, Jaudouin, de vouloir reprendre sa femme, vu qu'elle était pas fautive dans l'affaire !

> (Avait-elle aimé son capitaine borgne, Anne la Parisienne ? Ou bien s'était-elle vengée de l'homme qui l'avait choisie comme vache au foirail ? Et le « pauvre Jaudouin », était-ce par amour qu'il avait bravé le ridicule ? Ou parce que les femmes, en Nouvelle-France, étaient aussi rares et précieuses que les vaches ?)

— Voilà. Tu sais, à présent.

— Eh non, maîtresse Martineau, ça n'est pas bien de vous moquer de moi : je ne sais toujours pas monter mes mitasses solidement ! Surtout quand j'ai la tête ailleurs ! Je ne vous l'ai pas encore annoncé, mais j'ai à vous dire que je resterai à Boucherville après la messe. Je suis invité chez Dame Jaudouin. J'ai demandé sa fille en mariage, et elle a accepté, sa fille étant d'accord. Excusez, maîtresse Martineau, si ce que vous disiez était d'importance, vous devrez me le répéter tout lentement, je n'en ai rien saisi !

Rien d'important, avait assuré Martineau sans laisser à son épouse le temps d'ouvrir la bouche ! Puis il avait continué :

— Les femmes, mon pauvre gars, faudra que tu t'y fasses : d'une puce ça te fait un chien, d'un seau d'eau ça te tire le Fleuve ! Trois fois rien, supposément, qu'elle te disait, mais en a-t-elle mouliné des paroles ! Même moi qui suis pas tombé en amour, j'avais la tête ailleurs, pareil que toi, et je saurais pas te répéter ! Elle non plus, je gage...

— Bé non... Mon pauvre Martineau, t'as raison de te plaindre de ma javasserie ! Mais quelle nouvelle ! Quelle nouvelle ! La veuve Jaudouin, elle doit être contente de marier sa petite Rose à un bon gars comme toi ! Pauvre femme... Elle a vu suffisance de misère... Et notre bon grand-père Boucher aussi, qui va être heureux !

« Je veux montrer aux femmes de Boucherville que j'ai bien élevé ma petite en vertu... »

Elle pouvait être fière, Anne Jaudouin, devant les femmes de Boucherville et devant Madeleine Martineau : jamais sa Rose n'aurait à souffrir des commérages sur sa tenue, le jour des noces. Et il était à penser que « la Parisienne » en serait épargnée elle aussi, désormais : par l'éclat que le Seigneur Pierre Boucher donnait au mariage de Marie-Rose Jaudouin, il laissait encore une fois entendre, et très clair, que la veuve Jaudouin était une personne de haute moralité, qu'il n'aurait pas tolérée à Boucherville jusqu'ici si telle n'avait pas été sa conviction ! Il honorait Anne Jaudouin, autant que Marie-Rose et Michel-Jean, avant son départ pour Rivière-des-Prairies...

On riait et parlait à présent à toutes les tables. Après la tourtière, Michel avait longuement machouillé du saumon, du ragoût de pattes de cochon*, du maïs bouilli. À la table des mariés, on mangeait en silence. Et parfois Michel surprenait de grands soupirs du côté de la Seigneuresse. Elle avait tenté de se lever, une seule fois, pour diriger au service, et le Seigneur l'avait doucement rappelée à l'ordre :

— Ma bonne amie ! Pas aujourd'hui, voyons ! Vous êtes à l'honneur, non à la peine... Vous remplacez pour Michel-Jean Moneau une mère lointaine, comme moi je remplace pour Marie-Rose Jaudouin un père défunt.

* Le jambon frais.

Les desserts arrivaient... Des tartes aux bluets*... Une part débordant de l'assiette... « Des mariés qui ne mangent pas, on sait à quoi ils pensent ! »

« Michel-Jean » regardait la Grande Rivière au loin ; une échappée par le portail de la cour dont les vantaux étaient restés ouverts, entre les joyeux bouquets de fête des tourelles.

Ce soir, il traverserait la Grande Rivière avec Rose. Le Seigneur Pierre Boucher en avait décidé aussitôt qu'Anne Jaudouin lui avait annoncé qu'elle quittait Boucherville : il permettait que « Michel-Jean » construise une maisonnette de rondins pour abriter son jeune ménage, entre l'étable et le hangar de la ferme Martineau. Il fournirait les pierres pour la cheminée, et paierait le maçon. Le temps pris sur le travail de la ferme pour cette construction, il le compenserait à Martineau, comme l'année passée, par une génisse des prochains vêlages.

Michel... Jean... Moneau, ce soir, traverserait la Grande Rivière avec la Rose du Fleuve à ses côtés.

Michel Jamonneau ? Le Seigneur Pierre Boucher ne connaissait personne de ce nom... C'était Michel-Jean... Moneau qu'il avait honoré de trois invitations à veiller au manoir...

— À moi ! À moi ! À mon tour d'interroger Michel-Jean !

« Michel-Jean, archange et apôtre... » Comme il s'était moqué, Lambert Boucher de Grandpré, de ce domestique rétif qui lui répondait sèchement que ses embarras de famille avec son père ne le regardaient pas ! Et qui, ensuite, pétrifié d'admiration pour le Sieur Pierre Bou-

* Les myrtilles.

cher, avait bassement complimenté sur l'atroce bouillon sans même oser dire qu'il s'appelait Michel Ja-monneau. Pas Michel-Jean Monneau !

À la première veillée au manoir, « Michel-Jean » était trop ébloui par le bonheur d'être aimé de Rose pour se formaliser d'un si mince détail !

Le Seigneur Pierre Boucher disait : « Voyons, mes enfants, que vous êtes légers ! Et vous aussi, ma bonne amie ! Vous en faites un jeu, de la mémoire — extraordinaire, je reconnais — de Michel-Jean ! Mais, de grâce, cessez, je n'en puis plus de m'entendre... Je tancerai ce coquin de Lambert ! »

Le Sieur Pierre Boucher, malgré ses protestations, était visiblement ravi, et l'*Histoire Véritable et Naturelle* passait de main en main, chacun, y compris la petite Geneviève, interrogeant tour à tour « Michel-Jean ».

Il faisait bon près de la grande cheminée. La tourmente de la poudrerie hurlait autour du manoir. La tourmente qui avait donné à Michel la Rose du Fleuve, ses lèvres rêches et suaves, et son *oui*... Il était heureux, heureux... Trois soirs durant, « Michel-Jean » avait récité, comme une mécanique, des pages entières du Livre des Merveilles : il n'y mettait aucun effort, il le connaissait si bien ! Maurillon, lui aussi, l'avait mené vers Rose... Il pensait à l'ami de ses jeunes années, puis à la Rose du Fleuve de son avenir, en répondant à la Seigneuresse, aux fils, filles, gendres et brus qui ouvraient le Livre au hasard... Le caribou... ?

> *« ... est un animal de la hauteur environ d'un âne, mais qui est fort dispos. Le mâle a le pied fourchu, et... »*

On s'arrachait le Livre : donnez, donnez, sous l'œil indulgent du Sieur Pierre Boucher — mais quels enfantillages, voyons !

— L'île d'Orléans, Michel-Jean ? — À mon tour, à présent : Tadoussac ? — Moi ! Moi ! L'animal qu'on appelle « bête puante » ?

Au troisième soir, le gendre Le Gardeur avait dit :

— Beau-père, je redécouvre votre livre grâce à Michel-Jean ! Quelle observation ! Quelle sagesse ! Je m'en vais le relire en son entier... Lambert a fait preuve de grand bon sens en prenant Michel-Jean à son service...

— Allez-vous succomber à la même vanité que lui, mon gendre ? Allons, n'en parlons plus...

Lorsque « Michel-Jean », après la messe du dernier dimanche de novembre, s'était approché du curé de Caumont et du Seigneur Boucher, pour annoncer qu'il avait fait la grande demande à la Dame Jaudouin, pour sa fille, c'était le Sieur Pierre Boucher qui avait répondu :

— Je vous bénis d'avance, mes enfants. Monsieur le Curé, ce garçon sera un bon époux pour la gentille Marie-Rose.

— Je n'en doute pas. Cela me sera joie et honneur, de célébrer leur mariage.

Au mois d'avril...

Un matin, l'un des jumeaux Boucher était venu chez Martineau dès l'aube :

— Pouvez-vous vous passer de votre domestique, cet avant-midi ? Notre père voudrait lui parler. Il m'a demandé de vous poser la demande telle que, poliment : pouvez-vous vous passer..., mais de mon avis, même si vous ne pouviez pas, je crois que...

— Hé-là ! Quelle langue, ces bessons ! C'est-y Monsieur Jacques ? Oui ? Alors, Monsieur Jacques, excusez de la franchise, mais faut guère de cervelle pour rajouter votre grain de sel à une demande de votre père. Vous songiez que j'allais dire non ?

Jean-Baptiste Boucher avait ri et s'était excusé à son tour : guère de cervelle, maître Martineau avait raison, leur mère le reprochait souvent à lui et à son frère, mais, n'est-ce pas, c'était pour la raison de n'avoir qu'une cervelle pour deux !

La Grande Rivière charriait encore ce qu'on appelait ici des « glaçons » — certains plus gros que le canot. Il fallait toute l'adresse de Jean-Baptiste à l'aviron pour les éviter tout en bavardant.

— Tu m'as reconnu, pas vrai ? Je l'ai vu, à ta façon de sourire en coin...

— Ma mère me le reprochait souvent, ce sourire. Comme fait la tienne pour vos têtes sans cervelle. Vous devriez faire attention, tous deux. Un jour, votre père s'apercevra que c'est toujours Jean-Baptiste qui prend le canot !

— Tu crois ? Des fois, avec Jacques, ça nous arrive de penser qu'il le sait déjà. Et qu'il aime mieux faire semblant de rien. Parce que notre père, tu comprends, c'est un homme tout plein admirable, sur le jugement. Jamais il ne se trompe, et sans doute ça le fâcherait un petit peu... contre lui, je veux dire, qu'on ait pu l'emberlicoter de même ! Hou-là ! T'as vu ce gros ?

Jean-Baptiste, tout en parlant, avait su donner le bon coup d'aviron, pour écarter le canot du danger : un bloc de glace énorme qui tournoyait dans le courant. Et il n'avait pas pour autant interrompu son bavardage.

— T'as eu peur, quand la débâcle a commencé ? Parce que les gens nouveaux ici, ça les épeure, la première fois. Ce bruit pire que le tonnerre ! La nuit, surtout... Lemanchot, jamais il a pu s'accoutumer. Il dit toujours : cette rivière, c'est le diable, le diable ! T'as eu peur ?

— Non. J'ai même trouvé très beau. Moi, tu sais que j'étais meunier, au vieux pays, sur un filet d'eau, un joli ruisseau, mais tout petit-petit, le ruisseau de Cathelogne. Et toujours je rêvais de la Grande Rivière, le Fleuve Saint-Laurent, à cause du livre de ton père que je...

— Oui, je sais, tu le connais par cœur, je sais, je sais, et je te demande rien du tout là-dessus... Pardon : je voulais pas te vexer. En tout cas, je peux te dire, tout le monde en est bien fier, au manoir. Et notre mère, plus personne ne peut plus venir en visite sans qu'elle vante : « Savez-vous, chers amis, que notre fils de Grandpré a engagé pour son domaine un domestique... qui... patati-patata !... Non-non, vous ne me ferez pas taire — ça, elle le dit à notre père —, à la fin vous êtes trop modeste... Ce Michel-Jean Moneau, donc... » Et notre père, il soupire fort, mais je crois que, dans son fond, il est content...

— Sais-tu pourquoi le Seigneur me demande aujourd'hui ?

— Ça non. Mais j'espère que tu n'as rien à te reprocher. Parce que là, il n'avait pas du tout l'air content en disant à Jacques d'aller te chercher... Voilà, on coste. Il t'attend dans la grande salle du manoir. Et il a demandé que personne ne vous dérange.

Le silence de la salle déserte était impressionnant. De même que le maintien du Seigneur, raide assis à sa table à écrire, et qui avait seulement dit : « Approche et assieds-toi », lorsque Michel était entré. Le bruit de ses pas sur le plancher lui avait semblé inconvenant durant qu'il traversait la vaste salle. Le Seigneur avait répété : « Assieds-toi », lorsque Michel était arrivé à la table, et puis le silence était retombé, oppressant.

— Connaîtrais-tu Madame la Comtesse de Sainte-Maure de Montauzier ?

Comme un coup de poing à l'estomac ! Mais le ton sec, le regard impérieux du Seigneur, et ce « connaîtrais-tu » indiquaient nettement que Michel ne pouvait, ne devait pas connaître cette dame...

— Je te vois ahuri, mon garçon. Et cela me laisse à deviner ta réponse.

— En effet, Monsieur. Je n'ai même jamais entendu parler de cette personne. Et... me permettez-vous de demander le pourquoi de cette question, qui m'étonne fort, vous avez pu le constater ?

Il avait repris toute son assurance : l'attitude du Seigneur de Boucherville marquait un fort soulagement de sa réponse. Mais lui, il voulait savoir pourquoi, soudain, la mère de Maurillon, qu'il avait si rarement vue, surgissait ainsi du passé...

— Eh bien... J'ai reçu hier une missive de cette... dame. Elle assure avoir des raisons — je te passe lesquelles, sans intérêt —, des raisons de croire qu'un ami de son fils cadet cherchera à me rencontrer. Elle me demande de le rassurer s'il se présente à moi ! À moi ! À moi ! Elle ose demander de rassurer un vaurien sans foi ni loi, prétendument victime d'un prêtre — oui ! d'un homme de notre Sainte Église — qui l'aurait dénoncé sous prétexte d'un infime trafic de faux-sel. En réalité, assure-t-elle, c'est parce qu'il s'élevait courageusement contre les... agissements ignobles — ce sont les mots qu'elle emploie —, les agissements ignobles de ce prêtre envers les protestants, même après conversion !...

> (Le sourire de la Comtesse posé sur Maurillon à la sortie d'église, aux rares occasions où ses parents venaient le visiter... « Oui, tu as remarqué ? J'ai la meilleure des mères. » Et le voile noir qu'elle avait écarté de son visage, au passage de Michel, ce jour d'atroce désespoir, plus déchirant de ne pouvoir s'exprimer, ce jour où tous les paroissiens d'Augé, respectueux, indifférents, s'inclinaient devant le cercueil ouvert du petit baron, avant de jeter l'eau bénite... Le voile noir était vite retombé sur la face perdue

de larmes. Michel, ensuite, s'était persuadé que sa propre douleur l'avait égaré : il avait cru voir comme un sourire infiniment doux dans le regard que la Comtesse avait posé sur lui...)

Tu n'écoutes plus, je le vois bien, cela ne t'intéresse guère. Quant à moi, je ne prendrai pas même la peine de répondre à cette... personne. Jacques va te canoter vers l'île Saint-Joseph. Mais j'allais oublier, tant l'outrecuidance d'une telle requête, s'adressant à moi, m'a troublé : je voulais t'avertir que la Seigneuresse et moi-même nous serons honorés d'offrir le repas de vos noces, au manoir, et d'y inviter tous les habitants de Boucherville. Mon fils de Grandpré s'occupera de la publication des bans de mariage et avisera le notaire, pour le contrat.
— Je vous remercie, Monsieur.

« Comme des bûches... Droit devant vous ! »

La fin du repas semblait proche, on apportait des corbeilles de cerises. La conversation avait même gagné la table d'honneur — mais discrète, réservée. La Seigneuresse parlait avec le notaire, et Michel saisissait quelques bribes de l'entretien entre Monsieur le Curé de Caumont et le Seigneur. Seuls à se tenir au silence, les mariés, ainsi qu'ils l'avaient promis...

« Si-fait, Monsieur Pierre Boucher, je vous ai écouté, et jusqu'au bout, je vous assure. Vous saviez parfaitement qui se tenait devant vous, et à ce vaurien sans foi ni loi, à ce Michel Jamonneau, vous avez cependant voulu faire savoir que le curé Bruslon ne pouvait plus rien contre lui, désormais, malgré tous les efforts et la hargne qu'il avait déployés pour qu'on le rattrapât en Nouvelle-France, afin de le remettre à la justice du vieux pays... »

... Si le Sieur Boucher s'en était tenu là dans la lettre de la Comtesse de Sainte-Maure, Michel aurait pensé que c'était lui-même que le Seigneur rassurait ! Un père, si « admirable dans le jugement », qui jamais ne pouvait se tromper — pas même en confondant Jacques avec Jean-Baptiste —, n'aurait pu supporter un tel affront : ce domestique dont les siens le flattaient si fort — « non-non, mon ami, vous ne m'arrêterez pas, vous êtes trop modeste, à la fin... » —, cet homme n'était qu'une canaille sur laquelle le Seigneur Boucher s'était trompé durant toute une année ! Et que l'on aurait pu arrêter, saisir, enchaîner jusqu'en sa respectable demeure !

Mais le Sieur Boucher avait continué... La Comtesse de Sainte-Maure allait même... même jusqu'à étendre sa protection à la famille de ce forban contre laquelle le prêtre, assurait-elle, n'aurait pas hésité à tourner sa vengeance. Elle se vantait même... même que la famille de ce filou vécût à présent plus prospère sous sa vigilante attention...

« Je vous remercie, Monsieur. »

Michel s'était demandé s'il avait mis suffisamment de solennité dans sa voix. Le hochement de tête, grave et lent, qui lui avait répondu, indiquait que le Seigneur avait compris : le remerciement allait à la bonté de cœur qu'il venait de montrer, non à la générosité d'un repas de noce offert au manoir à tous les gens de Boucherville...

Pour toujours Michel-Jean Moneau, ou Moineau, en souvenir de cette bonté. Le vertueux Seigneur de Boucherville avait attesté qu'il ne connaissait aucun empêchement au mariage de Michel-Jean... Moneau... ou Moineau...

Encore des vivats et des embrassades au bord du Fleuve, où tous les invités avaient accompagné le jeune couple, après les au-revoir chaleureux dans la cour du manoir. Le Seigneur et la Seigneuresse étaient là eux aussi, et participaient gaiement à l'agitation autour de ce départ. Jamais on n'avait vu si jolie mariée ! Et si sages, si sages tous les deux ! Allons, ils allaient même pas se faire un petit bec avant de partir ? Rose avait tendu ses joues, souriante, le Seigneur et la Seigneuresse avaient applaudi, quel charmant couple !

Anne Jaudouin avait embrassé les mariés en dernier ; elle avait dit : « Merci, merci » à l'oreille de Michel. Et ajouté, plus bas encore : « Tu la brusqueras pas ? »

Le Seigneur avait lui-même détaché l'amarre :

— Dieu vous bénisse, Marie-Rose et Michel-Jean, comme grand-père Boucher vous bénit !

— Ça coule tout doux, Michel. Laisse un peu aller le canot... On peut causer, asteure.

C'étaient les premiers mots de Rose depuis qu'ils avaient quitté la berge. Il avait respecté ce silence, il comprenait l'émotion de sa petite mariée. Il posa l'aviron et se tourna vers elle. Elle riait.

— J'en pouvais plus ! Je m'en vas éclater de mangerie ! Aide-moi de délacer ma corselette, j'arrive pas.

Les mains de Michel tremblaient en tirant sur les lacets. Il essayait de ne pas toucher, pas même effleurer la poitrine de Rose. Elle se moquait : tu t'y prends mal, c'est tant serré, faut que t'ailles plus franchement...

Il sentit le renflement de ses seins, leur rondeur ferme... Tu la brusqueras pas... Doucement, sa main... à travers la chemise, cette chaleur... Doucement un baiser sur les lèvres lisses, brûlantes... Et puis il la serra fort, trop fort contre lui, il la renversa en arrière, un vertige de chair dans cette étreinte, dans ce corps qu'il écrasait contre le sien, et le canot tanguait, tu la brusqueras pas... Il allait effrayer sa petite Rose... Sa main, il tiendrait seulement sa main des nuits entières ! Il s'écarta d'elle, se releva, il avait honte...

Elle le regardait. Ses yeux couleur du Fleuve brillaient de tous les reflets d'eau, de ciel, de soleil couchant... Elle souriait, elle l'accueillait comme, l'année passée, l'avait accueilli la Grande Rivière... *« La Grande Rivière te sera bienveillante, homme Laliberté... »*

— Tu reprends l'aviron, à présent, Michel. C'est temps d'aller chez nous.

Table

Chapitre premier
Michel Jamonneau, dit « La Liberté » 9

Première partie — Le ruisseau de Cathelogne

Chapitre 2
Rien qu'un bruit de pierres 21
Chapitre 3
Ombres dans l'ombre ? 55
Chapitre 4
Le prix du sel 113

Deuxième partie — Le Saint-Laurent

Chapitre 5
La première question, n'oublie pas 157
Chapitre 6
L'Histoire Véritable et Naturelle 185
Chapitre 7
Anne la « Parisienne », veuve Jaudouin 219
Chapitre 8
La mort blanche serait douce 237
Chapitre 9
La belle Rose du Fleuve 253
Chapitre 10
À la table d'honneur 271

Impression réalisée sur CAMERON par
BRODARD ET TAUPIN
La Flèche

pour le compte des Éditions Fayard
en avril 1993

Imprimé en France
Dépôt légal : avril 1993
N° d'édition : 3118 – N° d'impression : 1845H-5
35-33-8976-01/9
ISBN : 2-213-03032-4